MÉMOIRES ET RÉCITS DE GUERRE

G.A.SCHREINER

LA DÉTRESSE
ALLEMANDE

Traduit de l'anglais

PRÉFACE D'ERNEST LAVISSE

LIBRAIRIE HACHETTE ET Cⁱᵉ

79, Boulevard Saint-Germain

1918

LA DÉTRESSE
ALLEMANDE

Librairie HACHETTE & Cⁱᵉ, Paris
A partir du 1ᵉʳ Mars 1918
Majoration temporaire de 30 %
sur tous les volumes à 3.50
DÉCISION
du Syndicat des Éditeurs
du 11 Février 1918

2-1918

" MÉMOIRES ET RÉCITS DE GUERRE "

CETTE Collection a pour but de présenter au public, sous une forme vivante et fidèle, tous les aspects de la Grande Guerre. Elle fait appel à tous ceux qui, ayant pris part aux événements les plus intéressants, seront capables de les raconter dans un bon langage, donnant l'impression de la vie, A côté des ouvrages historiques proprement dits, elle révélera la physionomie même si diverse en chacun de ses moments, et sur les différents fronts, de l'héroïque épopée actuelle.

Chaque volume in-16, broché : 4 fr. 50.

G.A.SCHREINER

LA DÉTRESSE ALLEMANDE

Traduit de l'anglais

PRÉFACE D'ERNEST LAVISSE

LIBRAIRIE·HACHETTE·ET·CIE
79, Boulevard Saint-Germain.
1918

PRÉFACE

—

J'ai lu, sur l'état matériel et moral de l'Allemagne et de ses alliés au cours des premières années de guerre, bien des articles de revues ou de journaux, et plus d'un livre. Presque tous m'ont paru prématurés, précipités, passionnés ou superficiels, sujets à caution. Aucun ne m'a donné la satisfaction d'esprit et la confiance que me donne le livre de M. Schreiner.

Je ne sais de la personne de M. George Abel Schreiner que ce qu'il nous en dit lui-même, et c'est peu de chose : il est né dans l'Afrique du Sud, il combattit dans les rangs des Boers, il s'inclina, en patriote clairvoyant, devant la victoire anglaise, il adopta la nationalité américaine, il fut, durant trois ans et demi de guerre, jusqu'à la rupture déclarée des États-Unis avec l'Allemagne, correspondant d'une agence télégraphique américaine, et chargé par elle d'étudier la répercussion de la guerre sur les états de l'Europe centrale. Mais je sais aussi de M. Schreiner ce que nous apprend son livre, et c'est beaucoup.

Il a de l'imagination et de la vie, sait voir les

détails exacts et concrets, et en même temps dominer les ensembles et saisir les ressorts qui meuvent les masses, sa forme est agile et pittoresque, il a des ressources d'écrivain et sait parfaitement son métier, — il suffit, pour s'en convaincre, de prendre le livre en mains; on ne le quittera plus qu'on n'en ait achevé la lecture. Mais l'agrément et le talent sont de peu de prix, en des matières si graves. D'autres qualités font de ce livre un témoignage de premier ordre pour l'historien, pour l'homme politique, et pour tout homme qui veut comprendre.

Arrivé en Allemagne avec une parfaite liberté d'observation et de jugement, il n'a pas voulu s'en tenir aux renseignements officiels, aux chiffres statistiques, à la lettre morte des lois, des ordonnances et des règlements administratifs. Il s'est appliqué à observer le fonctionnement réel de l'immense machine compliquée, instable, changeante, laborieuse, douloureuse qu'est une nation en guerre. Il avait à sa disposition les moyens les meilleurs : les complaisances du monde officiel, qui, désireux d'atteindre par son intermédiaire les nations encore neutres et l'opinion publique du monde entier, lui donnaient accès auprès des hommes d'État, des commandants d'armées, des hauts fonctionnaires, — une connaissance excellente de la langue, qui lui permettait le contact quotidien et vivant avec la nation elle-même, avec les classes nobles et la bourgeoisie des villes, avec le moyen et le petit

*peuple commerçant et ouvrier, avec le fermier et
le paysan, avec le soldat sous les armes, — une
curiosité active et sans cesse en éveil, une intel
ligence prompte à saisir le fait caractéristique
et l'aspect essentiel des choses, et une résolution toute américaine de pousser son enquête
jusqu'au fond de la réalité sociale, de n'être pas
dupe, et d'y voir clair.*

*Il a compris très vite que, pour la masse de la
nation aussi bien que pour le gouvernement, le
ressort de la guerre et le problème fondamental
était l'alimentation, la production et la répartition
des denrées alimentaires. A mesure que la pénurie
croissait, il en a suivi les progrès avec l'attention
scrupuleuse d'un observateur soucieux de ne pas
conclure trop vite. Il a noté les effets de l'imprévoyance, de l'âpreté au gain, de l'avidité inhumaine,
les inquiétudes et le désarroi des gouvernements,
les soubresauts des réglementations, tantôt pru-
dentes, tantôt brutales, les souffrances affreuses,
les sourdes révoltes, la rapide détérioration et
l'usure d'une des machines sociales les plus puis-
santes et les plus redoutables que le monde ait
connues, la rupture ou le relâchement des liens
sociaux et moraux de la nation. Il n'écrit pas pour
nous flatter d'espérances illusoires : il a soin de
nous dire que les plus cruelles privations et les
plus terribles épreuves ne suffiront pas à briser la
résistance tenace d'une résignation faite de docilité, de soumission et de servitude. Cette résistance croulera le jour où s'effondrera d'un bloc*

le respect qu'ils gardent envers un régime poli-
tique traditionnel, aujourd'hui condamné sans
retour.

A l'heure où ces lignes sont écrites, la prédiction
de M. Schreiner s'accomplit; le régime s'écroule,
et l'Allemagne désemparée en est réduite à de-
mander la paix. Il faut qu'elle comprenne que cette
paix sera une expiation.

ERNEST LAVISSE.

22 octobre 1918.

AVANT-PROPOS DE L'AUTEUR

L'objet de ce livre est de décrire la vie de l'Europe centrale, telle que l'a faite la guerre. On s'est, jusqu'à présent, peu préoccupé de l'étudier. L'attention est allée, d'une part aux opérations militaires, de l'autre à la pénurie alimentaire. On ne s'est guère appliqué à en observer directement les effets sur la vie publique. C'est que, vues de loin, la guerre et la faim laissent une sensation si confuse de mosaïque en couleurs sombres, qu'on a peine à en discerner les détails.

Je me suis efforcé de donner ici une peinture exacte de la vie des nations ennemies au cours de la guerre. Les difficultés alimentaires y tiennent nécessairement une très grande place. C'est qu'à la longue, et de plus en plus, tout l'effort physique et intellectuel se concentra sur cet objet unique : se procurer la pâture indispensable. Hommes et femmes eurent de tout autres soucis que de poursuivre les agréments et le superflu de la vie : tout le jour, ils durent peiner pour gagner le strict nécessaire, et, le soir venu, leur unique préoccupation fut de trouver quelque moyen qui leur rendît moins rude la lutte pour le pain quotidien. Au reste, le plus dur n'était pas de gagner au prix du plus pénible labeur ce sans quoi ils seraient morts de faim; la voracité du percepteur d'impôts et la rapacité du profiteur de guerre croissaient par delà toutes limites.

Il fallait bien, pour payer les frais de la guerre, arracher de force le pain de la bouche des pauvres gens, et il fallait jeter aux usuriers leur livre de chair humaine.

La lutte pour le pain devint si intense, qu'hommes et femmes cessèrent d'attacher aucune importance à rien autre au monde. Il se produisit un relâchement dans les rapports entre sexes, qu'aggravèrent encore les mobilisations et les deuils causés par la guerre.

C'est ce que montrera ce livre. Je veux ici me borner à dire que la guerre ruine au plus haut degré toutes les classes de la société. Quand les hommes en sont venus au point de se rendre compte que rien n'a plus de prix dans la vie pour qui manque de pain, c'en est fait de tout progrès intellectuel. Le masque tombe, et l'être humain apparaît dans toute sa nudité.

Je puis, sans trop de présomption, affirmer que ce livre contient la vérité, rien que la vérité, toute la vérité sur l'Allemagne et l'Europe centrale. J'ai quelque droit à m'en targuer sans vantardise. Je possède parfaitement la langue allemande. La littérature, l'histoire et la pensée allemandes me sont familières. J'ai eu, comme journaliste, au cours de trois années de contact direct, toutes les facilités désirables pour observer et étudier. Durant les deux premiers mois de la guerre, j'étais à la Haye, pour le compte de l'*Associated Press* américaine. Puis, je fus envoyé à Berlin, et plus tard, j'eus carte blanche pour circuler en Autriche, en Roumanie, en Bulgarie, en Turquie. Lorsque les opérations militaires lointaines perdirent de leur intérêt, je retournai en Allemagne et en Autriche.

On trouvera dans ce livre la plupart des personnages qui ont une part active aux destinées présentes de l'Europe centrale, — monarques, hommes d'État, chefs d'armées, et le reste. On y trouvera aussi le bas peuple. A côté des bêtes de proie rapaces, ceux aux dépens desquels elles se repaissent. J'ai montré le Prussianisme tel que je l'ai vu. Je crois bien l'avoir dépeint tel qu'il est.

Je n'ai pas de goût pour la manière autocratique, pas plus chez l'écrivain que chez le chef d'État, et je m'en suis gardé de mon mieux en écrivant. Il arrive souvent qu'un auteur se tienne pour tout aussi infaillible que ceux dont il est amené à critiquer les actes. On constate aujourd'hui les effets de cette doctrine dans la conduite des affaires publiques. Si le peuple d'Allemagne avait moins cru à l'infaillibilité de ses multiples gouvernements, ceux-ci n'auraient pas abdiqué comme ils l'ont fait aux mains des Junkers de Prusse. En ce sens et dans cette mesure, la responsabilité de la guerre présente incombe au peuple allemand, à ce peuple qui, de sa nature, est bon, sérieux, docile à la loi, modéré, sans arrogance, industrieux, laborieux, modeste de goûts et charitable.

Il y a quelques années, républicanisme et monarchisme se firent la guerre dans les prairies de l'Afrique du Sud. J'en étais, — du côté de la république. Je conviens que notre gouvernement était moins bon qu'il n'aurait pu l'être, et que notre république n'était guère qu'une oligarchie patriarcale. Mais la grande affaire était le principe : les Boers voulaient rester des citoyens, et refusaient de devenir des sujets. Qui dit sujet, dit mainmise du gouvernement sur l'individu; qui dit citoyen, implique que les individus seront, dans la mesure du possible, coordonnés, et non subordonnés. On peut estimer qu'il n'y a guère là de quoi justifier le sacrifice de 11 000 hommes et de

23 000 femmes et enfants. Pourtant la grande révolution américaine n'a pas eu d'autre motif. C'est pour cette cause que se sont levés Washington, Jefferson et Lincoln. C'est pour cette même cause que tout bon Américain est debout aujourd'hui, y compris mon humble personne.

New-York, janvier 1918.

LA DÉTRESSE ALLEMANDE

CHAPITRE PREMIER

LA GUERRE ENTAME LE GARDE-MANGER
DE L'ALLEMAGNE

Dans les pays de l'Entente, ni la presse ni les gouvernements ne doutèrent un seul moment qu'après six mois de guerre, l'Allemagne et l'Autriche-Hongrie ne dussent être réduites par la famine. Les journaux et les autorités des puissances centrales commencèrent par en faire des gorges chaudes, mais le ton changea lorsque Londres se mit à déverser le flot continu de ses « Ordonnances en conseil privé » relatives à la contrebande. D'abord, ce qui était contrebande occasionnelle devint contrebande proprement dite. Bientôt après, ce qui n'était pas contrebande devint contrebande occasionnelle, puis le gouvernement britannique alla jusqu'à déclarer interdite l'importation en Allemagne des pommes américaines. On crut que c'était le comble, mais on se trompait. Les neutres d'Europe ne tardèrent pas à s'apercevoir qu'il ne leur serait plus possible d'exporter des aliments en Allemagne sans avoir à en rendre compte.

Il n'y a donc pas lieu d'être surpris que dès septembre 1914 on ait fait courir le bruit que les éléphants du Jardin zoologique de Berlin avaient été menés à l'abattoir. J'étais alors à la Haye, pour le compte d'une agence télégraphique américaine, et j'avais à cœur de ne fournir au public des États-Unis que des informations contrôlées avec tout le soin possible. Je me gardai de transmettre ces histoires de boucherie, les sachant parfaitement absurdes. Au reste, je n'ai pas pour le rôti d'éléphant le dédain que d'autres affectent. Je ne partage pas le préjugé que bien des gens ont à l'égard de ceux qui se départent des menus normaux, et qui leur fait considérer du haut de leur grandeur les hippophages, sans songer que pour nos aïeux lointains un bon rôti de cheval tenait une place importante dans leurs cérémonies religieuses. J'en suis revenu depuis le jour où, durant la guerre anglo-boer, j'ai été forcé de manger du mulet, et encore, d'un mulet peu tendre.

Je n'étais pas très porté à croire que la faim dût venir efficacement en aide à l'Entente, et j'imaginais qu'en Allemagne on avait dû prévoir le cas du blocus anglais, et prendre des mesures en conséquence. Je donnai donc une attention toute particulière aux produits alimentaires qui me tombèrent sous les yeux, en territoire allemand. J'entrai dans un petit restaurant de Vaalsplatz, et j'avisai, sur un buffet, une assiette de sandwiches, sous verre. Étaient-ce vraiment des sandwiches authentiques et sincères, — ou bien étaient-ils placés là en décor, pour me tromper? Car on racontait couramment que les Allemands amenaient à leurs villes frontières toutes leurs victuailles de l'intérieur, et les étalaient avec ostentation pour duper les gens de l'Entente. Vaalsplatz, qui est allemande, ne fait qu'une seule ville avec Vaals, qui est hollandaise, et la frontière passe entre les deux moitiés. Il se pouvait donc aussi que les sandwiches eussent été apportés de Vaals, par-dessus la frontière. — C'est ainsi que raisonnaient, en ces temps-là, les fournisseurs attitrés de nouvelles réconfortantes. Et le bon public crédule, qui ne songeait même pas à se demander comment deux grands États, normalement près de se suffire économiquement, pouvaient du jour au lendemain se trouver réduits à la famine, avalait le tout, amorce, hameçon, ligne et plomb.

Ce n'était pas là ma manière, et je procédais autrement.

J'achetai trois sandwiches, à raison de deux sous et demi l'un, et je les trouvai fort appétissants. Je découvris en même temps que la bière allemande était aussi bonne que jadis.

Ce jour-là, je ne poussai pas plus loin en territoire allemand que jusqu'au cimetière situé à mi-chemin entre Vaalsplatz et Aix-la-Chapelle. J'y pris au passage l'homme que je savais y trouver, et que je fis passer avec moi en Hollande, en le donnant pour mon secrétaire. En descendant du tramway, je vis qu'on était en train de creuser une fosse. « Encore une tombe, me dis-je, destinée à recevoir une victime de la faim. » J'en fis la remarque à mon compagnon. Roger L. Lewis me considéra d'un œil chargé de mépris et de pitié, comme disent les romanciers.

— Avez-vous perdu le sens? fit-il. Les Allemands ont à manger plus qu'il ne leur en faut. Et, vous savez, ils sont très grands mangeurs.

J'étais fort embarrassé. Il y avait d'une part les sandwiches, de l'autre la scène du cimetière. Je les avais vus de mes propres yeux, mais il n'y avait entre ces deux épisodes d'autre lien qu'une connexion fortuite.... Les bourreurs de crâne professionnels ne regardent pas les choses sous cet angle.

Quatre semaines après j'étais à Berlin. Mon agence voulait que je fusse à la source même des rumeurs de famine. Les choses allaient moins vite qu'on ne s'y attendait. J'avais pour mission de voir au juste dans quelle mesure les économistes de l'Entente avaient raison.

J'entrai dans un grand restaurant de la Leipzigerstrasse. J'y trouvai la carte, et un avis placardé. Le menu était d'une suffisante générosité : il offrait l'assortiment habituel de hors-d'œuvre, potages, poissons, entrées, relevés, rôtis, viandes froides, salades, légumes et entremets. Sur la table, une corbeille était remplie de petits pains. Le maître d'hôtel attendait mes ordres. Mais cela n'allait pas sans difficultés. Je m'efforçais de concilier la munificence de la carte avec l'avis affiché au mur, — en grosses lettres noires sur fond blanc, encadré de larges traits écarlates : « ÉPARGNEZ LES ALIMENTS! — *L'honorable clientèle de cet établissement est priée de ne pas manger plus qu'il n'est nécessaire. Abstenez-vous de prendre deux plats si un seul suffit.* — LA DIRECTION. »

Que faire? Je venais de débarquer à Berlin. Je savais dès à présent que l'histoire du rôti d'éléphant était une fable, et je pensais bien qu'on me laisserait faire si je commandais plus de deux plats; mais je n'étais pas aussi certain de ne pas choquer si je me faisais servir un dîner normal. C'est l'état d'esprit de tout homme au premier jour qu'il passe dans un pays en guerre. J'avais tant vu de proclamations officielles, noir et rouge sur fond blanc, que le placard m'impressionnait plus qu'il n'était raisonnable.

J'appelai le maître d'hôtel à mon aide.

— Ne vous préoccupez donc pas de cet avis, Monsieur, dit-il. Personne n'en tient le moindre compte. Commandez tout ce qu'il vous plaira, autant de plats que vous voudrez.

Je lui demandai si le placard était là par ordre du gouvernement.

— Pas précisément, Monsieur. Le gouvernement a invité les hôtels et les restaurants à épargner les aliments. La direction a tenu à faire preuve de bonne volonté, et a fait imprimer l'affiche. Au début, les clients y ont fait attention. Mais à présent chacun est retourné à ses vieilles habitudes, et la direction désire surtout gagner le plus possible, comme de juste.

Nous étions à la fin du deuxième mois de guerre.

Je donnai donc ma commande sans me gêner autrement. Tout en dînant, je causai longuement avec l'homme qui me servait. Il était naturellement intelligent, et, ayant beaucoup voyagé, avait beaucoup appris. Je sortis du restaurant très solidement instruit de la condition alimentaire de Berlin.

A cette date, les autorités avaient encore très peu fait pour « régler » les problèmes, bien qu'on entrevît dès lors qu'il allait surgir de sérieuses difficultés en ce qui concernait les classes pauvres de la ville. Déjà l'on se rendait compte qu'il fallait économiser. Le gouvernement s'était borné à conseiller l'épargne, et diverses sociétés patriotiques s'étaient employées à la recommander. Personne ne songeait encore à intervenir par voie d'autorité. A la maxime britannique : « Les affaires comme devant! » l'Allemagne répondait par la maxime : « Manger comme avant! » On sentait qu'en retranchant sur l'alimentation on risquait d'affaiblir l'ardeur belliqueuse. Seul un surhomme peut combattre avec enthousiasme, le ventre creux.

Et puis, personne n'avait encore renoncé à croire que la guerre serait de courte durée. Sans doute, le front occidental venait d'être bloqué par le général Joffre, mais on s'accordait à penser qu'il ne tarderait pas à être remis en mouvement, et, ce jour-là, l'état-major saurait montrer au monde comment on conduit une offensive de plein air, prompte et décisive. Après quoi, tout serait fini.

Pourtant, sur les six mois que devait durer la guerre, deux grands mois étaient écoulés, et le terme tardait à apparaître à l'horizon. Plus d'un, à l'abri des oreilles indiscrètes, avouait un sentiment de malaise. Je m'en rendis compte dès la première semaine de mon séjour à Berlin.

Je parle l'allemand sans la moindre difficulté. J'étais donc en mesure d'aller partout, au marché, dans les boutiques; je dînais aujourd'hui dans les salons luxueux de l'hôtel Adlon, demain à la même table qu'un cocher de fiacre, et j'eus bientôt accès dans un certain nombre de familles, riches, ou moyennes, ou pauvres. Au bout de trois semaines j'étais arrivé à cette conclusion, que si, pour le moment, il n'était pas question de disette alimentaire en Allemagne, l'heure approchait où les ventres perdraient de leur ampleur coutumière. A mesure que le

prix des denrées allait s'élevant, un plus grand nombre
de gens se portaient davantage sur les aliments fonda-
mentaux, et en particulier sur le pain. Il était à prévoir
qu'il faudrait bientôt en limiter la consommation.

C'est ce qui ne tarda pas à se réaliser. La première
mesure fut le pain de guerre. Il était très nourrissant. Il
se composait d'environ 55 pour 100 de seigle, additionné
de 25 pour 100 de froment et 20 pour 100 de pommes de
terre pulvérisée, de sucre et d'issues. Le tout était
agréable au goût, et, grâce à la présence de la pomme de
terre, ne durcissait même que lentement. C'est le troisième
jour qu'il était le meilleur, et, dans les tournées que je fis
au front, il m'est arrivé d'en conserver toute une semaine
sans qu'il se détériorât le moins du monde.

Seulement, il n'était pas très facile d'obtenir des Allemands qu'ils renonçassent à leurs habitudes des années
de surabondance. Aux temps de la prospérité, il n'était
pas rare, lorsqu'on désirait remettre à neuf le papier qui
tapissait les murs d'un appartement, qu'on fît prendre
chez le boulanger une douzaine de miches toutes chaudes
de pain blanc : on les coupait en deux dans le sens de la
longueur, et on s'en servait pour frotter les murs, non
sans succès, et à la grande satisfaction des cochons nourris des résidus de cette lessive. J'en parlai un jour à une
dame de la meilleure société. Elle reconnut l'avoir fait
elle-même.

— Oui, dit-elle, c'était un péché; car il est écrit, si je
ne me trompe, qu'il ne faut pas gaspiller le pain. Nous
avons manqué de conscience, et j'en suis honteuse lorsque j'y songe. Jamais ma mère ne l'eût permis. Mais
tout le monde le faisait. Il est probable que nous allons
l'expier. L'Allemagne a été gâtée par une prospérité trop
prompte. Elle était parcimonieuse, elle est devenue prodi-
gue et avide de luxe. La guerre nous sera une rude
leçon; elle nous enseignera que notre vie simple de jadis
valait mieux que celle que nous avons adoptée depuis
vingt ans.

Puis la comtesse reprit son tricot, et me dit qu'elle avait au front six fils, un gendre, et quatre automobiles.

— Ce qui m'inquiète le plus, poursuivit-elle, c'est qu'on a enlevé de mes terres un si grand nombre d'ouvriers et de chevaux que je ne sais comment faire pour en obtenir une récolte convenable. Mes intendants m'écrivent qu'ils sont en retard de deux ou trois semaines pour les labours et les semailles. Et puis, la saison est très défavorable. Que deviendrions-nous, si la guerre durait un an? Pensez-vous qu'elle doive durer un an?

Je n'en savais pas plus qu'elle.

— Vous devez bien connaître les Anglais, dit la comtesse. Croyez-vous qu'ils aient réellement l'intention de nous faire mourir de faim?

— Ils le feront, madame, si la situation militaire l'exige. Votre pays se trompe gravement s'il méconnaît leur ténacité. Ils ne vous lâcheront pas, croyez-en mon expérience. Ils peuvent commettre des fautes, mais ils ont la résolution et les ressources qu'il faut pour les réparer, et, bien qu'ils soient lents à comprendre, ils sont gens à tirer de leurs erreurs les leçons nécessaires.

La comtesse pensait comme moi.

Quelques jours plus tard, je fus son hôte dans un de ses domaines, à proximité de Berlin. Terres pauvres, défrichées depuis des siècles, mais dont une culture intensive et surtout une fumure rationnelle tiraient annuellement d'admirables récoltes. L'exploitation était conduite par des hommes expérimentés. On ne manquait pas de machines, mais on n'en usait qu'à la condition que la productivité n'en souffrît pas, — ce que ne font pas toujours volontiers les fermiers qui aiment leurs aises.

L'idée directrice était d'obtenir du sol le rendement maximum qu'il pût fournir, même si une méthode moins intensive eût donné un profit net équivalent. C'est à quoi tendait la politique agraire du gouvernement. Les tarifs protecteurs à l'abri desquels travaillait l'agriculteur d'Allemagne lui assuraient une belle marge de profits, même lorsque le concurrent étranger disposait de récoltes extraordinairement bonnes. Comme l'Allemagne était importatrice de produits agricoles pour une faible quantité, les années d'abondance n'amenaient aucune dépression des prix; elles avaient pour unique effet de dispenser le pays d'achats à l'étranger, et d'améliorer ainsi à son profit la balance du commerce.

Je visitai quelques petites fermes et quelques villages des environs, et je pus constater que les méthodes scientifiques pratiquées sur le grand domaine étaient suivies partout; les petits fermiers et les paysans de toute la région s'en trouvaient si bien, que les terres de la comtesse étaient pour eux une sorte de station d'expériences et d'exploitation modèle, où ils venaient s'instruire.

Je commençais à comprendre comment l'Allemagne parvient, sur une superficie inférieure à celle de l'État du Texas, et tout en en laissant le quart en forêts et en friche, à produire de quoi nourrir près de 70 millions d'individus. Et je compris aussi pourquoi l'Allemagne exporte un peu d'orge et d'avoine, en échange du surcroît de blé qu'elle ne peut produire elle-même avec profit. C'est que le climat de l'Allemagne du Nord se prête mal à la culture du froment. Autrement, 'elle n'aurait évidemment pas recours à l'importation, sachant qu'il lui serait parfaitement loisible de prendre sur les terres laissées actuellement à la betterave à sucre et à la pomme de terre : car elle exportait, avant la guerre, un bon tiers du sucre qu'elle produit, et une bonne partie de l'alcool tiré de ses pommes de terre.

La guerre était venue bouleverser cette belle ordonnance. Le domaine était à court de bras et d'animaux de trait, et la situation n'était pas meilleure dans les villages. Dès ce moment, environ six millions d'hommes étaient sous les armes, dont 28 p. 100 enlevés à la terre, plus 14 autres ôtés à la production et à la répartition des denrées alimentaires. Pour fournir à l'armée les grandes quantités de foin, d'avoine et de paille qu'elle réclamait, il fallait bien que le bétail fût tenu au pâturage, d'où perte inévitable et grave en fumier d'étable. Les perspectives étaient sombres, et contrastaient avec l'entrain belliqueux qu'avait encore à cette date la population des villes.

Les entretiens que j'eus avec bon nombre de fonctionnaires et de personnages touchant de près au ministère prussien de l'Agriculture ne firent que fortifier mes impressions directes : pour le moment — mais seulement pour le moment — on n'était encore à court de rien.

L'alimentation publique dépend pour une large part des produits animaux. Prenons par exemple, les vaches laitières. Sans doute, les vaches peuvent vivre d'herbe, mais elles donneront peu de lait, ou un lait médiocre, si le foin et l'herbe verte ne sont pas additionnés d'aliments qui poussent à la graisse. Or l'Allemagne, en raison de son climat, en produit insuffisamment. Le maïs ne mûrit pas dans l'Europe septentrionale, ni à plus forte raison le coton. Le maïs lui venait de Hongrie, de Roumanie, et surtout des États-Unis, et ces derniers la fournissaient également des dérivés de la graine de coton. Durant les premiers mois de guerre, la Roumanie continuait à lui vendre son maïs, mais la Grande-Bretagne avait déclaré contrebande les tourteaux de coton, et autres produits analogues.

Un matin, je vis placardé à toutes les colonnes d'affichage des rues de Berlin un double avis, gros de sens : on instituait, pour la Prusse, un recensement du bétail, et on invitait à tuer les cochons en aussi grand nombre que possible. Pauvres cochons! Doucement, avec tous les ménagements possibles, les gouvernements allemands mettaient la main sur l'industrie agraire. L'émotion fut vive; mais la nécessité était là. On était à court de fourrages pour le bétail. Des commissions et des Centrales furent instituées, et on exigea du fermier qu'il justifiât des quantités qu'il réclamait. Et les porcs furent les premières victimes.

Ils abritaient une belle quantité de graisse. Ils étaient à point, mais il était à prévoir qu'ils allaient vivre plus ou moins sur leurs propres réserves, sur cette graisse précieuse. Il était temps d'aviser. Un porc mort de deux cents livres vaut mieux qu'un porc vivant, en lame de rasoir. Le massacre des innocents commença.

Le boucher de village forme une des castes les plus singulières de l'Allemagne. En temps normal, il n'opère que durant une courte saison, la saison du porc gras, de novembre à février; mais, chose singulière, au retour de la saison propice, il a le couteau aussi habile que s'il avait travaillé sans interruption. Or, en 1914, il était occupé au front, à une boucherie de tout autre nature.

La besogne dut être confiée à des mains moins expertes. On aurait pu prévoir ce qui arriva, mais on ne le prévit pas. Les fermiers, ménagers de leur grain, firent égorger leurs cochons; mais il se trouva que les tonnes de saucisses et les milliers de tonnes de jambons, de lard, de viande fumée ou salée qu'on en tira, faute des soins nécessaires, ne tardèrent pas à se gâter. On se trouvait du même coup sans cochons et sans viande de conserve.

L'affaire n'était pas sans importance : c'était le premier échec du système. Les paysans avaient sacrifié de bon cœur une portion notable de leur revenu annuel. Le prix du porc tomba à un niveau qu'on ne connaissait plus depuis vingt ans, en même temps que le paysan, au marché, payait ce qui lui était nécessaire d'un prix dont l'ascension était rapide et ininterrompue. Et la charge des impôts de guerre s'alourdissait de jour en jour.

D'autre part, il y eut des fautes graves d'exécution. Je savais, grâce à mes relations directes avec les autorités de Berlin, qu'on n'avait jamais songé à ordonner un massacre général des cochons : on entendait uniquement inviter les possesseurs d'animaux gras et parvenus à leur poids maximum à ne pas attendre, pour les sacrifier, que le système inévitable des rations réduites les eût détériorés. Malheureusement, dans les provinces, les sous-ordre firent du zèle et présentèrent les choses autrement, et, d'un avis conditionnel, firent un ordre impératif.

Ce m'est une bonne occasion de noter que la responsabilité de ce qui va mal en Allemagne, et particulièrement en Prusse, incombe rarement aux autorités les plus hautes. C'est aux bureaux que l'administration allemande doit d'être parfaitement odieuse. Il n'est pas un seul ministère où je n'eusse la certitude d'être fort bien traité — beaucoup mieux, pour le dire en passant, qu'à Washington —, mais c'était tout autre chose lorsque j'avais affaire à quelque agent d'exécution. Cette sorte de gens, en règle générale, entrent au service du gouvernement lorsqu'ils ont fini leur temps de sous-officiers, et qu'ils sont devenus inutilisables ailleurs. Au lieu d'une retraite bien méritée, le gouvernement leur confie une fonction officielle. Le résultat de cette pratique n'est pas des meilleurs. Voici, à cet égard, une anecdote qui n'est pas sans portée.

A l'ambassade américaine de Berlin, mon passeport avait été mis en règle à mon arrivée. Un certain M. Harvey m'avait donné l'assurance que rien n'y manquait. Mais, lorsque j'arrivai au front, on fut d'un autre avis. La 10ᵉ armée, où je me trouvais, avait institué pour les passeports des formalités nouvelles, sans que l'ambassade en eût été avisée. Je fus pris à partie par un sergent de contrôle, qui me demanda comment je m'étais aventuré à me mettre en route sans que mon passeport fût dûment visé. Je n'eus d'autre ressource que de lui répondre que je pensais que mes papiers étaient en règle.

— Vous n'avez pas le droit de penser, fit l'homme, d'un ton sévère.

La remarque me plongea dans la stupeur. Je fis tout haut quelques réflexions de circonstance, dont le résultat fut qu'on m'emmena, sous escorte, à Bentheim, pour

me déférer au *Landrat*, ou président de district. Il était
absent, à la chasse, si mes souvenirs sont exacts. J'eus
affaire à ce qu'on appelle un assesseur. Je n'ai jamais vu
de fonctionnaire ou d'employé plus grossier : nous
n'avions pas échangé dix paroles que je m'en étais rendu
compte.

— Alors, vous *pensiez* que votre passeport était en
règle, fit-il ironiquement. Vous le *pensiez*? Vous ne savez
pas qu'il est dangereux de penser?

J'eus peine à garder mon sang-froid. Mes réponses
donnèrent clairement à entendre à mon homme que je
me refusais à abdiquer mon droit à penser, que je fusse
en Allemagne ou au diable.

Quinze jours après, j'étais à Berlin. Je ne suis guère
enclin à faire une montagne du moindre grain de
poussière, mais je crus bon de signaler le fait aux autorités compétentes. J'étais curieux de savoir si le peuple
qui a donné jadis au monde quelques-uns de ses pen-
seurs les plus hauts, accepte aujourd'hui de se voir
retirer le droit de penser par le premier sergent venu,
ou par un assesseur frais émoulu d'une corporation
d'étudiants. — Point du tout, me dit-on. Ces deux
hommes avaient péché par excès de zèle, et seraient
réprimandés. Mais j'aurais tort de me sentir offensé.
Après tout, y avait-il seulement offense? Le sergent et
l'assesseur entendaient vraisemblablement me rappeler
qu'il ne fallait jamais conclure trop vite, ni rien considérer comme tout à fait certain.

Tout cela était bel et bien, mais je n'étais pas d'humeur
à me tenir si vite pour satisfait. Ce ne fut pas sans peine
que je parvins à me faire comprendre. Que les autorités
allemandes eussent le droit de surveiller étroitement
leurs frontières, j'étais le dernier à en disconvenir. Et il
n'y avait rien à reprocher aux fonctionnaires qui exécu-
taient leur consigne avec la dernière rigueur. Les fonctionnaires étaient dans leur droit et ne méritaient que
des éloges lorsqu'ils mettaient les voyageurs en garde

contre tout jugement précipité, mais, en interdisant à un homme fait le droit de penser, ils se rendaient coupables de la plus grossière inconvenance.

On cherche depuis des années une bonne définition du militarisme. Ce qui précède en donne certainement une des meilleures qui soient. Tout le militarisme tient dans la phrase : « Vous n'avez pas le droit de penser ».

Que vient faire ici cette digression? me direz-vous. Elle touche de très près à la question qui nous occupe. La classe des petits fonctionnaires allait avoir un rôle essentiel dans la mise en œuvre de l'énorme machine administrative qui allait régler, sous la contrainte de la nécessité, la production, la distribution et la consommation des denrées alimentaires. Ce rôle consisterait à stimuler la production, à simplifier la distribution, à modérer la consommation. Tâche redoutable. Il était relativement simple de restreindre la consommation, en édictant les règlements appropriés et des mesures coërcitives. Pour la distribution, c'était une autre affaire. Elle est, en Allemagne, aux mains d'une classe d'hommes ultra-modernes, des membres des trusts et des syndicats, des rois de l'industrie et du commerce : leur indépendance souveraine, de fraîche date, ne s'en laisserait pas imposer par les injonctions des sous-officiers, et, en cas de conflit, leur résistance solidaire aurait le dessus. Enfin, en ce qui concerne la production, il était relativement aisé de dicter impérativement au paysan ce qu'il devait produire, — mais le malheur est que la nature ne reçoit les ordres de personne, pas même d'un fonctionnaire, si puissant soit-il.

CHAPITRE II

APRÈS TROIS MOIS DE GUERRE

La structure économique de l'Allemagne était splendide. Sa prospérité était grande ; — elle était trop grande. Le pays tout entier avait un air *nouveau riche*, comme il arrive lorsqu'un peuple qui s'est longtemps contenté de peu se voit soudain à la tête de beaucoup plus qu'il ne peut assimiler décemment.

Mes voyages de jadis et mes lectures m'avaient fait connaître une autre Allemagne, un pays où hommes et femmes s'efforçaient d'atteindre au confort à force de travail sérieux et d'ingéniosité, et réservaient le plus de temps possible à la culture de l'esprit et aux jouissances d'ordre intellectuel. Le contact des meilleurs hommes et des meilleures femmes de la nation m'apprit bientôt que ni le mot — la *Kultur* — ni la chose n'avaient perdu leur prestige, mais un nouvel esprit était né, et avait envahi les classes industrielles, le *Protzentum*, l'âme du parvenu.

Villages et petites villes, où régnaient jadis l'ordre et la mesure, étaient envahis par les lourdes casernes industrielles, dominés par les hautes cheminées crachant d'épais nuages de fumée. Les faubourgs des grandes villes étaient transformés en de véritables forêts de cheminées d'usine, entre lesquelles étaient enclos les intérêts des chefs d'industrie, arrogants et dépensiers, aux manières insolentes et vulgaires.

J'eus vite fait de me rendre compte qu'il y avait deux Allemagnes, nettement séparées l'une de l'autre, deux mondes à l'intérieur des mêmes frontières. L'une me rap-

pelait Gœthe et Schiller, Kant et Hegel ; l'autre était d'une
modernité outrée, qui allait jusqu'au cynisme. La première, l'ancienne, pratiquait encore le principe qu'il faut
donner à proportion de ce qu'on reçoit, travaillait encore
avec une probité qui vaut mieux que toute réclame, et
calculait le prix de vente sur le coût des matières premières et du travail, plus un bénéfice raisonnable. La
seconde, la nouvelle, était tout autre. Les rois de l'industrie et du commerce avaient oublié que, si nous voulons vivre, il faut laisser vivre les autres. Ils avaient eu
la prudence de se faire aussi peu que possible la guerre.
Ils avaient formé entre eux des syndicats, dont le but
avoué était de se saisir par tous les moyens, loyaux ou
déloyaux, des champs d'exploitation qu'offre le monde, et
de les saturer. Il ne leur suffisait pas de pénétrer sur les
marchés étrangers, et d'y introduire avec mesure ce qui
vaut la considération à l'article mis en vente et au manufacturier qui le produit. Ils y jetaient brutalement leurs
marchandises en telles quantités que, même lorsqu'elles
étaient de bonne qualité, elles portaient aussitôt la marque flétrissante du bon marché et de la médiocrité. Qu'il
leur ait bien fallu, pour supplanter leurs concurrents,
vendre à plus bas prix qu'eux, nul ne songe à leur en faire
un reproche ; mais qu'ils en soient venus à la fabrication
systématique d'une camelote sans valeur, c'était absurde
jusqu'au crime, et ce fut une calamité pour le pays.

Je garde la conviction que l'Allemagne eût pu acquérir
un égal degré de prospérité — qui eût été de meilleur aloi
— si son industrie avait été moins asservie au désir de
capter à tout prix le plus grand nombre possible des
marchés du monde. Avec plus de modération ils eussent
obtenu de meilleurs prix, et la richesse nationale y eût
gagné d'être de qualité plus haute et plus digne. C'est ce
qu'ont fort bien compris un certain nombre d'industriels
demeurés fidèles aux maximes de jadis, — par exemple
ceux de Brême, dont les docks et les entrepôts, sur les
bords de la Weser, attestent la grandeur d'antan. Mais

les autres, en immense majorité, furent la proie d'un appétit frénétique d'exportations gigantesques, et de richesse vite acquise.

De cette richesse, la population allemande, dans sa grande masse, n'a pas obtenu sa part. Sans doute les syndicats ouvriers ont veillé à ce que la classe travailleuse ne fût pas totalement frustrée, mais, de fait, elle continua de vivre une vie de demi-misère, bétail docile aux mains des chefs d'industrie. Les assurances contre la maladie et les pensions de vieillesse que le gouvernement créa pour elle, toutes ces promesses offertes par un patriarcalisme sentimental valaient tout juste, pour des hommes usés jusqu'à la corde, ce que vaut l'espoir du ciel pour le pauvre diable infirme toute sa vie durant. Je ne puis admettre qu'on soit condamné à passer son existence au lit lorsque le médecin a les moyens de vous guérir. Dans le cas présent, je doute au plus haut point que le médecin ait eu l'intention de guérir.

Plus je me familiarisais avec cette nouvelle Allemagne, plus j'en étais péniblement affecté. J'eus bientôt constaté qu'elle était fatale à la race. Sans doute les travailleurs des grands centres industriels étaient bien logés, bien nourris. Mais leur vie était une vie de caserne. Les salaires étaient médiocres, et d'ordinaire dépensés jusqu'au dernier sou, surtout lorsque le père prenait à tâche d'assurer l'avenir de ses enfants. Les dépôts à la caisse d'épargne étaient extrêmement élevés, mais les déposants étaient pour la plupart de petits commerçants ou des paysans. Tous les autres, fonctionnaires et ouvriers, le jour où ils étaient hors de service, seraient tombés à la charge de la communauté s'ils n'avaient eu la médiocre ressource que leur assuraient les lois sociales.

Je m'aperçus que le magnifique édifice de l'Allemagne économique et sociale était occupé surtout par des membres de la classe parvenue, hommes et femmes vêtus sans goût, parlant trop et trop bruyamment, et trop empressés à se mettre perpétuellement en évidence. Grande maison où tous les beaux étages étaient peuplés par les nouveaux riches, où les producteurs véritables étaient refoulés dans les sous-sols, et où les intellectuels, l'aristocratie pauvre, les fonctionnaires, les hommes de professions libérales et les officiers de l'armée n'avaient de refuge que sous les toits.

Comme les aliments sont la chose indispensable par excellence, et qu'il faut bien se procurer à tout prix, les hommes qui naguère ne songeaient qu'à « saturer » les marchés lointains tournèrent soudain leurs regards sur ce qui était proche d'eux. Le blocus anglais barrait la voie à l'exportation. Il fallait trouver à exploiter autre chose.

Le gouvernement ne fut pas pris de court; il prit prétexte des nécessités militaires et, comme nous le verrons bientôt plus en détail, entreprit de restreindre le trafic par voie ferrée. C'était mettre obstacle au transport et à l'accumulation des denrées alimentaires. Les requins n'en conçurent pas d'abord de trop vives inquiétudes : le tout était de détenir des stocks; le public serait bien obligé de payer, et, tant que les prix seraient suffisamment élevés, il importait assez peu que les marchandises fussent vendues à Cologne, à Hanovre, à Berlin ou à Stettin; on ouvrirait des filiales un peu partout, et tout serait dit.

Seulement, il n'y avait encore pas pénurie alimentaire. La population s'était mise à épargner. Les boutiques et les étalages des marchands au détail étaient encore bien garnis, et les magasins de gros venaient de s'emplir de la récolte de l'année. L'Allemagne n'avait plus connu la guerre depuis quarante-trois ans, et était accoutumée à une si grande aisance d'approvisionnements que seuls un petit nombre de pessimistes, convaincus que la guerre serait de longue durée, estimaient sage d'amasser en vue de l'avenir.

Les prix des denrées ne commencèrent à monter qu'au quatrième mois. Qu'ils dussent monter, c'était chose naturelle, et nul ne songea à contester les raisons qu'en donnèrent les autorités. Pour toutes les catégories d'ali-

ments où il y avait possibilité de déficit, le gouvernement
prit soin d'expliquer que, si chacun y mettait du sien,
tout risque serait aisément conjuré. Et ces avis récon-
fortants furent volontiers accueillis.

Les marchands au détail y mirent du leur. Ils bluffaient
à l'envi. Pour aller de mon hôtel aux bureaux de mon
agence, je passais chaque jour par la Mauerstrasse. Il y
avait là, côte à côte, quatre marchands de comestibles.
Le premier était un boucher : il exposait derrière sa
vitrine au moins une tonne de viandes de toute espèce.
Quelques pas plus loin, un second boucher faisait de
même. Puis venait un boulanger : il étalait du pain de
guerre et des petits pains, des gâteaux et de la pâtisserie,
de quoi rassasier une brigade. Le quatrième vendait à la
fois de l'épicerie et ce que les Allemands appellent de la
Dauerware, viandes fumées, saucisses, et autres produits
de conserve. Il faisait de son mieux. J'ai vu à sa devanture un aigle germanique gigantesque édifié au moyen
de cervelas longs chacun de quatre pieds, et gros comme
la massue d'Hercule : je crus d'abord que tout cela était
en papier mâché, mais je dus constater que c'était bel et
bien comestible. Ce bluff était bien intentionné. Les gens
ne sont jamais aussi affamés que lorsqu'ils savent que les
victuailles sont rares.

Les divers gouvernements d'Allemagne ont à leur disposition les statisticiens les plus experts qui soient. Ces
hommes savaient fort bien qu'à la longue l'étalage ferait
faillite. Le jour viendrait où l'on exigerait des réalités, et
où il faudrait faire face aux demandes, si l'on voulait
éviter des ennuis. Et ils n'ignoraient pas que la matière
alimentaire pouvait seule fournir au gouvernement l'argent dont il avait besoin pour vivre et pour payer les
frais de la guerre.

Il était évident que l'Allemagne ne serait pas réduite
par la famine en six mois, et ma propre conviction était
dès lors qu'une année n'y suffirait pas. Mais qu'advien-
drait-il si elle durait davantage? Or le coup sur Paris

n'avait rien donné. Hindenburg venait de battre les
Russes à Tannenberg ; mais il n'y avait rien de fait. Et
les armées austro-hongroises étaient en train de prouver
qu'elles n'étaient pas bonnes à grand'chose. Le gouvernement de Prusse entreprit d'agir sans retard contre tout
gaspillage de fourrage. Il ordonna un triage attentif des
déchets : les épluchures de pommes de terre et les pe-
lures de fruits, les résidus végétaux de toute sorte
devaient être réservés soigneusement à l'alimentation du
bétail.

Après une semaine de réglementation, mon enquête me
donna la preuve que les Berlinois ne prenaient pas encore les restrictions au sérieux. Et, vers la même époque,
je pus me convaincre qu'en dépit de tous les avertissements venus d'en haut, les populations rurales se montraient rebelles à l'économie. Les paysans, placés à la
source de la production, y puisaient pour eux-mêmes sans
compter, et expédiaient aux soldats du front des masses
de victuailles dont ceux-ci, fort bien nourris par l'intendance, n'avaient aucun besoin.

On ne renonce jamais très vite à des habitudes invétérées. Nous avons tous le défaut de trop manger ; les Allemands, plus encore que les autres. Les hommes, surtout
dans la classe riche, pèsent presque tous en moyenne
de vingt à soixante livres de plus que leur poids normal,
et quant aux femmes, l'obésité n'est à l'avantage ni de
leur agrément physique, ni de leur santé. A la veille de la
guerre, l'ordinaire quotidien de la plupart des Allemands
était le suivant : le matin, de bonne heure, café au lait et
petits pains ; vers neuf heures, deuxième déjeuner ; entre
midi et une heure, déjeuner proprement dit ; vers quatre
heures, café au lait ou thé ; entre sept et huit, le dîner ;
enfin le souper, à onze heures ou minuit. Au total, six
repas, chacun fort copieux. Même les classes peu aisées
de la ville mangeaient de la viande deux fois par jour.

Six repas au lieu de trois, cela ne veut pas dire nécessairement qu'on mange deux fois plus que celui qui n'en

fait que trois; mais on peut affirmer sans crainte de se tromper que cela implique un gâchage quotidien d'au moins 35 pour 100, d'où mauvaise assimilation, et formation d'un excès de graisse, au détriment de la santé. Il y avait là 35 pour 100 d'aliments à récupérer, pour le plus grand bénéfice de l'hygiène bien entendu, et de la collectivité.

Lorsque les ennemis de l'Allemagne calculaient qu'en six mois la famine saisirait le pays à la gorge, ils méconnaissaient cette donnée importante du problème : économistes et politiciens oubliaient qu'un peuple résolu, habitué en toutes choses à la discipline, aurait vite fait d'accepter l'ascétisme. La privation était dure pour des estomacs accoutumés à être emplis à l'excès, mais, comme dit le proverbe allemand, « lorsqu'il y a nécessité, le diable se nourrirait de mouches ».

En novembre 1914, l'effort des divers gouvernements de l'Allemagne se concentra sur cet objet. La propagande mit en œuvre un nombre incroyable de moyens. « Mangez moins » : ce fut la maxime que les échos répercutèrent par tout l'empire. Beaucoup y prirent garde, mais je doute qu'elle eût été efficace à la longue, sans une action impérative du gouvernement. Ce qui agit davantage sur les esprits, c'est que, de jour en jour, on crut moins à l'imminence de la paix. Les âmes étaient encore tout à la guerre, et les Allemands commençaient à prendre au sérieux l'insistance obstinée avec laquelle leurs ennemis annonçaient qu'ils seraient vaincus par l'estomac. Les plus savants de leurs professeurs s'appliquèrent alors à multiplier les avertissements. Toute cette propagande eut pour effet que le public fut tout préparé à accepter la nouvelle répartition des vivres que les autorités n'allaient pas tarder à instituer.

CHAPITRE III

LA TOUTE-PUISSANCE DU FOURNISSEUR DE GUERRE

Trois mois avaient suffi pour porter le *Kriegslieferant*, le fournisseur de guerre, au faîte de l'édifice social. Il était partout ; on n'entendait que lui. Son heure était venue. Il avait pour acheteur un gouvernement insatiable, et pour vendeur un peuple disposé à tous les sacrifices, par patriotisme. Occasion magnifique ! Où était le temps où il fallait peiner pour des marchés lointains, de petits profits, de gros risques ? Au ministère de la Guerre, il suffisait de se baisser pour ramasser des affaires qui se chiffraient par millions.

Je me rappelle avoir assisté un jour à des obsèques ordonnées par un entrepreneur de pompes funèbres qui avait pour principe de faire les choses grandement. L'homme qu'on venait de mettre au cercueil avait toujours gagné gros, et sa famille avait vécu en conséquence. En mourant, il ne laissait pas un sou. Mais l'ordonnateur et la veuve n'en décidèrent pas moins qu'il convenait de l'enterrer en grande pompe. Lorsque tout fut fini et réglé, la femme dut avoir recours à ses proches pour ne pas mourir de faim. — Les fournisseurs de guerre agissaient à peu de chose près de même.

Les hôtels de luxe, Adlon, Bristol, Kaiserhof, Esplanade, en regorgeaient jusqu'aux toits. Lorsqu'ils n'étaient pas en conférence, on les voyait déambuler majestueusement par les halls et les galeries, rayonnant leur importance tout à l'entour. Aux heures des repas, on les entendait manger avec bruit, ou commander leurs menus à

grands coups de gueule. Gérants et maîtres d'hôtel guet-
taient éperdument leurs ordres, — la ville, le pays
étaient à eux.

« Nous en faisons notre affaire, » disaient-ils. Sans
doute, il fallait que l'armée en prît sa part; mais, en fin
de compte, c'est au fournisseur de guerre que serait due
la victoire.

L'express qui m'emportait d'Osnabrück à Berlin s'était
arrêté en gare de Hanovre. Le train était comble. Dans
mon compartiment se trouvaient trois de ces personnages,
qui paraissaient faire partie d'un même groupe. Les
affaires marchaient bien, et le trio était d'excellente
humeur, ce qui ne surprenait nullement chez des hommes
d'aussi vaste corpulence, et portant une telle quantité de
diamants aux doigts charnus de leurs mains mal soignées.
L'un d'entre eux se faisait remarquer par une épingle de
cravate munie d'une pierre d'au moins cinq carats. Il
donnait l'impression d'un des hommes les plus heureux
que j'eusse jamais vus.

J'étais assis près de la fenêtre. On m'avait laissé cette
place parce qu'on y sentait le courant d'air, — ce que je
préfère de beaucoup à l'odeur des parfums qui émanent
d'un homme gras.

Au bout d'un moment, je remarquai une grande jeune
femme élancée, vêtue de noir, debout sur le quai. Elle
parlait à quelqu'un qui se trouvait dans un autre compartiment de ma voiture, et, au geste saccadé de sa main
qu'elle portait subrepticement à sa gorge, il était visible
qu'elle était en proie à une vive émotion. Sans doute elle
disait adieu à ce quelqu'un.

Je voyais pareil spectacle pour la millième fois; ce
n'est donc pas par une curiosité superficielle que je quittai ma place pour aller voir qui était l'autre acteur de ce
petit drame. La femme était d'une grâce peu commune,
et la manière dont elle maîtrisait son émotion attestait
sa race. Je désirais connaître à quelle sorte d'homme une
pareille femme donnait une tendresse si profonde.

Dans le compartiment voisin, un officier de haute taille était penché sur la glace à demi-ouverte. Je ne pouvais voir son visage; mais la silhouette de sa tête, l'allure de ses épaules et la prestance de toute sa personne dénotaient qu'il était de bonne naissance.

Ils semblaient ne pas trouver de paroles. La femme regardait fixement le visage de l'homme, et l'homme, à en juger par l'immobilité de sa tête inclinée, regardait le visage de la femme.

J'en avais assez vu, et je retournai prendre ma place. A ce moment, le conducteur cria : « En voiture! » La femme s'approcha vivement du wagon, et tendit la main droite, que l'officier baisa. Elle dit quelques mots que je ne pus entendre. Puis elle serra les lèvres l'une contre l'autre, tandis que les muscles de ses joues et de sa gorge se tordaient dans une agonie. C'était une séparation tragique — peut-être la dernière.

Le train se mit en marche. Le fournisseur de guerre assis en face de moi aperçut alors la femme. Il poussa son voisin du coude et la lui désigna.

— Une reine! dit-il. Elle doit être exquise, dans son boudoir. Je regrette bien de ne pas l'avoir vue plus tôt. Je serais descendu ici, et j'aurais fait sa connaissance.

— Elle en valait la peine, fit l'autre. Je me demande pour qui elle est venue.

— A voir l'air qu'elle a, je parierais que c'est pour quelqu'un qu'elle aime. Elle a de la ligne, hein?

L'homme se leva de sa place et pressa son front contre la vitre, sans gagner à ce geste de voir la femme mieux qu'il ne la voyait auparavant.

Je n'ai jamais vu cynisme plus hideux, étalé avec plus de vulgarité. En un sens, je regrettai vivement qu'il n'eût pas eu l'occasion de descendre du train et de courir sa chance. Je réponds qu'il y eût reçu une bonne leçon.

Quelques jours après, j'étais en route pour Vienne, heureux de fuir cette espèce de gens, qui pullulaient

comme les mouches l'été. Bien que je n'eusse pas affaire
à eux, ils me portaient sur les nerfs. Je les reconnaissais
à un kilomètre de distance. Il semblait que mes meilleurs
amis eussent à tâche de me faire faire la connaissance
d'hommes qui invariablement se trouvaient être en relations d'affaires avec le gouvernement. Lorsque je ne par-
venais pas à atteindre un haut fonctionnaire d'abords
trop difficiles, quelque bon camarade m'engageait aussitôt à aller m'adresser à M. le conseiller de commerce
un Tel, qui venait précisément de passer avec l'État un
marché de tant et tant de millions. Je savais d'avance
que celui-ci marcherait de grand cœur. Pour lui, mettre
en contact un journaliste étranger de quelque importance
avec un gros personnage officiel, c'était verser de l'eau
à son moulin. La cause de la propagande allemande pouvait y gagner — et y gagnait effectivement, parfois.
Il arrivait de temps à autre que le fournisseur de guerre
fît les frais d'un dîner offert à des correspondants de
journaux étrangers et indigènes. Sans doute son nom ne
figurerait pas dans les dépêches, mais il saurait s'arranger
pour que son zèle vînt à la connaissance des autorités.·
Et, à la prochaine commande, sa marge de profits s'en
trouverait élargie.

Pour un homme exaspéré contre les fournisseurs de
guerre, je jouais de malheur : j'en eus un pour compagnon de route dans le train qui m'emportait de Berlin à
Vienne. Celui-là travaillait dans les cuirs. Il avait en
poche un marché pour 120 000 paires de souliers destinées
à l'armée, et il se rendait en Autriche et en Hongrie pour
s'en procurer la matière. Avant la guerre, il s'occupait de
peaux de gants ; il était passé à sa nouvelle spécialité
« pour se rendre utile ». La patrie, à l'heure du danger,
réclamait l'aide de tous ses enfants ; pour sa part, il remue-
rait ciel et terre pour assurer la victoire. Alors qu'il lui
était loisible de rester tranquillement chez lui à ses
affaires habituelles, il courait le monde, en quête de
cuir : le devoir était le devoir. — Je ne fis rien pour pro-

longer l'entretien : lorsqu'il fut las de mon inattention, il se plongea dans ses papiers, tandis que je considérais le pays que nous traversions.

C'est en Autriche qu'on trouve les plus beaux paysages ruraux de l'Europe centrale. Les maisons paysannes, villages et fermes isolées, avaient l'aspect le plus engageant. Je notai que les murs avaient été récemment blanchis. Les persiennes étaient fraîchement peintes, des tuiles neuves aux couleurs vives témoignaient que les gens prenaient de leurs toits plus de soin que le gouvernement n'en prenait, au même temps, de l'édifice social. Partout des signes de prospérité.

Le train traversait de petites villes, des villages. Aux passages à niveau, les gardes-barrières contenaient des bandes turbulentes d'écoliers. Un gamin, dans un verger, poursuivait un troupeau d'oies. Un homme sciait du bois, tandis que sa femme le regardait faire. La fumée des foyers se déroulait vers le ciel.

Personne n'eût cru que le pays était en guerre. Les groupes d'hommes en uniforme sur les quais des gares, les recrues et les réservistes défilant sur les routes rappelaient à la réalité. A leur défaut, mon compagnon le fournisseur de guerre y aurait suffi.

En Autriche comme en Allemagne, les champs avaient reçu les soins les plus attentifs. Bien que la saison fût avancée, je pus me rendre compte que les labours et les fumures avaient été exécutés parfaitement. Les haies et les clôtures étaient bien tenues. Partout l'ordre et des signes d'aisance. Le charroi était actif sur les grandes routes, et les moulins battaient leur plein. Auprès des hangars à grains et à fourrages, on amassait les pommes de terre et les betteraves à sucre. Je repassais dans mon esprit les chiffres donnés par les statistiques, et j'avais plaisir à en conclure que la production alimentaire dépassait largement les besoins de la consommation.

Vienne me confirma dans mes conclusions. Pas la

moindre trace de pénurie. Les prix s'étaient quelque peu
élevés, mais c'était peu de chose, vu les circonstances.
Les restaurants et les cafés offraient toujours en abondance le pain de froment, le beurre et la crème. Dans une
seule pâtisserie je notai trente-sept variétés de gâteaux et
de biscuits. Chacun buvait son café à la crème fouettée
— *Kaffec mit Obers* — et nul ne songeait à être économe.
Au restaurant connu de Hardman, sur le Kärntner Ring,
la carte portait cent quarante-sept articles. La légende du
bifteck d'éléphant me revint à la mémoire, et j'admirai
combien l'imagination de certaines gens va vite en
besogne. Parmi la cuisine viennoise, les vins autrichiens
et la musique hongroise, combien tout cela paraissait
vain !

Mais tout ce qui brille n'est pas or.

A l'hôtel où j'étais descendu était logée toute une
armée d'Allemands, acheteurs de denrées alimentaires.
J'appris de la bouche de ces hommes ce qui ne pouvait
manquer d'arriver si la guerre durait encore une année.
Ils connaissaient exactement les besoins de leur pays,
et jugeaient superflu d'affecter l'optimisme. Ce qu'ils
redoutaient le plus, c'était la rareté croissante de la main
d'œuvre agricole et des engrais. Ils achetaient à force,
de gauche et de droite, tout ce qu'ils trouvaient à vendre,
à tout prix, et d'autres, me dit-on, en faisaient de même
en Hongrie. Ils n'étaient pas, au sens exact du terme, des
fournisseurs de guerre. Pour la plupart, ils achetaient en
vue de fournir le consommateur par les voies du commerce
usuel ; mais, comme ils voulaient de très grosses quantités,
et qu'ils ne regardaient pas au prix, leurs opérations
poussaient naturellement à la hausse.

J'eus vite fait de me convaincre que les fournisseurs
de guerre viennois étaient plus rapaces encore que ceux
de Berlin. Mais je dois reconnaître qu'ils avaient en public
de meilleures manières. Ils étaient moins bruyants, ce
qui, je pense, était à l'avantage de leurs transactions.

Par goût naturel, je préfère le Shylock bien élevé au

rustre vorace ; je sais ce que m'a coûté cette faiblesse, de temps à autre, mais, comme tant d'autres de nos faiblesses, elle a du moins cet heureux effet de mettre plus de politesse dans la vie.

Les hôtels de Vienne regorgaient de fournisseurs de guerre. Les portiers et les garçons, en leur parlant, leur donnaient du « baron » et du « comte », ce qui leur valait des pourboires royaux.

Je causais avec le portier de l'hôtel Bristol lorsque survint un de ces hommes : il demanda s'il était arrivé pour lui des télégrammes (car un fournisseur de guerre n'use jamais de la poste aux lettres).

— Non, monsieur le comte, répondit le portier.

L'homme parut tout prêt à en faire un reproche au portier. Il fit quelques réflexions amères sur la négligence de je ne sais qui, et sur la négligence de tout le monde, en des termes si généraux que moi-même j'en ressentis une sorte de confusion et me sentis vaguement coupable, puis il s'en alla.

Le portier ne me connaissait que depuis vingt-quatre heures ; mais il voulait bien me témoigner beaucoup de confiance, bien qu'il n'eût pas encore vu la couleur de mon argent.

— Ce gaillard-là mériterait d'être pendu ! dit-il, les yeux fixés sur la porte tournante qui venait de livrer passage à l'homme. — C'est un cochon !

— Comment un comte peut-il être un cochon ? demandai-je en plaisantant.

— Il n'est pas plus comte que moi, répondit le portier. Vous savez, nous n'y regardons pas de si près, à Vienne. Il occupe un de nos meilleurs appartements, et le titre de comte va de droit avec cela, C'est l'appartement qu'a habité jadis le prince de Bismarck.

On ne voit pas trop pourquoi l'Autriche, qui aime les traditions et qui adore la noblesse, ne décernerait pas le titre de comte à toute personne venant occuper un appartement favorisé jadis d'un si grand honneur. Mais il est triste de voir de si hauts personnages déchoir en quelques instants de leur dignité d'emprunt au rang de l'animal aux habitudes malpropres.

Le Grand Hôtel était la citadelle des fournisseurs austro-hongrois. Aux heures des repas, la splendide salle à manger en étaient bondée. Le dîner était une affaire d'État. Ils étaient tous là, en tenue du soir, plastrons bombés, et leurs femmes étalaient tous leurs bijoux. Deux de ces couples s'étaient fait naturaliser Américains, et l'un d'eux mit la main sur moi sans que je comprisse tout de suite dans quel intérêt. Je fus invité chez eux. L'homme avait passé avec le ministre autrichien de la Guerre un marché pour je ne sais combien de milliers de tonnes de viande de conserve. Il pensait que ses amis, « là-bas », auraient plaisir à en être informés, et que le meilleur moyen de le leur faire savoir était d'obtenir de moi que j'en fisse part télégraphiquement à mon agence. Il est curieux de constater à quel point un fournisseur de guerre peut être dénué du sens des proportions.

Si l'on voulait voir ses pareils, à Vienne, dans toute leur beauté, il fallait attendre l'heure de minuit, et se rendre aux endroits qu'ils fréquentaient, à Femina, au Trocadéro, au Château Rouge, au Café de Capoue, au cabaret de Carlton. Jamais le demi-monde viennois n'avait encore connu pareille aubaine. Le champagne coulait à flots, les serres ne suffisaient pas à satisfaire aux commandes de fleurs — ce qui faisait du moins une restriction, à défaut d'autres. Aux violonistes tsiganes personne ne donnait moins de cinq francs, et les garçons étaient fort mécontents de leur soirée lorsqu'elle ne leur avait pas rapporté en pourboires ce que jadis ils mettaient un bon mois à réaliser.

Tout cet argent sortait des poches du public, et, le jour où ces poches commencèrent à être trop dégarnies, le gouvernement fut bien obligé de faire travailler plus activement la presse aux billets de banque. Chacun voulait avoir davantage. Personne ne donnait une pensée

au lendemain, et les gens pensaient être bien sages
lorsqu'ils se disaient qu'il fallait savoir se contenter des
maux de la journée, sans songer à l'avance à ceux des
jours suivants. On ne se demandait pas si les Russes
n'allaient pas franchir un jour la Tatra et les Carpathes,
ce qui serait la fin de tout. L'insouciance, qui est le
trait caractéristique de l'Autrichien, passait cette fois
les bornes, et confondait l'observateur. « Après nous
le déluge ! » Aussi longtemps qu'on aurait de quoi
manger, du champagne, et des femmes avec qui le
boire, les Russes pouvaient bien faire ce qu'il leur
plaisait.

Je me demandais combien de temps cela irait ainsi. Il
était certain qu'un jour viendrait où les Allemands pren-
draient les choses en mains, et qu'ils ne laisseraient pas
la situation militaire empirer au delà d'un certain point :
cela, Berlin n'en faisait pas mystère. Mais les Allemands
ne pouvaient rien pour la situation économique de
l'Autriche-Hongrie : si le gaspillage continuait, il était
clair qu'on allait bon train à la disette en toutes matières.

L'optimisme des classes officielles était prodigieux.
Affamer l'Autriche et la Hongrie, quelle folie ! Un certain
bureau de statistique de la Schwarzenbergstrasse me le
prouva, clair comme le jour. Les chiffres qu'on me
fournit étaient impressionnants. Après tout, qui sait,
peut-être Stürgkh avait-il raison, et y avait-il encore très
loin jusqu'à la famine.

Quinze jours après, j'étais au front de Galicie. Pour m'y
rendre, j'avais traversé la Hongrie du Nord. Les greniers
y étaient pleins à éclater. La récolte avait été bonne. Les
voies de garage étaient encombrées de wagons chargés
de betteraves à sucre et de pommes de terre, et, dans les
champs, les robustes Hongroises, aux jupes courtes et
aux bottes hautes, poursuivaient activement l'arrachage.
Lorsque j'arrivai à Neu-Sandez, au quartier général des
armées austro-hongroises, j'étais convaincu. Je constatai

du reste que les soldats étaient bien nourris, et en excellente condition.

Comme les Russes approchaient un peu trop, je partis pour Budapest. Tout le monde y mangeait son soûl, sans songer le moins du monde à l'avenir, et ce que l'on mangeait était excellent : j'en appelle à ceux qui ont goûté, à Budapest, de l'agneau *pörkölt*, prototype du médiocre goulash américain.

Je traversai la Hongrie centrale et méridionale sans y rien voir qui modifiât mon impression, et, lorsque ensuite je parcourus rapidement la Croatie et les portions de la Serbie comprises sous le nom de Machwa, je commençai à comprendre pourquoi les Romains en avaient jugé la possession si nécessaire : je ne connais pas de terre plus fertile ni de climat meilleur.

Une fois les Russes solidement installés en Galicie et les troupes autrichiennes chassées de Serbie, mon rôle de correspondant de guerre se trouvait provisoirement sans objet. Je retournai à Vienne, puis à Berlin. La situation alimentaire n'avait pas changé. L'Autriche et la Hongrie continuaient de consommer sans ménagement, et l'Allemagne continuait d'acheter de toutes ses forces : elle le pouvait aisément, car le cours du mark était bien tenu, grâce au versement des réserves d'or consenti par la population, et il restait, par tout le sud-est de l'Europe, de vastes stocks qui ne demandaient qu'à être vendus. Pourtant, le gouvernement allemand avait l'œil ouvert, et ne négligeait rien pour préparer l'avenir. Plusieurs pays neutres, tels que les Pays-Bas, le Danemark, la Suisse, la Norvège, venaient de mettre l'embargo sur l'exportation des vivres, et il s'agissait d'aviser. L'Allemagne disposait à cet égard de moyens efficaces..

Voici par exemple la Hollande. Lorsqu'en décembre j'allai faire un court séjour à la Haye, j'appris qu'on venait de limiter à un minimum assez strict l'importation en Allemagne des produits alimentaires. Or la Hollande a

pour tout charbon une mine de lignite dans le Limbourg,
peu riche, et qui ne convient guère qu'à l'extraction du
gaz d'éclairage. Il faut bien que le pays reçoive son
charbon du dehors, s'il veut que ses chemins de fer
fonctionnent, que ses usines travaillent, que ses bateaux
prennent la mer, que ses villes soient éclairées et chauffées.
En temps normal, la Hollande demandait à la Belgique
la majeure partie de sa houille. Voici que la Belgique
était aux mains des Allemands. L'Angleterre mettait à la
fourniture du charbon des conditions que le gouvernement
des Pays-Bas jugeait inacceptables. L'Allemagne était donc
l'unique pays auquel il pût s'adresser, et elle ne demandait
pas mieux, pourvu qu'en échange on lui fournît des
aliments.

La Hollande, avant de conclure, avait négocié serré, et
tenu bon longtemps. Elle ne voulait pas désobliger l'Angleterre, mais, d'autre part, elle ne pouvait se brouiller
avec l'Allemagne. J'eus l'occasion d'étudier l'affaire à
fond, et, au terme de mon enquête, j'avais acquis la certitude que l'Allemagne avait tout mis en œuvre pour
extorquer à la Hollande autant de vivres qu'il était
humainement possible. L'obstination qu'elle y avait mise
me frappa : elle contrastait singulièrement avec l'aisance
détachée avec laquelle, à Berlin, on affectait d'envisager
la question du ravitaillement. J'eus l'impression que les
résultats des enquêtes statistiques avaient fourni matière
aux plus sérieuses inquiétudes.

En janvier 1915, on m'expédia aux Balkans. En cours
de route, je constatai que rien n'était changé, ni à
Berlin, ni à Vienne, ni à Budapest. A Bucarest, je trouvai
des milliers de commissionnaires allemands occupés à
faire main basse sur tout ce qu'ils trouvaient à acheter,
et, attelés à la même besogne, des centaines d'Austro-
Hongrois qui avaient longtemps habité la Roumanie, et
dont plus d'un avait une forte position sur le marché aux
grains de Braïla. J'étais descendu au Palace Hôtel, qui
était le quartier général des acheteurs de céréales. Et je

posai au portier quelques questions qui montraient que je m'intéressais à ce commerce.

— Parfaitement, monsieur; tous ces gens sont des Allemands qui viennent ici acheter notre blé, me répondit le Balkanique. Si vous n'aimez pas à vous rencontrer avec eux, vous êtes parfaitement libre de chercher un autre hôtel. Il n'en manque pas dans la ville.

J'aime bien le franc-parler; mais j'avais d'autant moins de raisons de quitter l'hôtel que le portier m'y invitait plus nettement.

Les affaires des commissionnaires marchaient bien. Il n'était pas difficile d'acheter, mais il était moins aisé d'exporter. Le premier ministre Bratiano ne voyait pas d'un bon œil tout ce trafic, et il avait donné aux chemins de fer de Roumanie la consigne de procéder avec toute la lenteur possible. Mais il existe des moyens de tourner les instructions de cette sorte, et les Allemands s'en étaient avisés. Loin de moi l'idée de faire ici le tableau détaillé de la gabegie à Bucarest. Qu'il me suffise de dire qu'en ce temps-là, l'argent y démoralisa plus d'un caractère. Les chanteuses de café-concert et les danseuses des cabarets de la Calea Victoriei eurent une part active à l'exportation des céréales. J'ai eu personnellement connaissance d'un cas où un diamant de quatre carats, offert à propos, fit lever immédiatement l'embargo mis sur huit mille tonnes de blé, — et sous ce blé était enfouie une grande quantité de caoutchouc brut, contenu dans des caisses qui portaient le nom d'une importante fabrique de pneumatiques de Pétrograd. Ce sont choses qui arrivent quand les dames mettent la main aux fournitures de guerre.

J'avais pour mission immédiate d'étudier la situation politique de la péninsule, puis de pousser jusqu'en Turquie. C'est ce que je fis.

A Sofia, le gouvernement se donnait alors beaucoup de peine pour rester neutre. Les Allemands n'avaient pas de raison d'y acheter des céréales de l'année, mais ils

passaient des marchés pour la récolte prochaine. Ils
venaient aussi y chercher de la laine, et de grandes quantités de peaux de mouton prenaient le chemin de l'Allemagne et de l'Autriche-Hongrie. Tout cela se passait au
grand jour, sans difficulté, mais le transport était une
autre affaire. Comme les Serbes tenaient les portions centrales du Danube, qui d'ailleurs était alors rendu impraticable par les glaces, il fallait bien que les produits
bulgares, dans leur route vers le nord, traversassent la
Roumanie. Ils y pénétraient le plus aisément du monde ;
mais, une fois là, il s'agissait de les faire sortir, et on
n'imagine pas ce qu'il y fallait employer d'argent, de diamants et de champagne. Au cours d'un mois, à Bucarest,
cette boisson fit un saut de dix-huit à quarante francs,
si bien que les Allemands, comme pour prendre leur
revanche, se hâtèrent d'y expédier de leur vin mousseux,
fabriqué sur les bords du Rhin.

J'arrivai à Constantinople en juillet. La capitale ottomane reçoit normalement ses approvisionnements par
mer, de la mer Noire par le Bosphore, de la Méditerranée
par les Dardanelles. Or les Russes montaient la garde à
l'entrée du Bosphore, et les Français et les Anglais
veillaient à ce que rien n'entrât par les Dardanelles, qu'ils
parvenaient fort bien à bloquer complètement, — bien
qu'ils n'arrivassent pas à pénétrer eux-mêmes bien avant
dans le détroit, comme je pus m'en apercevoir au cours
des huit mois que je passai auprès des armées turques,
tant aux Dardanelles qu'à Gallipoli. La voie ferrée d'Anatolie, avec ses quelques embranchements sans importance,
était donc l'unique moyen d'atteindre les districts agricoles d'Asie Mineure, le vilayet de Konia et la plaine de
Cilicie, par exemple. Mais la ligne, à voie unique, était
encombrée par les transports militaires. Constantinople
en était donc réduite à dévorer ses stocks, et à voir
venir.

L'empire ottoman est un pays de bonne production
agricole, et dont le rendement serait bien meilleur si sa

population s'en remettait moins à ses chèvres et à ses
moutons. Que sa capitale, son unique grande ville, dût
être à court de blé dès le mois de juillet 1915, c'était à n'y
pas croire, mais c'était ainsi. Au mois de mai de la même
année j'avais poussé une pointe en Anatolie, en Syrie et
en Arabie. En cette saison, en Asie Mineure, les céréales
sont tout près d'être mûres. Les récoltes s'annonçaient
belles, mais il était certain qu'elles ne pourraient pas
être transportées à Constantinople, pas plus que celles de
l'année précédente. Je n'aime pas les évaluations faites à
vue d'œil; mais je crois bien pouvoir affirmer qu'entre
Eregli, dans la plaine de Cappadoce, et Eski-Chehir, sur
le haut-plateau d'Anatolie, j'ai bien vu pourrir dans les
gares assez de blé pour pourvoir aux besoins de l'Europe
centrale durant deux années entières. Les greniers étant
remplis à déborder, les paysans avaient entassé leur
grain au dehors, en plein air, sans abri d'aucune sorte.
Les couches superficielles, exposées à la pluie et au
soleil, germaient follement, alors que l'intérieur des tas
était en pleine pourriture. Il ne se passait pas de jour
que la Compagnie et les autorités ne promissent d'y
porter remède, mais les besoins militaires absorbaient
tout le trafic.

Il arriva donc qu'à Constantinople les boutiques des
ekmekdjis étaient assiégées par des milliers de pauvres
diables affamés, impuissants pour la plupart à obtenir la
miche que leur promettait leur ticket. Pour comble de
malheur, les spéculateurs se mirent de la partie et
râflèrent tout ce qu'ils purent, ce qui eut pour effet
la hausse des prix. Enfin le gouvernement, dans son
habituelle stupidité, laissa s'opérer l'accaparement des
olives, ce qui vint encore aggraver la détresse du bas
peuple.

Et pourtant, la population de Constantinople a des pré-
tentions bien modestes. Turcs et Levantins se contentent
fort bien de pain et d'olives, plus un peu de *pilaff*, et, une
fois par jour, un petit morceau de mouton. Assaisonné

d'une tasse de café pour le Turc, d'un verre de vin rouge pour le Levantin, cela fait un ordinaire agréable, et que l'hygiéniste approuve de tout point.

Le gouvernement Jeune Turc n'eut pas le courage de faire ce qu'il eût pu faire. Des hommes comme Enver Pacha et Talaat Bey, qui avaient osé jeter la Turquie dans la guerre, hésitèrent devant l'audace des spéculateurs. Les pirates de l'alimentation purent s'abattre sur la nation et se saisir d'elle sans rencontrer de résistance. Ce que n'avaient pu faire les flottes et les forces des puissances alliées, aux Dardanelles et à Gallipoli, les requins de l'alimentation l'accomplirent sans encombre.

CHAPITRE IV

LA DISETTE EST STATIONNAIRE

Que la pénurie alimentaire soit apparue d'abord sous sa forme aiguë dans un État aussi manifestement agricole que l'empire ottoman, c'est la preuve éclatante qu'en matière de production agraire, la main-d'œuvre est, de tous les facteurs, le plus important. Vient-elle à manquer, le sol le plus fertile et le climat le plus favorable font faillite, et les espèces qu'une longue culture a faites précieuses pour l'homme tendent à retourner à leur état de nature. Si l'homme veut obtenir du pain, il faut qu'il laboure, qu'il sème, qu'il cultive, qu'il moissonne. Et il faut surtout qu'il donne à la terre des engrais. Les bras manquaient à la terre turque. La mobilisation avait ôté aux fermes leurs hommes valides. Les récoltes appauvries laissaient beau jeu aux requins de l'alimentation.

Les choses vont mal pour le spéculateur lorsque toutes choses sont en abondance. Il se produit alors une fuite dont il ne parvient pas à se rendre maître, et dont il est finalement la victime. Chacun sait qu'en matière de grains, l'accaparement est impossible, et est un casse-cou, lorsque de 15 à 30 pour 100 du grain récolté échappe à la main-mise. Cette marge suffit au consommateur pour maintenir les prix à leur niveau normal, ce qui signifie la mort pour l'accapareur. Il ne lui reste d'autre refuge que la corruption du gouvernement, et les complicités administratives.

On sera sans doute surpris qu'à ce moment l'Autriche-Hongrie et l'Allemagne aient ressenti, bien qu'à un moindre degré, les mêmes effets que la Turquie.

Comment se peut-il, dira-t-on, qu'une fois la carte de
pain instituée, la qualité et le prix du pain réglementés,
des États qui, à 5 pour 100 près, se suffisaient à eux-
mêmes en temps normal, se soient trouvés à court de
pain. — Il y eut à cela deux raisons : d'abord le ralen-
tissement de la production, puis l'accaparement.

Il faut ne pas perdre de vue que les réglementations
officielles qui tendaient à assurer au peuple du pain à un
prix raisonnable s'étaient bien gardées d'intervenir dans
la répartition. La rapacité des accapareurs avait eu pour
conséquence une élévation des prix à laquelle seule une
action énergique des gouvernements eût pu mettre un
terme, en contenant l'avidité des trafiquants. Mais il
s'agissait avant tout de donner à la population du pain à
bon marché, par la fixation d'un maximum, et de ménager
les ressources, en limitant la consommation. Les spéculateurs restaient libres d'acheter à leur gré, et de vendre
quand et à qui il leur plairait. Il en résulta que, tandis
que la masse, en Allemagne et en Autriche-Hongrie, était
astreinte à manger du pain de guerre en quantités strictement définies, les classes aisées trouvaient moyen de se
procurer sans beaucoup de peine la farine de pur froment,
et ses dérivés. Les autorités le savaient fort bien, mais
avaient de bonnes raisons pour n'y pas faire obstacle.
Le moment était venu de faire appel aux ressources financières profondes du pays, et le mieux était de permettre
aux spéculateurs de tirer à eux l'épargne, en sorte qu'ils
pussent tout à la fois supporter les lourds impôts qui
allaient les frapper, et souscrire aux emprunts de guerre.
Ces hommes-là, on les avait aisément dans la main :
c'étaient pour la plupart des banquiers, et des rois de
l'industrie et du commerce; et ils avaient tout intérêt à
fournir au gouvernement de quoi continuer la guerre.

La carte de pain n'eut ni pour intention ni pour effet
de régler la répartition selon l'équité. Elle n'eut d'abord
d'autre objet que de contraindre ceux qui ne voudraient
pas se contenter de la quantité prescrite à payer chère-

ment la tolérance dont ils bénéficiaient. L'injustice était criante, mais le pauvre diable accepte bien des choses par respect pour l'autorité. Pour ma part, je ne rencontrais nulle part la moindre difficulté à obtenir le pain de froment ou les plats de farineux dont je pouvais avoir envie. Il n'était même pas nécessaire d'en exprimer le désir. Il était entendu que j'appartenais à cette catégorie d'hommes qui ne peuvent en être réduits à manger du pain de guerre, et à se passer de gâteaux et de biscuits, et cela suffisait, une fois pour toutes. Comme on supposait que j'avais une carte de pain, on ne me la réclamait nulle part. Dans les restaurants où je mangeais, je trouvais presque toujours un petit pain dissimulé sous la serviette, pliée à cet effet en bonnet d'évêque.

Il n'en allait pas de même pour la masse de la population : le temps n'était plus où elle avait à sa disposition du pain en abondance. A Berlin, la ration quotidienne était de 300 grammes, à Vienne de 210. Ces rations étaient très raisonnables à la condition qu'on pût disposer d'autres ressources alimentaires, comme par exemple de farine pour la cuisine, et, pour mon compte, c'était plus qu'il ne m'en fallait. Mais la cherté du reste, et notamment de la viande, rendait le pain plus nécessaire que jamais.

Il est singulier que la ration ait été fixée en Autriche à un taux plus bas qu'en Allemagne. L'Autriche produisait jadis plus de céréales que son alliée, et, en d'autres circonstances, elle eût pu en recevoir de Hongrie : car la Hongrie, en temps normal, exportait du blé vers toutes les directions. Mais aujourd'hui, brusquement, on se trouvait à court. C'est que la mobilisation, en Autriche-Hongrie, avait ôté à la terre une très forte proportion de sa population mâle, et que les travaux agricoles s'en ressentaient en 1915. L'imprévoyance avait dissipé les réserves, et, pour comble de malheur, la saison avait été défavorable. En outre, une bonne partie de la récolte avait passé aux mains des spéculateurs, qui ne la cédaient qu'au prix qu'ils en voulaient. En Autriche, on avait répondu aux

doléances en instituant la carte de pain; en Hongrie, où
la carte n'était pas encore généralisée, le gouvernement
était de connivence avec les requins : si, de temps à
autre, un journal avait l'audace d'élever la voix, la censure mettait bon ordre à ce que ces hardiesses ne par-
vinssent pas jusqu'au public.

La superficie totale des terres ensemencées pour 1915
avait été, en Allemagne comme en Autriche, au moins
égale à ce qu'elle était l'année précédente : les gouvernements avaient insisté pour que rien ne restât en jachère.
Mais, comme il fallait s'y attendre, la récolte n'avait pas
été bonne. Pour me rendre un compte plus exact des
choses, je parcourus quelques districts ruraux. Grands
propriétaires, fermiers, petits paysans me tinrent le même
langage : manque de bras, manque de chevaux et d'autres
animaux de trait, pénurie d'engrais, et très médiocre
saison.

J'eus affaire, entre autres, au baron Joachim de Bredow-
Wagenitz, propriétaire de grands domaines en Brande-
bourg. Sa longue expérience de l'exploitation agricole
rationnelle lui donnait le droit d'avoir une opinion. Il
avait essayé de la charrue à vapeur, et s'en était mal
trouvé. Il n'était pas éloigné de penser que notre mère
la terre n'aimait pas à être traitée de la sorte, et nous le
faisait connaître. En dépit de tous les soins, les résultats
n'étaient pas bons. La récolte était sans vitalité et sans
vigueur. La faute, à l'entendre, en était surtout à l'insuffisance de la fumure : on avait eu grand tort de croire le
sol riche d'assez de réserves pour fournir sans engrais
aux besoins d'une saison. Les soixante prisonniers russes
qu'on avait mis à sa disposition lui avaient donné, à quelques exceptions près, peu de satisfaction. Les hommes
d'âge et les femmes avaient travaillé la terre de leur
mieux, mais, outre qu'ils résistaient mal à la fatigue de
l'effort soutenu, il leur manquait l'expérience et le savoir-
faire.

Par toute l'Allemagne, c'était la même histoire : impos-

sible d'évaluer les pertes qu'entraîne l'absence de quatre
millions d'hommes arrachés au sol, et occupés à consommer plus qu'il ne leur était arrivé de leur vie, sans rien
produire. Pour plus de précision, voici quelques chiffres.
La population de l'empire d'Allemagne s'élevait alors, en
chiffres ronds, à 70 millions d'habitants, dont 35 millions
de femmes. Sur les 35 millions d'hommes, tous ceux de
moins de 15 ans, et, plus ou moins, ceux de plus de 50 ans
se bornaient à consommer. La durée moyenne de la vie
en Europe centrale pouvant être estimée à 55 ans, nous
avons donc un total d'environ 20 millions d'hommes en
âge de produire, dont la moitié était, soit sur les divers
fronts, soit dans les dépôts. Sur ces 10 millions d'hommes
saisis par l'armée, 4 200 000 avaient pour métier la production et la répartition des produits destinés à l'alimentation,
et j'ajoute enfin que tous ces hommes étaient à l'âge de la
pleine vigueur.

L'enquête que je fis en Autriche me fournit des conclusions analogues, mais plus inquiétantes pour l'avenir.
L'Autriche et la Hongrie avaient alors sous les drapeaux
environ cinq millions d'hommes, dont près de la moitié,
soit environ 2 225 000, appartenaient à la vie rurale et aux
industries de l'alimentation, si bien que l'agriculture s'y
trouvait encore plus mal en point qu'en Allemagne. Mêmes
doléances chez les grands propriétaires, même pénurie
d'ouvriers agricoles, même impossibilité d'y remédier. Je
me souviens des fâcheuses expériences que me conta un
noble hongrois, le comte Erdödy. Après avoir tout essayé
vainement pour se procurer de la main-d'œuvre masculine,
il se résigna à employer des femmes. Il n'eut pas à s'en
féliciter, et pourtant il acquit la certitude que ses femmes
s'en étaient encore mieux acquittées que les hommes
recrutés à grand'peine par les propriétaires de son voisinage. J'ajoute, comme un signe des temps, que le comte
lui-même, qui est loin d'être un jeune homme, n'hésita
pas à payer de sa personne, avec sa femme, Américaine
de naissance, et ses deux filles, dont l'une conduisait la

charrue aussi bien qu'un homme. Le fait était plus général qu'on ne pense ; du moins bon nombre de propriétaires, privés de leurs intendants, durent-ils prendre en main la gestion effective de leurs domaines.

Les conditions étaient beaucoup plus dures encore pour les petits fermiers et pour les simples paysans. En voici un exemple, pris entre mille.

La région de l'Autriche proche de Linz est d'une fertilité remarquable. Elle est presque tout entière exploitée par de petits propriétaires, qui la détiennent depuis la révolution paysanne de 1848. J'allai rendre visite à quelques-uns d'entre eux.

— Il leur est commode, aux beaux messieurs qui sont tranquillement assis dans les bureaux des ministères, de nous demander de produire des récoltes aussi bonnes qu'à l'ordinaire, sinon meilleures. Ils nous amusent avec leurs circulaires, mais nous voudrions bien les y voir. Tenez, ils m'ont laissé en tout et pour tout le plus jeune de mes fils, un enfant, qui vient d'avoir ses dix-huit ans. J'en avais trois autres, qui m'aidaient. L'un a été tué en Galicie, les deux autres sont prisonniers ; du moins on veut me le faire croire, mais je n'ai plus jamais eu de nouvelles d'eux. Je suis bien sûr que je ne les reverrai pas... J'aurais eu de meilleures récoltes si je n'avais pas essayé d'obéir aux recommandations que nous a faites le gouvernement. On nous a dit que notre devoir était de tirer de nos terres tout ce que nous pourrions. Je savais bien que ce n'était pas sage. J'aurais mieux fait de suivre mon propre jugement, de labourer la moitié de mes champs et de laisser le reste en jachère : cela aurait bien mieux valu pour les récoltes de l'année prochaine. Je les ai écoutés, j'ai tout labouré, j'ai employé une quantité énorme de semences, j'ai dépensé inutilement une masse de travail, d'abord à labourer, puis à cultiver, enfin à moissonner, et je me trouve avoir moins que ne me donnait d'habitude la moitié de ma terre.

Quand on va trop vite, on gâche. On obligeait cet

homme, depuis longtemps fatigué, à faire, avec l'aide d'un enfant, autant que faisaient jadis trois paires de bras vigoureux. Il n'avait guère le cœur à l'ouvrage : trois de ses fils morts ou disparus, et le quatrième, Frantz, allait être pris à son tour. Pourquoi se donner tant de mal, et pour qui? Et puis, les impôts étaient devenus bien lourds. Et puis encore, le prix auquel il vendait sa récolte, bien qu'il eût un peu monté, n'en compensait pas la médiocrité : elle était inférieure de moitié à une année normale, et on la lui payait en moyenne 15 pour 100 de plus qu'à l'ordinaire.....

J'entendis le même langage de la bouche de ses voisins. Quelques-uns avaient obtenu un rendement meilleur, mais aucun plus de 80 pour 100 de la moyenne. Eux aussi étaient mécontents des prix. Les acheteurs des gros commissionnaires classaient souvent dans une catégorie inférieure les produits qui leur étaient soumis, afin de pouvoir les payer d'un prix inférieur au minimum fixé par les réglements. Les gens se sentaient lésés, mais n'avaient aucun recours. S'ils refusaient de vendre, les autorités sauraient les y contraindre, et ils préféraient encore passer par les exigences des requins que de s'exposer à la réquisition. Ils se jugeaient exploités par le gouvernement, et ni leur courage ni leur production n'en étaient accrus.

Je me rendis compte que dans les régions rurales la guerre avait un tout autre sens, une tout autre réalité qu'à la ville. Elle avait implanté au plus profond du cœur des paysans l'idée que tout dans la vie est vain. Les gens des villes avaient, eux aussi, les leurs au front; mais ils avaient plus de distractions, ne fût-ce que le frottement quotidien avec un grand nombre d'autres gens. Ils avaient en outre cette sorte d'excitation continue que donne une partie à gros enjeux. Lorsque les choses allaient mal, il se trouvait toujours quelque optimiste pour les réconforter; lorsqu'arrivait la nouvelle d'une victoire, lors même qu'elle fût sans portée, ils en tiraient une provision d'allégresse dont ils se repaissaient durant plusieurs jours. Là-bas, aux champs, c'était autre chose. La feuille hebdomadaire qu'ils lisaient faisait de son mieux; mais les perspectives qu'elle faisait miroiter devant leurs yeux étaient considérées de sens rassis, et n'en-imposaient guère à leurs esprits simples et réalistes.

Je trouvai le même état de sensibilité dans tous les villages d'Autriche que je visitai. Dès le mois de décembre 1914, le paysan autrichien était las de la guerre. Un an plus tard, il en était dégoûté, et il lui eût été parfaitement indifférent d'apprendre un beau matin que les Russes étaient à Budapest. Il faut dire qu'il n'en eût pas été de même s'ils avaient approché de Vienne : en ce cas, il aurait pris sa fourche ou sa faux. — Le fermier hongrois en était au même point. Si la guerre eût pu finir sans que les Italiens poussassent plus loin que Vienne, il en aurait pris son parti; mais voir les Russes à Budapest, c'était une autre affaire.

Cependant les gouvernements d'Autriche et de Hongrie, s'instruisant à l'école des Allemands, et préoccupés d'obtenir une meilleure récolte pour l'année suivante, distribuaient à foison, dans les campagnes, des brochures de propagande où l'on exposait avec beaucoup de soin et de détails les meilleurs modes de labour et les méthodes de fumure les plus opportunes. L'intention était bonne, et l'effort ne fut pas sans porter quelques fruits. Beaucoup de paysans apprirent ainsi qu'ils avaient à leur portée des ressources d'engrais auxquelles ils n'avaient jamais pris garde, et la préparation des terres en ces derniers mois de 1915 en tira un réel profit.

CHAPITRE V

LE REQUIN A L'OEUVRE

Il y avait alors en présence, en Europe centrale, deux manières différentes d'entendre l'économie de guerre, et ces deux méthodes contraires et ouvertement hostiles se trouvaient représentées l'une et l'autre au sein des gouvernements qui réglementaient la production, la distribution et la consommation des denrées alimentaires. De ces conflits intimes résulta plus d'une fois quelque confusion.

La première de ces deux doctrines, la méthode radicale, avait pour elle les militaires. Ce qu'ils rêvaient, c'était d'étendre à la population entière la discipline de la caserne. Pour l'heure présente, ils demandaient que l'État tout entier fût géré militairement. La production tout entière serait remise à l'État; la distribution tout entière serait ordonnée en vue de ce qu'exigeait la guerre; la consommation tout entière, celle du riche et celle du pauvre, serait mesurée sur l'utilisation militaire de l'individu. Chacun aurait exactement sa part des denrées existantes, et pas une miette de plus. Le riche mangerait exactement, à un gramme près, ce que mangerait le pauvre; chacun aurait part égale de vêtements, de chauffage, et d'éclairage.

Ce programme allait bien au delà de l'idéal socialiste le plus extrême. Mais ni les politiciens ni les capitalistes ne l'entendaient de cette oreille. A leurs yeux, il n'y avait guère de profit à sortir victorieux de la guerre si elle devait avoir pour conséquence l'avènement d'un régime socialiste; mieux valait encore être vaincus, et que le capitalisme fût sauf.

Ce conflit entre les deux doctrines était du plus haut
intérêt. J'eus l'occasion d'en causer avec un homme que
je ne puis nommer, parce qu'il en résulterait pour lui
des désagréments, et que je ne suis pas de ceux qui font
la guerre aux individus. Il est aujourd'hui général dans
l'armée allemande. Il était alors colonel, et il avait fait
preuve déjà des plus rares qualités de l'homme politique,
du diplomate, et du soldat.

— Vous êtes socialiste, lui dis-je, et vous ne vous en
doutez pas.

— Je suis socialiste, me répondit-il, et je le sais fort
bien. La guerre m'a rendu socialiste. Une fois tout cela
terminé, si je suis encore de ce monde, je ferai du
socialisme actif.

— Et pourquoi donc? demandai-je.

Ma question resta sans réponse. Il ne pouvait pas me
dire les raisons. Mais je parvins indirectement à les
connaître. Il me les dévoila, lambeau par lambeau. Il
était fatigué de la boucherie, et il l'était d'autant plus
qu'il n'arrivait pas à comprendre quel bénéfice l'humanité retirerait de tant de sang versé.

— Lorsque la guerre atteint les proportions qu'a prises
celle-ci, me dit-il un jour, elle cesse d'être une affaire
militaire. Les peuples d'Europe se tiennent l'un l'autre à la
gorge pour cet unique motif qu'une bande de capitalistes
a peur de perdre au profit d'une autre bande une partie
de ses dividendes. Nous n'avons qu'un seul moyen d'en
finir, c'est de passer au socialisme, et d'en finir avec nos
maîtres.

On jugera peut-être qu'il n'y a qu'un rapport bien
lointain entre cette manière de sentir et la méthode
économique prônée par les militaires en matière de
réglementation alimentaire. Le rapport existe pourtant.
Les hommes qui étaient aux tranchées savaient fort bien
pourquoi ils se battaient. Ils savaient qu'une fois la
guerre achevée, ils auraient à continuer la lutte, sur un
autre terrain. Et le cas que j'ai cité n'est pas unique. J'en

ai trouvé un autre au quartier général du général
von Stein, alors qu'il commandait un secteur sur la
Somme.

La méthode absolue professée par les militaires avait
aussi pour elle cette classe de fonctionnaires qui traîne
péniblement une existence de misère décente au moyen
du salaire le plus maigre qui soit en aucun pays. Ceux-là
aussi inclinaient aux mesures extrêmes.

Un argument très simple suffisait pour arrêter net tous
ces extrémistes. Pour faire la guerre, leur répliquaient
leurs adversaires, il faut de l'argent. Où prendrez-vous
cet argent si vous bouleversez le vieux système social? —
A cela il n'y avait guère rien à répondre. Faire quoi que
ce fût qui eût rendu impossibles les emprunts de guerre,
c'eût été trahir au premier chef.

Il en résulta donc que la réglementation fut maniée
par les anti-capitalistes comme un moyen de refréner leur
bête noire dans la mesure où ils le pouvaient sans trop de
risques, et, pour les économistes orthodoxes, comme un
moyen d'être secourables à leurs amis. Ils avaient le
dessus tour à tour, et, tour à tour, le capital y gagnait,
ou le public. Chaque fois qu'on émettait un emprunt de
guerre, les anti-capitalistes rendaient un peu la main,
qui redevenait plus lourde sitôt l'emprunt souscrit; et ils
retrouvaient alors devant eux la résistance passive mais
tenace de leurs adversaires.

Je dois dire à ce propos que tout ce qu'on a dit de
l'admirable organisation des administrations allemandes
n'est qu'une légende et qu'une détestable plaisanterie.
Ce qu'on prend pour de l'organisation n'est pas autre
chose que l'immense docilité inculquée aux Allemands
par des siècles d'autorité. Et il n'est nullement exact que
cette soumission ait rien de commun avec la discipline
de la caserne, comme on se plaît à le répéter. Elle
provient beaucoup plus d'un respect illimité pour l'ordre
et pour la bonne conduite des affaires de la cité que de
la crainte qu'inspire le sous-officier. Je conviens d'ailleurs

qu'il faut, pour tirer bon parti de cet esprit d'obéissance, une certaine adresse organisatrice. Quoi qu'il en soit et quoi qu'on en pense, il est de fait que le peuple d'Allemagne, amoureux d'ordre, se prête mieux qu'aucun autre aux injonctions et aux impulsions des hommes qui le gouvernent, et qu'il doit à ce trait de sa nature une bonne part de sa force.

Au début de 1915, des raisons purement militaires firent modifier le fonctionnement des moyens de distribution. Les voies ferrées de l'empire avaient à faire face aux besoins d'un trafic intense, et il était devenu indispensable de ménager les rails, le matériel roulant et les locomotives, si l'on ne voulait pas s'exposer à voir faiblir les longues lignes de communication qui relient entre eux les fronts de France et de Russie.

Les mesures que l'on prit alors étaient uniquement dictées par des motifs d'ordre militaire. Mais, au mois d'août de la même année, on s'avisa de leur donner une portée économique. La tentative ne fut pas très heureuse d'abord; mais l'état-major général d'Allemagne comptait alors et compte aujourd'hui encore des hommes prompts à s'instruire et à s'adapter. Ces hommes s'étaient rendu compte que, dès le moment où les chemins de fer des différents États de l'Allemagne auraient été réunis sous l'autorité souveraine de l'armée, ils tiendraient les hauts barons de l'industrie et du commerce, pour lesquels ils nourrissaient une haine si cordiale. Ils firent donc adopter toute une série d'innovations, « dans l'intérêt de l'armée ».

La première fut le système des zones de distribution. L'idée était à coup sûr ingénieuse. Elle était en même temps si féconde en heureux résultats, que les amis du haut commerce, au sein du gouvernement, furent bien contraints de s'y rallier.

Voici en gros quelle en était la portée. Supposez qu'un marchand de farines en gros, dans l'ouest du Hanovre, eût pour client un marchand au détail de Magdebourg.

Jusqu'alors, il lui était loisible de fournir librement son client. Ce droit lui était retiré. Il n'aurait dorénavant la faculté de lui faire un envoi que s'il pouvait faire la preuve qu'on n'avait nul besoin de sa farine en aucun point de l'empire qui fût plus proche de ses stocks que ne l'était Magdebourg. Il saute au yeux qu'il était non seulement difficile, mais impossible de fournir cette preuve.

Si l'on se souvient que les chemins de fer constituaient, pour les différents États de l'Allemagne, une source importante de leurs revenus, on comprendra que le morceau ait été de digestion difficile. La mesure fut néanmoins adoptée, et les conséquences en furent excellentes. L'interminable trimballage des marchandises cessa. Le coup était dur pour le requin de l'alimentation. Il est évident que ceux qui avaient machiné l'affaire, sous couleur de ménager les moyens de transport, visaient surtout à retirer aux rois du commerce l'un des arguments qu'ils invoquaient le plus volontiers pour justifier la hausse des denrées.

L'application n'alla pas sans résistance. Les gouvernements intéressés n'étaient pas à court d'objections. Ménager les voies ferrées et le matériel roulant, c'était fort bien, et c'était chose aisée : le ministre des Chemins de fer y pourvoirait sans difficulté en donnant aux services compétents les instructions convenables. Mais intervenir dans la distribution était une tout autre affaire. Il était singulièrement délicat de porter la main sur une machine aussi sensible, et où la moindre impulsion partie d'en haut se répercutait aussitôt jusqu'à l'autre bout. Sauf le cas d'absolue nécessité, le mieux était de laisser la distribution se régler d'elle-même, librement et au gré des besoins, plutôt que d'en compromettre le fonctionnement en risquant les périlleuses expériences préconisées par les théoriciens socialistes.

Il fallait pourtant qu'on trouvât le moyen de faire échec au spéculateur. Le désordre causé par ses pratiques allait croissant. On venait de rendre les ordonnances relatives aux prix minimum et maximum, ce qui était fort bien, mais, aussi longtemps qu'on ne rendrait pas impossible la spéculation et l'accaparement, ces mesures et toutes mesures analogues, loin d'être un bienfait pour les masses populaires, seraient à leur détriment.

Je vais montrer par un exemple concret comment procédait le requin de l'alimentation. L'exemple est pris en Autriche, mais je pourrais en fournir cent autres, empruntés à l'Allemagne. J'ai choisi ce cas, parce que je connais l'homme de vue, et que j'ai assisté à plusieurs séances de son procès. Et d'abord, voici en quelques mots la loi qu'il a enfreinte.

Pour faire obstacle à ce qu'en Europe centrale on nomme le *Kettenhandel*, le commerce en série ou en chaîne, les gouvernements avaient arrêté que les produits alimentaires, pour passer du producteur au consommateur, devraient suivre la filière suivante : le producteur aurait le droit de les vendre à un commissionnaire, mais celui-ci ne pourrait les vendre qu'à un marchand de gros, qui lui-même ne pourrait les céder qu'à un détaillant. C'est évidemment la raison même. Mais cela ne faisait l'affaire ni des commissionnaires, ni des marchands de gros. Au mépris de la loi, ils cherchaient à se passer les denrées de main en main, et chacun des détenteurs temporaires prélevait à son tour son bénéfice, qui était d'importance. Pour rendre le contrôle possible, le détaillant était tenu d'exiger du marchand de gros la facture qui attestait l'origine des denrées, et le marchand de gros pouvait exiger du commissionnaire qu'il justifiât par production de documents authentiques du prix qu'il avait payé au producteur. Aux termes de la loi, un moulin, ou tout autre établissement où sont amassés des produits alimentaires, était considéré comme un producteur.

M. B. avait acheté à la Compagnie des moulins de riz de Fiume un wagon — dix tonnes — de riz d'excellente qualité. Il avait amené son riz à Vienne, où, comme bien l'on pense, la demande était active. Mais il en voulait un beau

bénéfice, ce qui n'était guère possible s'il se conformait
purement et simplement à la loi : le marchand de gros
ou le détaillant à qui il le céderait pourrait exiger la production de la facture d'achat, et il serait sûrement dénoncé
aux autorités s'il prétendait prélever un profit supérieur au
maximum fixé par l'État. Pour ne pas s'exposer à cet
ennui, il fit ce que tout le monde faisait, et il fit si bien
que de son unique wagon de riz il tira un bénéfice net de
5500 couronnes.

Malheureusement, les choses se gâtèrent. M. B. fut
arrêté et traduit en justice pour inflation criminelle des
prix par le moyen du commerce en série. Une fois son riz
rendu à Vienne, il l'avait vendu à un homme de paille,
lequel l'avait revendu à un deuxième homme de paille,
lequel l'avait recédé à M. B. Par ce procédé, il se trouvait
avoir en mains une facture dont les chiffres étaient con- ·
formes à son désir, et qu'il avait pu produire au marchand
de gros à qui il avait finalement repassé le riz. Le tribunal fut indulgent. L'homme fut condamné à 5000 couronnes d'amende, plus six mois de prison, et perdit sa
licence de commerçant. L'opération, cette fois, avait mal
tourné.

Après tout, des pratiques de ce genre étaient bien
innocentes si on les compare à d'autres actes de piraterie;
plus raffinés, et qui d'ordinaire supposaient la complicité
d'un fonctionnaire de l'administration des chemins de fer.
Ce genre d'hommes, souvent très mal payés, et embarras-
sés de soutenir leur misère dorée, se laissaient parfois
entraîner hors du droit chemin. On parla beaucoup d'une
affaire où il s'agissait de trois cents wagons de farine.
Bien que la Hongrie et l'Autriche n'en eussent vraiment
pas de trop, cette farine avait été expédiée en Suisse, et
de là, qui mieux est, en Italie, pays ennemi. On arrêta
trente-deux individus, et deux autres se suicidèrent avant
d'être pris. Détail piquant : la cargaison avait passé à
Marchegg la frontière qui sépare la Hongrie de l'Autriche,
et elle y avait été examinée par le service militaire de

contrôle. Puis elle avait traversé toute l'Autriche avec la qualification de « ciment en sacs », et était entrée sans encombre en Suisse, d'où les agents des requins de Budapest l'avaient tranquillement expédiée à l'acheteur italien. Personne ne se serait douté de rien sans un accident de chemin de fer qui brisa une trentaine de wagons et creva quelques sacs. Hélas! le ciment était de la farine!

Il ne manqua pas de cas analogues en Allemagne, mais ici, ils concernaient les textiles. La loi pénale frappait impitoyablement les coupables, mais sans parvenir à mettre un terme à ces pratiques. Il se trouvait toujours quelqu'un pour courir le risque. Une fois les denrées soustraites au circuit légalement obligatoire, il n'y avait plus qu'à les tenir dissimulées, et à voir venir : il se trouvait toujours un amateur, trop heureux d'acheter. Le marchand de gros recevait ainsi plus que le maximum qu'il était en droit de demander au détaillant, et, finalement, le consommateur était enchanté d'obtenir à n'importe quel prix une marchandise qui venait grossir le stock de ses provisions.

C'est aussi que les gouvernements montraient peu d'empressement à sévir avec trop de rigueur. Il fallait bien ménager jusqu'à un certain point les hommes de qui dépendait le succès des emprunts de guerre. Et puis, où aurait-on pris l'armée de contrôleurs nécessaire pour dépister efficacement toutes ces pratiques?

D'autre part, le système des prix maximum et minimum, mis à l'épreuve, était loin d'être parfait. Théoriquement c'était fort bien, mais, en matière de réglementation alimentaire, le gouvernement propose, et l'individu dispose. Le prix minimum était la limite inférieure de l'offre qui pouvait être faite au vendeur : pour prendre un exemple, un paysan, pour un kilo de pommes de terre, recevrait, mettons, cinq sous. Il était interdit de lui offrir moins. Le prix maximum était destiné à protéger le consommateur, qui, en échange de ces mêmes pommes de terre, ne paierait pas plus de six sous et demi. Aux intermédiaires de se tirer de là comme ils pourraient : la différence d'un sou et demi entre les deux prix devait couvrir les frais de transport et de manipulation, plus leur bénéfice. La marge était très suffisante pour le circuit normal, qui, de la ferme, était censé passer uniquement par le magasin de gros, puis par la boutique du détaillant; mais, faite uniquement pour encourager le producteur et pour soulager le consommateur, elle ne laissait rien pour la spéculation. Car l'arrière-pensée du législateur était d'astreindre l'argent à circuler d'une manière continue, sans aller se perdre dans la poche des trafiquants, — cul-de-sac où il s'accumulerait.

Tout cela était bel et bien tant qu'il n'y avait pas rareté véritable des produits alimentaires. Lorsqu'ils vinrent à être moins abondants, un nouveau facteur intervint : chacun se mit à amasser, à accaparer. Or il n'était pas admissible que la quantité de denrées laissée par l'autorité à la disposition de la consommation nationale allât, pour une part, s'engouffrer dans les armoires ou les greniers d'un petit nombre d'individus. Les provisions d'aliments faites par des gens qui n'y entendent rien sont souvent un gaspillage et un gâchage — le massacre des porcs l'avait bien fait voir —, et, d'autre part, l'accaparement se faisait nécessairement au bénéfice du riche, et au détriment du pauvre. Il n'était donc guère possible que le gouvernement l'encourageât trop ouvertement, en dépit des ressources qu'il en retirait.

Mais il est malaisé d'avoir le dernier mot avec l'accapareur. Le consommateur connaissait personnellement son marchand au détail; le détaillant était dans les meilleurs termes avec le marchand de gros, et le courtier rapace savait où se procurer ce qu'il fallait. Celui-ci commençait donc par offrir au paysan un prix supérieur au minimum qui lui était généralement offert : il payait, mettons, six sous du kilogramme de pommes de terre; ou même sept. Puis, par une série de combinaisons, il s'arrangeait de manière que le consommateur les payât finalement onze sous, au lieu du maximum légal de six sous. L'intermédiaire et le détaillant se trouvaient donc avoir réalisé à eux deux, par kilogramme, quatre sous, au lieu du sou et demi que leur accordait la loi; en d'autres termes, déduction faite de leurs frais, ils se partageaient un bénéfice net qui allait de deux sous et demi à trois sous et demi par kilo. Or ce genre de trafic portait sur des dizaines de milliers de tonnes. L'homme de proie profitait du beau temps pour emplir sa grange. L'alimentation de tout un peuple était à sa merci, et il arrivait fréquemment que le gouvernement jugeât opportun de ne s'apercevoir de rien, sachant que le brigand irait largement de sa poche lorsque serait émis le prochain emprunt de guerre.

Au cours de l'hiver 1915-1916, je poussai des pointes en diverses régions rurales, pour voir où en étaient les choses. Je me trouvais un jour en Moravie. J'avais entendu dire que c'était le paradis des spéculateurs. C'était vrai. A Brünn, un courtier en pommes de terre s'était installé sur le quai de chargement d'une gare de marchandises. Il achetait, en quantités illimitées, toutes les pommes de terre qui s'offraient. En réalité, il n'était que l'agent du Bank Ring de Vienne, qui avait imaginé d'annexer à ses opérations habituelles la spéculation sur les denrées alimentaires. Comment le gouvernement le tolérait, je ne puis me l'expliquer que d'une manière : cette « concession » impliquait d'autre part de fortes souscriptions aux emprunts.

Un vieux petit paysan tchèque se présenta. Il amenait sur son traîneau une trentaine de sacs de pommes de terre, soigneusement abrités sous de la paille et des couvertures. Le requin y jeta un coup d'œil rapide, et offrit à l'homme le prix minimum de rigueur ce jour-là, dix-huit centimes du kilo. Le fermier s'exclama.

— Mais ma fille m'écrit de Vienne qu'elle les paie trente-six centimes!

— Alors, c'est qu'elle n'observe pas le prix maximum fixé par le gouvernement, et qui est en ce moment de vingt et un centimes, répondit l'agent.

— Tout cela est très joli, répartit le paysan. Mais vous savez aussi bien que moi que, si ma fille veut des pommes de terre, il faut bien qu'elle paie trente-six centimes, ou autant qu'il plaira au marchand de lui demander. Elle m'écrit que lorsqu'elle fait la queue elle n'obtient jamais rien du tout. Alors elle s'arrange avec un homme qui en a toujours.

Le requin n'avait pas de temps à perdre. D'autres paysans arrivaient.

— Dix-huit centimes ou rien, dit-il.

Le paysan réfléchit un moment, et dit oui.

Le lecteur candide ne manquera pas de dire : mais pourquoi donc le paysan n'expédiait-il pas à sa fille les pommes de terre dont elle avait besoin? — C'est qu'il ne le pouvait pas. Le règlement de la zone économique s'y opposait. La zone était l'artifice au moyen duquel le gouvernement avait organisé limitativement la distribution et la consommation, en sorte que l'argent ne restât pas à moisir dans les poches de gens qui n'auraient pas souscrit aux emprunts; la zone « mobilisait » les sous en les concentrant aux mains des banquiers, qui ensuite les mettaient par souscriptions massives à la disposition de la guerre. Pourtant il se pouvait fort bien que la fille, en faisant ses emplettes clandestines, achetât les pommes de terre de son père. Qui donc alors touchait les dix-huit centimes de différence? Naturellement, les intermédiaires. Sans doute il eût mieux valu que la pauvre femme, pour donner à manger à ses enfants, reçût en échange de ses trente-six centimes deux kilos au lieu d'un, mais cette considération n'était pas pour troubler le moins du monde la sérénité des bandits qui formaient le Bank Ring de Vienne.

Il arriva un jour à ce même groupe de spéculateurs de laisser pourrir deux millions d'œufs sur un quai de chemin de fer de Vienne parce que le cours ne leur suffisait pas. Le Bank Ring s'employait précisément à faire élever le maximum; le gouvernement se fit un peu tirer l'oreille, et, avant qu'il cédât, les œufs étaient devenus un désagréable voisinage pour les employés de la gare. Bien entendu, personne ne fut inquiété pour cette affaire. On me raconta à cette époque que le Bank Ring avait froidement posé une sorte d'ultimatum au gouvernement autrichien : « Pas de profits, pas d'emprunts de guerre! » — le gouvernement mit bas les armes.

Bon nombre de ces spéculateurs étaient israélites. Quelques journaux chrétiens en tirèrent prétexte pour faire de l'anti-sémitisme, mais la censure y mit bon ordre : ce n'était pas le moment pour la poutre de dénoncer la paille. Il y avait des requins dans toutes les classes de la société, et la noblesse autrichienne en avait sa large part.

Prenons par exemple la maison princière des Schwarzenberg. En dépit de son nom, elle n'est pas de sang allemand. Elle est aujourd'hui nettement tchèque, et ses immenses domaines sont en Bohême. Ses intendants s'étaient associés pour accaparer toute la production des régions où se trouvaient ses terres. Au cours de l'hiver 1915-1916, ils firent monter à une hauteur inouïe le prix des prunes. Le pruneau est un aliment dont la valeur nutritive est grande, et c'était le seul fruit qu'on pût alors se procurer en hiver, dans l'Europe centrale. La demande fut très active. La récolte avait été bonne. Partout où les vergers n'avaient pas souffert de la rareté du cuivre nécessaire à la préparation de l'acide sulfurique et de la bouillie bordelaise, les arbres avaient donné comme à l'ordinaire. Et, sauf une légère élévation de salaires pour les ramasseurs, les frais généraux étaient identiques. Mais les Schwarzenberg et quelques autres s'étaient mis en tête de prendre, eux aussi, leur petite part des profits de guerre. Et ils étaient gros souscripteurs aux emprunts. — S'ils s'étaient bornés à spéculer sur les prunes, la chose eût été de médiocre importance. Mais ils ne s'en tinrent pas là : ils étendirent leurs opérations à tous les produits agricoles.

Durant les premiers mois de guerre, les autorités militaires s'étaient expressément réservé un certain nombre de districts ruraux qui devaient fournir exclusivement aux armées leurs denrées alimentaires et leur fourrage. L'idée n'était pas mauvaise : c'était, pour les chargements et les expéditions, une grande économie de temps et de peine. C'eût été parfait, si les achats s'étaient faits directement au lieu de production par le service d'achat de l'intendance. Mais on continua à passer par l'intermédiaire des fournisseurs de guerre, dont on modéra bien un peu les opérations, mais en leur accordant par contre d'autres privilèges. Comme ils étaient en bons termes avec l'armée, ils étaient autorisés à acheter pour leur propre compte, dans les zones réservées par l'intendance, tout ce dont les armées n'avaient pas besoin, volailles, beurre, graisses, œufs, et le reste. Ils y trouvaient de beaux bénéfices. Je me souviens qu'aux portes de Prague on avait une belle oie tout entière pour le prix qu'on payait à Vienne pour un kilo : comme les oies de Bohême sont en général de belles bêtes, qui pèsent entre neuf et douze livres, la différence était de un à cinq. A une époque où le beurre était devenu une denrée pour ainsi dire inconnue dans les villes, j'en trouvais en Bohême autant que j'en voulais au prix très modique de vingt-sept sous la livre ; et ce même beurre, après avoir passé par les mains du spéculateur, se vendait sept francs à Vienne.

En vertu du système des zones réservées aux fournitures militaires, il était interdit de rien exporter des districts affectés à l'alimentation des grands centres de population. Il n'était pas facile, à moins de protections toutes spéciales, d'obtenir une dérogation à la règle ; mais les spéculateurs savaient s'y prendre, et l'obtenaient. Ils savaient fort bien ce qu'ils faisaient ; en raréfiant les denrées, ils faisaient monter les prix en ville, puis, une fois les autorités persuadées que le prix maximum fixé était en effet trop bas et « laissait une marge insuffisante au paysan », le tour était joué, et le requin nageait dans des eaux faciles.

Il en était de même en Galicie. Aux environs de Cracovie, toutes choses étaient en abondance. Dans cette zone, que l'intendance s'était réservée, le beurre était couramment employé à la cuisine, et le lard servait à graisser les essieux. On finit par l'ouvrir au consommateur civil, mais les spéculateurs furent les seuls à en tirer profit.

Je fis des observations analogues en Allemagne, mais pour des raisons un peu différentes.

Le Mecklembourg possède aujourd'hui encore un système de gouvernement et d'administration qui n'a pas subi de changements depuis le moyen âge. Il n'a pas de constitution, et il n'aurait sans doute pas de chemins de fer si ses voisins, pour leurs relations, n'avaient dû nécessairement emprunter son territoire. Les Mecklembourgeois sont obstinés, et tiennent à leur régime. On m'a raconté qu'un de leurs princes, d'esprit avancé, leur offrit un jour un gouvernement constitutionnel, et qu'ils refusèrent, en le priant de ne pas se mettre tant en souci.

Il y avait en Mecklembourg assez de denrées amassées pour combler durant trois bons mois le déficit de toute l'Allemagne. Mais il était impossible d'en rien tirer. Le gouvernement impérial était impuissant : les divers États de l'Allemagne sont aussi jaloux de leurs droits particuliers que peut l'être n'importe quel État américain. Et le gouvernement mecklembourgeois avait très peu de prise sur ses paysans : un entêtement unanime est plus fort que toute constitution. Les greniers du Mecklembourg restèrent pleins à crever, jusqu'à ce qu'un beau jour le gouvernement impérial perdit patience, et leur fit rendre gorge. Au reste, ces hommes à l'esprit obtus et à la tête dure avaient très docilement souscrit aux emprunts de guerre.

Je trouvai en Westphalie des îlots analogues. Entre Osnabrück et la mer du Nord, le paysan est en général de l'ancien type, et il n'est pas très facile d'en faire façon.

Il a gardé quelque chose de son orgueil et de son indépendance de classe. Il tire volontiers son chapeau au fonctionnaire, mais, quant à lâcher sa récolte à des conditions qui ne le satisfont pas pleinement, c'est une autre affaire. Un gouvernement, tout fort qu'il est, n'a pas les moyens de venir à bout d'une résistance passive. Il y faut la manière, la flatterie et la caresse. Les acheteurs clandestins savaient comment on en joue, et gagnaient la partie en douceur, après quoi le bon public en faisait les frais. Il s'en faut que tout cet argent allât aux emprunts de guerre.

Les autorités s'en rendaient compte, et savaient fort bien qu'un jour ou l'autre il serait nécessaire d'aviser. Tous les appels éloquents destinés à conjurer l'accaparement et la spéculation dans l'intérêt du pays étaient très bien intentionnés, mais ne menaient guère à rien.

Au mois d'août 1916 je m'entretins avec le Dr Karl Helfferich, le premier dictateur de l'Allemagne en matière alimentaire. Il se montrait résolument hostile à toute extension nouvelle de la réglementation. Ce qu'il avait fait en ce sens avait opéré des merveilles, et chacun s'en rendait compte, bien que lui-même en parlât avec beaucoup de modestie. Il n'estimait pas qu'il y eût avantage à aller plus loin, et à remanier de fond en comble l'organisme industriel et commercial du pays. Il faisait grand fond sur la récolte de l'année, qui s'annonçait satisfaisante. Le seigle promettait beaucoup. Le blé était au-dessous de la moyenne. L'avoine était belle, mais les pommes de terre, et divers autres produits, assez médiocres. L'Autriche était, au total, encore moins favorisée. Le printemps avait été très humide, l'été exceptionnellement sec. Quand vint l'heure de la moisson, une pluie continue fit perdre dix pour cent de la récolte. Et les pommes de terre promettaient peu. Il en était de même en Hongrie. En Pologne, en Serbie et en Macédoine, les troupes d'occupation avaient fait main basse sur ce que l'intendance comptait y prendre.

L'intervention de la Roumanie dans la guerre fit déborder la coupe, et accrut l'anxiété. Les gouvernements de
l'Europe centrale s'étaient arrangés de manière à mettre
en sursis le plus grand nombre possible de travailleurs des
champs, pour l'époque de la récolte. La Roumanie venait
tout troubler. Elle avait bien choisi son heure : grâce à
son climat, elle avait pu rentrer en août les trois quarts
de sa moisson, et le maïs serait laissé aux soins des hommes hors d'âge militaire, des femmes et des enfants. En
Europe centrale, il n'en était pas de même. Une bonne
partie du froment avait été mise à l'abri, et un peu de
seigle, mais le gros de la récolte était encore sur pied.

Ce fut l'heure critique. Un nouvel ennemi se dressait,
qui envahissait la Transylvanie. La main-d'œuvre faisait
défaut, plus que jamais. La saison était mauvaise. Divers
voyages au front de Roumanie me permirent d'apprécier
où en était au juste l'Autriche-Hongrie. Les céréales attendaient la faux, se vidant de leurs grains au soleil, pour-
rissant à la pluie. Les paysans se dépensaient en efforts
héroïques, mais étaient écrasés par la tâche. Si jamais le
spectre de la famine plana sur les puissances centrales,
c'est durant ces semaines-là.

Toute cette immense anxiété touchait fort peu les
requins de l'alimentation. Ils poursuivaient imperturba-
blement leur œuvre, faisaient main basse sur tout ce qui
était à leur portée, et attendaient leur heure.

CHAPITRE VI

LES ACCAPAREURS

Dans les pays de l'Europe centrale les relations d'affaires ont un caractère particulier, un caractère familial et personnel. Le mot « clientèle » (*Kundschaft*) a ici un sens qu'il n'a pas en d'autres contrées. Entre vieux clients et boutiquiers s'établit une sorte d'intimité, de fidélité. Le marchand a souvent connu la mère, ou même la grand-mère de la femme qui vient aujourd'hui faire chez lui ses emplettes. Un client y regarde à deux fois avant de changer de fournisseur, et, s'il s'y résout, c'est pour celui qu'il quitte une sorte d'affront personnel. Comme je connaissais assez mal les mœurs de l'Europe, il me fallut un certain nombre d'expériences pour me rendre un compte exact de ce trait particulier.

Lorsque j'étais à Vienne, j'avais coutume de me fournir chez une bonne femme qui tenait un débit de tabac dans l'Alleestrasse. Comme j'allais souvent au front, j'étais naturellement un client assez peu régulier. La femme s'en montra contrariée.

— Pourquoi restez-vous si longtemps sans venir, Monsieur? me dit-elle. Seriez-vous mécontent de ce que je fournis? Pourtant c'est la même chose que ce que vous trouvez ailleurs.

C'était parfaitement vrai : en Autriche la vente du tabac est un monopole d'État, et tous les débits ne vendent qu'une seule et même marchandise.

— C'est que je suis souvent absent de la ville, lui expliquai-je.

— Vous n'êtes pas d'ici, Monsieur, poursuivit la femme,

et vous ne connaissez pas bien les habitudes de chez
nous. Puis-je vous donner un petit conseil?

Je lui répondis que je ne refusais jamais un conseil,
d'où qu'il vînt.

— Si vous voulez être bien servi, surtout par le temps
qui court, il faut être un client fidèle. Voyez-vous, c'est
de règle ici. Vous savez bien qu'on n'a pas tout le tabac
qu'on veut, et je crains bien que d'ici peu il n'y en ait
plus pour tout le monde.

La leçon ne fut pas perdue pour moi, d'autant que la
femme me voulait certainement du bien. Elle m'avait
inscrit au nombre de ceux qu'elle comptait favoriser
lorsqu'arriverait le moment des privations, et elle l'avait
fait uniquement parce que j'étais à ses yeux « un bon
garçon ». A dater de ce jour, je pris soin de l'avertir à
chacun de mes départs, et, à mon retour, il se trouvait
que, malgré la rareté du tabac, qu'on n'obtenait plus qu'en
faisant longuement la queue, elle avait mis de côté
journellement, à mon intention, dix cigarettes. Ma
modeste clientèle avait pris place dans son petit commerce
à titre d'élément fondamental, et elle n'attendait de moi
aucune gratitude spéciale en échange de la pensée qu'elle
donnait chaque jour à mon bien-être.

On juge des effets que peuvent avoir de pareilles
habitudes lorsque les denrées alimentaires viennent à
être rares. Le boutiquier se fera une règle absolue de
satisfaire ses clients habituels avant de prêter la moindre
attention à tout autre acheteur. C'était naturellement
aller contre l'esprit des règlements officiels, qui impli-
quaient que tout acheteur pourvu des cartes d'alimentation de rigueur obtînt satisfaction aussi longtemps
que le stock disponible ne serait pas épuisé.

On s'ingénia à trouver un biais, et on le trouva : le
boutiquier, sachant les goûts et les désirs de tel ou tel
client, mettrait de côté à son intention; le client ne
prendrait pas la peine superflue de faire la queue; il
viendrait à la porte de derrière, ou très avant dans la

soirée, alors que la boutique porterait ostensiblement
la pancarte : « Tout est vendu ».

Il eût été sage d'empêcher en temps utile ce trafic
illicite. On ne le fit pas. Il ne tarda pas à dégénérer en
une course folle à l'accaparement.

Les autorités avaient totalement omis de se préoccuper
des conditions réelles du commerce de détail. Elles
s'étaient bornées à imposer obligatoirement au public tout
un assortiment de cartes d'alimentation, en menaçant de
peines diverses quiconque enfreindrait les règles édictées.
Les tickets étaient en général grands comme la moitié
d'un timbre-poste, et un commerçant ordinaire en
ramassait en une semaine une telle quantité qu'il eût
fallu toute une immense armée de contrôleurs pour en
vérifier le compte. Toute la combinaison reposait donc
sur une foi préalable en l'honnêteté des boutiquiers, et il
n'y avait guère d'autre solution.

D'abord aucun contrôle d'aucune sorte ne s'exerçait sur
les quantités acquises par le détaillant. Il pouvait acheter
tout ce qu'il lui plaisait, à la condition que le marchand
de gros n'eût pas à satisfaire un autre ami : car il fallait
bien qu'il ménageât cet autre client, qu'il risquait
autrement de perdre au lendemain de la guerre, — et on
croyait alors que ce serait bientôt. Sans compter que le
marchand de gros entretenait avec les boutiquiers ses
clients les meilleures relations personnelles, et qu'ils se
rencontraient aux mêmes cafés, où les différences de
classes s'oublient devant une même table de marbre. Le
client du boutiquier s'occupait depuis longtemps de se
faire un stock personnel de provisions. Le boutiquier, de
son côté, accaparait du mieux qu'il pouvait, et achetait
au marchand de gros tout ce que l'autre consentait à lui
céder, soit à force d'argent, soit par complaisance.

Les commissionnaires avaient une licence officielle, et,
lorsque le régime fut devenu un peu plus strict, furent
astreints à rendre compte des quantités sur lesquelles
portaient leurs opérations. Mais faute de personnel, ces

rapports ne pouvaient être lus que d'un œil rapide et distrait. Les intermédiaires prirent donc l'habitude de s'en tenir à des comptes rendus incomplets, et cette pratique de dissimulation les exposait à de très faibles risques, puisque les autorités n'exerçaient aucun contrôle au point où elles eussent pu surprendre la fraude, à la ferme et au moulin.

Toutes ces circonstances réunies eurent cet effet que les affaires allaient avec une activité singulièrement accrue : le marchand de gros demandait au courtier le double de son chiffre habituel d'achats, et celui-ci à son tour développait d'autant ses achats au village.

En vertu de la loi sur les prix maximum et minimum, il était stipulé qu'il était interdit au consommateur de payer une denrée plus cher que le gouvernement ne le jugeait convenable, et au producteur d'en exiger davantage. En un sens, c'était bien. Le paysan ne devait pas céder le kilogramme de blé à moins de quatre sous et demi, et le courtier qui le recédait au moulin ne devait pas en demander plus de cinq sous et demi; le moulin devait se contenter de sept sous, et finalement le consommateur aurait son kilo de farine pour huit sous et quart. Seulement, les choses ne se passaient ainsi que sur le papier.

Voici un client qui désire mettre de côté deux cents livres de farine pour le temps des vaches maigres. Le marchand au détail ne voit pas le moyen de les lui fournir : il s'exposerait à n'avoir plus de quoi satisfaire d'autres clients qui ne lui sont pas moins chers. Mais notre homme veut sa farine, dût-il la payer à un prix supérieur au maximum. Comment veut-on que son fournisseur résiste à la tentation? Le marchand de gros agit de même, pour les mêmes motifs : à condition qu'on lui offre, mettons 20 pour 100 en sus, le courtier trouvera toujours ce qu'il lui faudra. Le meunier recevra quelques francs de plus par cent kilos, et, en fin de compte, quelques sous iront au paysan.

L'appétit vient en mangeant. Une fois lancé, il était clair que ce système de fraude irait loin. La faute initiale n'en était pas toujours au consommateur : il n'est guère de trafiquant qui résiste à l'appât de gains illicites, mais considérables.

Comme toujours, c'était en fin de compte le consommateur qui payait la totalité de ces pots-de-vin. Mais comme ce qu'il payait c'était la certitude de ne pas mourir de faim alors que d'autres y seraient exposés, il payait de bon cœur : à quoi servirait d'avoir de l'argent à la banque, le jour où il n'y aurait plus rien à acheter?

Cependant les queues s'allongeaient aux portes des boutiques, et un nombre croissant de boutiquiers prenaient l'habitude de ne plus ouvrir qu'une partie de la journée. Encore était-ce généralement trop. Lorsque la pancarte affichée à la devanture disait : « Ouvert de huit heures à midi », on savait bien qu'à neuf heures il ne resterait plus une miette à acheter, et quiconque ne s'était pas arrangé pour prendre sa place à la queue en temps utile savait qu'il n'aurait rien ce jour-là. Les femmes qui attendaient là depuis plusieurs heures exprimaient leur mécontentement avec véhémence. Le boutiquier répondait sans aménité, d'où, parfois, dénonciation à la police, poursuites et condamnation; mais, à dater de ce jour, les plaignantes, si elles tenaient à manger, faisaient bien de s'adresser ailleurs. Les clients étaient aux mains du boutiquier, pieds et poings liés : c'en était fait de la facile familiarité d'autrefois. Il était instructif et divertissant d'aller de temps à autre aux séances de la justice de paix, bien que ce fût toujours la même histoire. Jamais on n'entendit sortir de la bouche d'un sous-officier mal embouché autant de sarcasmes insultants qu'il en sortait alors quotidiennement de la bouche des bouchers, des boulangers et des épiciers, dans les États de l'Europe centrale. Et dans chacune de ces affaires il y avait généralement un élément comique d'assez bas étage, mais qui prouvait combien chez certaines gens la bonne humeur a la vie dure.

Mais le bon public était moins bête que les boutiquiers
ne le croyaient. Il n'était guère personne qui n'eût à la
campagne quelque parent, quelque ami ou quelque
connaissance, soit directement, soit par voie indirecte.
Jamais on n'alla autant aux champs les dimanches, les
jours fériés pour cause de victoire, et l'on entamait alors
sérieusement les réserves alimentaires du village : les
trains qui ramenaient les excursionnistes à la ville
étaient souvent plus lourds de victuailles que de voyageurs.
Après tout, pourquoi s'adresser au marchand de comestibles et attendre son tour à une queue interminable, si
le paysan consentait à vendre directement au consommateur? L'accaparement prit des proportions inouïes.
Chacun se mit à remplir son grenier et sa cave : farine et
pommes de terre, beurre et œufs mis en conserve, fruits
mis en confiture ou en bocaux s'y amassèrent.

Les autorités n'ignoraient pas ce qui ne manquerait
pas d'arriver si l'on ne barrait pas la route directe entre
la ferme et la cuisine. Les règlements en vigueur
permettaient la visite des trains. Lorsque les inspecteurs
se mirent à serrer de près les excursionnistes du dimanche
et leurs paniers, il y eut beaucoup de stupéfaction, des
grincements de dents, des grognements; mais rien n'y fit.
Les denrées rapportées illégalement étaient saisies, et la
moindre résistance valait au protestataire une forte
amende, et souvent un ou deux jours de prison.

Il y avait aussi le système des colis-postaux. Au début,
le gouvernement, pour ne pas froisser la population,
avait fermé les yeux sur les envois de beurre et d'autres
aliments sous un petit volume. Mais le bon public abusa,
ce qui eut pour conséquence que toutes les denrées
trouvées dans les expéditions postales furent saisies au
profit des commissions et des Centrales de l'alimentation.

Restait encore à atteindre le paysan qui apportait sa
marchandise au marché. Il entrait au bourg ou en ville
avec une bonne charge de victuailles. A peine était-il
passé devant quelques groupes de maisons, qu'il avait tou-

vendu : c'était comme une goutte d'encre, instantanément absorbée par un papier-buvard. On tenta de réagir, et il en résulta la contrebande : dans toutes les cargaisons, quelles qu'elles fussent, expédiées aux centres populeux, se dissimulaient des quantités soigneusement empaquetées d'autres bonnes choses, telles que beurre, lard et œufs.

Il y avait urgence à se rendre maître de cette poussée croissante d'accaparements, si l'on voulait pouvoir tenir. Ceux qui amassaient subrepticement n'en puisaient pas moins, pour leurs besoins quotidiens, au marché régulier, si bien qu'ils prélevaient double ration sur les modiques ressources communes. Les autorités commencèrent à ordonner des visites domiciliaires, et les inspecteurs vinrent frapper aux portes des ménages. On en fut désagréablement surpris.

L'accaparement ainsi généralisé faisait l'affaire des gens aisés, mais ne donnait rien au pauvre diable. Le salarié n'avait guère les moyens de payer les denrées aux prix fantastiques du marché illégal, et ce qu'amassait l'un réduisait d'autant la part de l'autre. Pour la pauvre femme, la règle était qu'elle allât faire la queue trois heures durant, et qu'ensuite elle fût renvoyée les mains vides : l'épicier avait encore maintes choses dans son arrière-boutique, mais il les réservait pour les clients auxquels il devait des égards particuliers. Les cartes d'alimentation donnaient tout juste le droit de ne payer qu'un certain prix, et ne garantissaient rien. Quand le trafiquant avait dit du haut de sa grandeur : « Tout est vendu », il ne restait à la femme du peuple d'autre ressource que de rentrer chez elle, et de chercher au fond de son buffet s'il lui restait de quoi apaiser la faim de ses enfants.

On n'imagine pas la quantité de victuailles qui fut gaspillée et perdue par la faute d'accapareurs inexpérimentés. Je connaissais à Vienne un homme qui avait amassé une quantité de provisions prodigieuse. Il avait de la farine de froment, des pommes de terre, du beurre

salé, des œufs en conserve, des fruits et des légumes en
bocaux et en boîte, — sans parler de ses réserves de miel,
de café et autres denrées achetées chez l'épicier, — de quoi
nourrir sa famille deux bonnes années durant, en y
ajoutant l'appoint que lui fournissait quotidiennement le
marché légal. Bien qu'il fût abondamment pourvu, il n'en
continuait pas moins à acheter de gauche et de droite tout
ce qui s'offrait. Un jour il fit venir d'Agram un certain
nombre de matelas, non pas pour le surcroît de confort
qu'il en tirerait pour le repos de la nuit, mais pour le
macaroni dont ils étaient bourrés. Il avait trois fils en pleine
croissance, et ne voulait pas que leur développement
physique fût compromis par une alimentation insuffisante.
Ayant à choisir entre ses devoirs de père et ses devoirs
de citoyen, il s'était décidé pour les premiers, ce dont il
n'y a pas trop lieu de le blâmer avec une excessive sévérité, car plus d'un d'entre nous en eût fait autant : quand
on a vu des enfants affamés implorer leurs parents pour
avoir du pain, on est porté à l'indulgence. Le malheur,
c'est non-seulement qu'il ne songeait en aucune façon à
la détresse des autres, mais encore qu'il s'y prenait mal
pour conserver ses provisions. Ses pommes de terre
gelèrent dans son grenier, et germèrent dans les pièces
chaudes. Sa farine moisit dans une armoire humide. Ses
conserves, préparées sans assez de soins, ou exposées à
des températures trop variables, se mirent à fermenter,
et, de temps à autre, un bocal ou une boîte éclatait.
L'huile d'olive qu'il s'était procurée à grand prix, rancit. Il
m'avoua qu'il avait perdu ainsi les deux tiers de ce qu'il
avait péniblement amassé, et l'ennui qu'il en avait gâta
toute la satisfaction que pouvait lui donner le dernier tiers.

Des accidents de ce genre se produisirent dans un très
grand nombre de cas. Conserver des aliments est une
science, et suppose une installation qui n'est pas à la
portée de chacun. Les particuliers qui amassaient en
cachette se gardaient bien de demander conseil à ceux
qui savent, et la crainte d'une enquête officielle les obli-

. geait à dissimuler par tous les moyens. Il fallait redouter
même une dénonciation venant des domestiques. On se
figure aisément ce qui arriva. L'accaparement eut pour
effet qu'en un temps donné on perdit en Europe centrale
plus de denrées alimentaires qu'on n'en consomma. Mais
chacun se souciait uniquement de soi-même, et de son
intérêt.

Il n'était guère possible que beaucoup de victuailles
eussent le temps de se gâter chez le détaillant : il en eut
toujours trop peu pour ses besoins quotidiens. Mais il
n'en était pas de même du marchand de gros. Cette classe
d'hommes ne cessait de retenir ce qu'elle tenait en
réserve, pour contraindre le gouvernement à élever le
taux des maxima : à la longue les autorités cédaient, et le
bénéfice était notable. Les réclamations des producteurs,
acharnés à demander le relèvement du minimum, étaient
un bon vent qui soufflait dans les voiles du marchand
de gros ; et le gouvernement prêtait volontiers une oreille
facile à toutes les sollicitations faites en faveur du bien-
être des paysans. Une fois le minimum relevé, le maximum du consommateur suivait nécessairement la même
ascension. Les marchandises tenues en réserve par le
marchand de gros, et qu'il jetait alors seulement sur le
marché, bénéficiaient de l'élévation des prix que paierait
le consommateur, sans pâtir des concessions faites au
producteur. L'affaire était excellente, et d'autant meilleure
qu'une hausse de 5 pour 100 sur les transactions licites
entraînait immédiatement une hausse de 15 pour 100 sur
toutes les négociations illicites.

Au printemps de 1916, je dressai un tableau exact de la
situation, d'où il résultait que, si les paysans touchaient
de 10 à 15 pour 100 de plus qu'en 1914, les denrées, à la
ville et dans les bourgs, se vendaient en moyenne de 80 à
150 pour cent de plus que durant les cinq années antérieures à la guerre. Je calculai que, déduction faite de
l'accroissement des frais généraux, les intermédiaires et
les marchands touchaient un bénéfice supérieur d'environ

80 pour 100. Il n'est donc pas surprenant que les bijou-
tiers de Berlin et de Vienne m'aient confié que leur
chiffre d'affaires pour la semaine de Noël était le meilleur
qu'ils eussent jamais réalisé. Ces bonnes gens expliquaient
l'état prospère de leurs finances par la prospérité générale due à la guerre. Ils n'avaient pas tort, mais ils oubliaient d'ajouter que les millions qui affluaient dans leur
caisse se composaient des sous prélevés sur une population affamée par les acheteurs de diamants et de riens
coûteux.

Il va sans dire que le gouvernement ne tarda pas à.
s'occuper des paysans, en dépit de toute la tendresse qu'il
avait pour eux. Le moment vint où ils ne purent plus
vendre à leur guise, et où les autorités intervinrent. Ce ne
fut un bienfait pour personne. Le brave producteur se mit
à accumuler à son tour. Le déchet fut peu considérable ;
car lui, du moins, savait son affaire, et ne laissa rien se
détériorer entre ses mains. Mais il était grave que l'accaparement s'installât ainsi à la source même de la production.

Il y avait d'autres trous encore dans le système de la
réglementation. Comme le paysan était astreint à laisser
aux intermédiaires la totalité de ses céréales et de ses
pommes de terre, déduction faite de ce qui lui était indispensable pour son propre entretien et pour la semence,
les évaluations établies par les agents du contrôle officiel
se tenaient systématiquement au-dessous de la réalité,
pour ne pas courir le risque d'autoriser des espérances
qu'il serait ensuite impossible de satisfaire, et de fixer
un taux des rations auquel la récolte ne suffirait pas. Le
paysan bénéficiait de ce flottement, et affectait au trafic
clandestin toute la marge qui lui était laissée.

Pourtant les opérations illicites sur les céréales devenaient chaque jour plus difficiles. Pour être transformé
en farine, il fallait bien que le blé prît le chemin du moulin. Une surveillance plus stricte s'exerça sur les meuniers.
Les paysans, après s'être longtemps creusé la tête, trou-

vèrent un moyen de s'en tirer. On était à court de beurre
et de graisse, et on les payait au moins leur poids d'argent : ils se payaient, au marché régulier, entre 8 et
9 francs la livre, et le double sous main. Pourquoi donc,
songea le paysan, ne produirais-je pas plus de beurre?
— il avait les vaches. Pourquoi pas aussi plus de lard? —
il avait les cochons. Une mesure de grains, vendue correctement au prix minimum, se vendait tant; transformée
en beurre et en lard, elle valait le triple. Il était malaisé
d'écouler subrepticement le grain, mais rien n'était plus
facile que d'écouler les graisses. — Et l'accaparement
eut ainsi pour effet un nouveau gaspillage.

Il n'était aucun gouvernement, en Europe centrale, qui
n'eût de bonnes raisons de penser que tout le système
des mesures restrictives était loin d'être populaire. Toutes
se heurtaient à une résistance passive invincible. Pour
en venir à bout, la police secrète reçut pour instruction
de ne pas perdre de vue le garde-manger privé : les para-
graphes constitutionnels relatifs à l'état de guerre lui en
conféraient le pouvoir. Or le régime policier, outre qu'il
est terriblement coûteux, est toujours périlleux à manier,
et est vexatoire au suprême degré, et on ne fut pas
long à s'en apercevoir. D'autre part, il était pratiquement
impossible de tout inspecter; il fallait bien s'en remettre
aux dénonciations, et ajouter foi aux lettres anonymes de
serviteurs congédiés, qui souvent inventaient de toutes
pièces, pour se venger. Les recherches furent parfois
fructueuses, mais souvent ridiculement décevantes, et,
au total, le jeu n'en valait pas la chandelle.

On ne crée pas un personnel policier en un jour. La
police allemande et autrichienne joue assurément un rôle
considérable dans la vie sociale de ces pays. Impossible
de déménager sans qu'elle s'en mêle. Impossible, en temps
de guerre, d'aller d'une ville à l'autre sans papiers com-
pliqués. Impossible, pour un domestique ou pour un
employé, de changer de place sans faire une déclaration
en règle. Toutes les moindres démarches de l'existence

sont notées minutieusement. Mais, si ce système normal,
façonné et perfectionné par les expériences successives
de maintes générations, fonctionne on ne peut mieux, au
grand jour, avec des allures de routine bureaucratique,
le travail spécial de l'agent secret ne s'improvise pas, et
est d'un tout autre ordre. Le mouchard allemand est aussi
gauche que le sont certains diplomates allemands. On les
flairait à une lieue de distance, et ils semblaient dépenser
toute leur ingéniosité à n'être pas reconnus.

En ma qualité d'étranger, je fus, au cours de ces trois
années, honoré d'une attention toute spéciale de la part
des polices d'Allemagne, d'Autriche et de Hongrie. Mon
aspect et mon accent me signalaient sans peine. Des milliers de gens avaient fini par me connaître. Que dans de
pareilles conditions je n'aie pu être filé sans m'en apercevoir aussitôt, c'est la preuve de la piètre besogne dont
étaient capables les hommes commis à ma surveillance.
A Berlin, il m'arriva, pour me défaire d'un de ces personnages, qui m'agaçait, de lui offrir une place dans mon
taxi; il refusa, et se montra très vexé. Mais voici une
anecdote qui fera comprendre que les spéculateurs et
leur séquelle aient pu si aisément déjouer les pièges que
leur tendait le gouvernement.

J'avais été assez fréquemment à Berlin. Je connaissais
pas mal de gens des Affaires étrangères et de l'état-major
général, et ma figure était familière à presque tout le
personnel de l'Hôtel Adlon. J'arrivais ce jour-là de la
frontière hollandaise. L'employé de service au bureau de
l'hôtel était nouveau, et ne me connaissait pas; mais il
avait vu l'accueil empressé que m'avait fait le gérant. En
redescendant de ma chambre, je m'approchai du bureau,
dans l'intention d'y déposer une lettre qu'un de mes amis
devait venir y prendre. L'employé était absorbé par un
entretien sérieux avec un homme d'âge moyen, de structure massive et trapue. Je dus attendre qu'il eût terminé.

Au bout d'un moment j'entendis le numéro de ma
chambre — 237 — puis mon nom. Je remarquai que l'em-

ployé tenait entre ses doigts une de ces formules que
dans l'Europe centrale tout voyageur est invité à remplir,
et où il inscrit, pour l'instruction de la police, son nom,
sa profession, sa résidence, sa nationalité, son âge, et que
sais-je encore.

— Il est correspondant de journaux? demanda l'homme
trapu.

— Il le dit du moins, répondit l'employé.

— Vous en êtes sûr?

— Ma foi, c'est ce qu'il dit sur le formulaire.

— Comment est-il physiquement?

— Plutôt grand, face entièrement rasée, teint foncé,
porte un lorgnon, dit l'employé.

Je fis un pas en avant. L'employé m'aperçut, et fit un
signe à l'autre, qui parut être au comble de la gêne, et
rougit.

— Puis-je quelque chose pour votre service? fis-je sans
m'adresser expressément à l'un ou à l'autre, et en les
regardant alternativement. Vous semblez vous intéresser
à mon identité. Que désirez-vous savoir?

Il y eut un moment de silence embarrassé.

— Mais pas du tout, balbutia l'agent. Nous parlions de
quelqu'un d'autre.

— Oh! je vous demande pardon, dis-je, et je m'en allai.

J'ai toujours pensé que ce policier était nouveau-venu
au service de l'espionnage. Et je me suis souvent demandé
ce que peut valoir un service des renseignements qui
emploie de pareilles mazettes. Depuis ce jour-là, je suis
fort sceptique sur tout ce que j'entends dire pour ou
contre l'espionnage allemand, à l'intérieur ou à l'extérieur.
A Bucarest il y eut pendant quelque temps un homme
que tout le monde, sur la Calla Victoriei, tenait pour
l'espion en chef — *Oberspion* — des Allemands : le pauvre
diable faisait bien triste figure. Qu'on dise ce qu'on voudra, les Allemands feraient mieux de laisser ce genre de
choses à d'autres : il y faut une intelligence subtile et
prompte, qui n'est pas dans leur manière. Les agents

autrichiens et hongrois y réussissaient mieux : il faut dire
que c'était d'ordinaire des Polonais, ce qui explique tout,
car il n'y a guère au monde de cerveaux plus agiles, plus
souples, mieux faits pour feindre, et ils ont sous ce rapport beaucoup d'analogies avec les Français, ce qui explique leur réussite dans un domaine où le Français est
passé maître.

Les agents secrets allemands étaient battus d'avance
dans la guerre qu'ils déclaraient à l'accaparement. Ils
pouvaient bien bousculer une ménagère trop prévoyante,
la terrifier jusqu'aux larmes et lui arracher la promesse
qu'elle ne recommencerait pas. Contre l'accapareur pro-
fessionnel, qui avait tous les dehors du commerce correct
et ses livres tenus en conséquence, ils n'étaient pas de
taille. Tant qu'il ne se trouvait pas une dénonciation pour
dispenser l'agent de réfléchir et de s'ingénier, le requin
pouvait être parfaitement tranquille. Les cas qui dans la
suite des temps furent déférés aux tribunaux par milliers
firent voir que les agents secrets et les inspecteurs de
l'alimentation étaient tout à fait incorruptibles, et montrèrent aussi qu'eux du moins n'avaient rien accaparé, en
fait d'esprit.

CHAPITRE VII

PATRIOTISME ET VENTRES CREUX

Napoléon avait piètre opinion d'un soldat affamé. En temps de guerre, une nation qui a faim ne vaut guère mieux.

J'ai pu constater que le patriotisme est une fort belle chose devant une table bien garnie, dans une pièce bien chaude. Le stratège et le politicien-amateur n'est jamais plus en verve que lorsqu'il a le ventre satisfait et le cerveau mis en éveil par une bonne bouteille de vin, et qu'il goûte la douce excitation d'un Havane de belle taille. Mais j'ai passé aussi de longues nuits, des nuits pluvieuses, dans les tranchées, et j'ai entendu les propos des hommes du front. Ceux-là aussi étaient tranquillement optimistes lorsqu'ils avaient l'estomac en paix. Mais ils avaient leurs soucis. La plupart d'entre eux étaient mariés, et nourrissaient jadis les leurs de leur travail. Aujourd'hui, l'État s'en chargeait, — à sa manière. Ce qu'était cette manière, ils le savaient par les lettres qu'ils recevaient de chez eux. Ils en étaient mal satisfaits, et souvent irrités.

Une nuit, j'étais dans un abri d'une position avancée sur la Sveta Maria, près de Tolmino. J'étais l'hôte d'un capitaine autrichien dont les aïeux étaient venus d'Écosse. Il y a de longues années, un certain Banfield s'était avisé d'entrer au service de la marine austro-hongroise, et le capitaine descendait de lui.

Le capitaine Banfield était dans un état d'irritabilité extrême. Il y avait quatorze mois qu'il n'avait été chez lui, et les choses n'y allaient pas bien. Sa femme avait

beaucoup de peine à se procurer de quoi empêcher ses
enfants de mourir de faim, tandis que le bon Écossais
montait la garde sur l'Isonzo. J'ajoute que cet Écossais
avait dans l'armée autrichienne la réputation de foncer
ferme et de taper dur, et qu'à l'occasion il donnait du fil
à retordre aux Italiens. Il n'aurait pas ménagé davantage
les profiteurs de guerre, s'il les avait eus à sa portée. Et
il parlait d'une manière fort incivile des requins de l'alimentation, et du gouvernement qui n'osait pas en venir
à bout. — Mille fois j'avais entendu les mêmes plaintes
en d'autres bouches. Sa femme n'était pas l'unique femme
d'officier qui eût la plus grande difficulté à se tirer strictement d'affaire. Et d'ailleurs, cette classe avait moins à se
plaindre que les autres, car les gouvernements s'em-
ployaient de leur mieux à leur venir en aide; et la véritable détresse retombait de tout son poids sur les familles
des simples soldats.

J'avais fait à Berlin la connaissance d'une dame qui,
avant la guerre, vivait dans une très large aisance. Bien
qu'il fût ingénieur de sa profession, son mari n'avait pas
été fait officier : il était sous-officier automobiliste, affecté
au ravitaillement d'une armée. L'allocation que l'État
payait à sa femme et à ses quatre enfants était maigre.
Mais la mère était bonne ménagère. Elle quitta son appartement, dont le loyer était trop élevé, et alla se loger près
de la gare de Stettin ; logis médiocre, mais qu'elle sut
rendre supportable. Restait à gagner sa vie, ce qui était
malaisé. Elle y parvint : elle trouva un emploi dans une
blanchisserie où elle vérifiait le linge à l'entrée et à la
sortie. Ce fut nécessairement au détriment des enfants :
ils étaient en bas âge, et il fallait bien les laisser seuls
une partie de la journée.

— Que mes enfants, me disait-elle, prennent de mauvaises façons des voisins aux soins de qui il faut bien que
je les confie, ce n'est pas là ce qui m'inquiète; car je
pourrai les corriger plus tard. Mais ce qui importe, c'est
que je parvienne à trouver pour eux de quoi manger, en

quantité et en qualité suffisantes, pour qu'ils ne souffrent pas dans leur croissance.

Cette sorte de patriotisme féminin a la vie dure, comme j'eus mainte occasion de le constater.

Étant à Constantinople, j'avais connu la baronne de Wangenheim, veuve de l'ancien ambassadeur d'Allemagne près la Sublime Porte. Lorsqu'elle sut ma présence à Berlin, elle m'invita à prendre une tasse de thé.

Nous nous trouvions dans un des salons les plus resplendissants de goût et de luxe que j'eusse jamais vus. La femme de chambre entra, et posa sur un tabouret oriental de marquetterie un lourd plateau de vieil argent garni d'un beau service de porcelaine délicate. Seulement, il n'y avait ni lait ni citron; nous usâmes de saccharine; nous mangeâmes le pain de guerre sans beurre, avec un peu de compote de prunes. Une coupe de cristal taillé offrait quelques gâteaux secs : j'imaginai qu'il ne serait pas aisé de remplacer celui que j'y prendrais; je m'en abstins, et je tendis à la baronne un de mes coupons de pain, en compensation de la tranche que je venais de manger. Elle refusa, en disant que la journée était encore longue, et que je pourrais en avoir besoin avant qu'il fût nuit.

— Je suis logée à la même enseigne que les autres, me répondit-elle à une question que je lui posai. On me donne exactement le même nombre de cartes de pain qu'à chacun, et mes domestiques font la queue comme tout le monde. La seule chose que je puisse me procurer au marché, c'est du poisson et des légumes. Mais il est bon qu'il en soit ainsi. Pourquoi aurais-je, pour moi et mes enfants, plus d'aliments que d'autres?

Je convins que c'était juste. Pourtant, quelque chose me choquait. J'avais été reçu jadis par la baronne dans le grand palais du boulevard Ayas Pacha, à Pera, et il était dur de songer qu'une femme qui avait joui d'une opulence presque royale en fût réduite à prendre du pain de guerre avec son thé, même lorsqu'elle avait des invités.

— Si cela se prolonge longtemps, dit-elle après un silence, la race en pâtira. Je commence à avoir peur pour les enfants. Nous autres, nous pouvons y résister ; mais les enfants !...

Elle avait deux petites filles. Pour détourner la conversation, je parlai broderies orientales et tapis.

Celle-là aussi avait un patriotisme à toute épreuve. Mais ce même soir j'eus un spectacle un peu différent. Le nom ne fait rien à l'affaire.

J'avais accepté une invitation à dîner. Ce fut, dans toute la force du terme, un bon dîner — de guerre ou de paix. La pièce de résistance était un jambon servi entier, qui, comme l'hôtesse en convint, avait coûté, chez un fournisseur clandestin, cent quarante marks — cent soixante-quinze francs. Il y avait du pain en abondance, et un grand nombre de services. Et c'était jour sans viande.

Le jambon faisait partie d'une provision que le ménage s'était procurée par la voie de ce trafic illicite que tous les efforts du gouvernement prussien avaient jusque-là été impuissants à tarir. Les gens disposaient de tout l'argent nécessaire, et en usaient librement pour sacrifier aussi peu que possible de leurs habitudes antérieures.

Je passai quelques jours à vivre dans l'abondance à Copenhague, j'allai constater à la Haye que l'anguille y était encore en faveur, — après quoi je retournai à Vienne. C'en était fait, une fois de plus, du pain blanc et du beurre.

Par un après-midi pluvieux, je considérais, par les vitres du café Sacher, les arbres du Ring dépouillés de leurs feuilles, lorsqu'apparurent soudain, dans l'allée réservée aux cavaliers, deux escouades de police montée, qui semblaient très pressées d'arriver à destination. Je flairai une émeute alimentaire, descendis les escaliers quatre à quatre, sautai dans un taxi, et filai vivement à leur poursuite. Nous tombâmes ensemble en pleins troubles populaires, dans la Josephstadt.

La violence de l'agitation était tombée déjà, lorsque
nous arrivâmes, au niveau d'une altercation bruyante.
Plusieurs centaines de femmes étaient là, écoutant les
épithètes véhémentes qu'un petit groupe lançait à la face
d'un boutiquier manifestement fort préoccupé de l'état
de sa devanture, qui avait été défoncée. La police se
mêla à la foule. Que s'était-il passé? « Pas grand chose »,
dit le boutiquier. La réponse surexcita l'indignation des
femmes. Comment, pas grand chose? Depuis midi, elles
étaient là, à faire la queue pour avoir du beurre et de la
graisse. A une heure, la porte s'était enfin ouverte, et
l'homme leur avait dit qu'il en avait tout juste pour une
cinquantaine de coupons de graisse, que les premières
seraient servies, et que les autres pouvaient rentrer chez
elles. Or, on avait appris qu'il avait reçu le matin même
de la Centrale de quoi leur en donner à toutes. Elles
avaient donc refusé de s'en aller, sur quoi le boutiquier
avait pris ce ton d'insolence sarcastique qui est le propre
des Viennois. Avant qu'il eût eu le temps d'en dire long,
les femmes étaient sur lui. D'autres avaient fouillé la boutique, n'avaient rien trouvé, et avaient déchargé leur
colère sur le mobilier et sur les vitrines.

Je me demandais ce qu'allait faire la police. Au lieu
d'emmener les plus excitées au poste, ils les engagèrent
à rentrer chez elles, et à s'abstenir désormais de se faire
justice elles-mêmes. Au bout de dix minutes, l'émeute
s'était morcelée en petits groupes qui s'expliquaient avec
animation, mais sans violence, avec les agents, et l'in-
cident était clos, sauf pour le boutiquier qui, devant le
tribunal, ne put rendre un compte satisfaisant de l'usage
qu'il avait fait du stock qui lui avait été livré. Il perdit sa
licence, et fut, par-dessus le marché, condamné à une
amende.

Je causai avec plusieurs de ces femmes. Aucune ne
rejetait la responsabilité sur le gouvernement : toute la
faute était à « cette brute » de marchand. Le mérite en
revenait à la modération avec laquelle la police avait

procédé, sur les instructions rigoureuses d'autorités très empressées à éviter une vilaine affaire. Lors d'une émeute analogue, dans le neuvième arrondissement, les gendarmes étaient intervenus avec moins de tact, et il en était résulté que les femmes s'étaient jetées sur eux et que plus d'un visage masculin sortit de là avec des traces profondes laissées par leurs ongles — ce dont j'eus ma part, ayant eu la malchance d'être pris pour un mouchard : une concierge bien musclée m'avait vigoureusement pris à partie, et, sans attendre mes explications, m'avait réglé mon compte, abusant de ce qu'il me déplaisait de me livrer à une contre-offensive.

Quelques semaines auparavant, le premier ministre d'Autriche, le comte Stürgkh, avait été tué d'un coup de revolver par un socialiste avancé nommé Adler. Il avait expliqué que, s'il l'avait fait, c'est parce qu'il avait la conviction qu'aussi longtemps que Stürgkh serait au pouvoir, rien ne serait fait pour améliorer le cruel état du ravitaillement. Il est hors de doute qu'Adler avait soigneusement étudié la question, et il n'est pas moins certain qu'il rendit un grand service au gouvernement autrichien en tuant le ministre. Qu'il ait eu raison ou tort, c'est une autre question, dont je n'ai pas à m'occuper ici : je me place uniquement au point de vue des conséquences positives.

Le comte Stürgkh était un politicien indolent, du type réactionnaire. Il était parfaitement indifférent au problème des vivres, et ne fit jamais rien pour contrecarrer la rapacité des spéculateurs, alors même qu'ils passaient toute limite. Sa nonchalance eut pour effet, d'abord, durant les premiers mois de guerre, un gaspillage inouï, puis une série de mesures administratives qui semblaient vraiment n'avoir d'autre but que de favoriser la sinistre besogne des requins. Jamais homme d'État ne fut mené au tombeau avec moins de regrets. Dans toute l'administration autrichienne, ce fut un soupir unanime de soulagement.

Il est hors de doute que, s'il était resté plus longtemps à son poste, une révolution était inévitable. Il n'eut d'abord contre lui que l'*Arbeiterzeitung* de Vienne, le journal socialiste dirigé par le père de Fritz Adler, qui était de plus membre de la Diète autrichienne et chef du parti socialiste autrichien. Mais bientôt d'autres feuilles commencèrent à gronder contre le *dolce far niente* qui était la maxime de sa politique. La *Neue Freie Presse*, qui n'est certes pas révolutionnaire, le prit ouvertement à partie. Les autres suivirent, et finalement le journal officieux du gouvernement, le *Fremdenblatt*, rompit hautement avec le premier ministre. Stürgkh s'obstina : il avait pour lui la faveur de François-Joseph ; n'eût été le respect que les Autrichiens gardaient pour la personne du vieil empereur, le pays se serait soulevé.

Après la disparition du comte Stürgkh, il était bien tard pour faire quelque chose : le garde-manger était vide. Körber se consuma en vains efforts pour donner au peuple plus à manger : où le prendre? Le loyalisme des Autrichiens fut mis à une rude épreuve. Plus d'une fois la crise parut imminente. Pourtant la crise ne vint pas.

Les visites réitérées que je fis alors au front me révélèrent un changement significatif dans l'état des esprits. Petit à petit, les hommes qui naguère se plaignaient âprement du dénûment alimentaire où on laissait leurs femmes et leurs enfants en venaient à en prendre leur parti. Il arrivait assez fréquemment que des permissionnaires retournassent aux lignes sans avoir profité de leur permission jusqu'au bout : chez lui, l'homme n'entendait que doléances, et en était réduit à vivre sur la part de ses enfants, au lieu qu'au front l'intendance se chargeait de tout. Peu à peu, les armées des puissances centrales étaient gagnées par le vieil esprit des troupes mercenaires. L'immense lassitude dégénérait en une sorte d'indifférence à tout, et les hommes en venaient à vivre au jour le jour, en aventuriers, insouciants et satisfaits tant que les cuisines roulantes leur donneraient quotidienne-

ment de quoi apaiser leur faim. La guerre faisait son
œuvre, qui n'est certes pas d'améliorer les individus.

Le moral de la population civile donnait aux gouvernants de plus gros soucis. Au début, les journaux ne
parlaient des difficultés alimentaires qu'avec réserve, et
les censeurs veillaient à ce qu'il en fût ainsi. Lorsque la
situation s'aggrava, la censure, à la surprise générale, se
relâcha de sa rigueur et laissa les journeaux traiter la
question à leur guise. Ce fut d'abord un flot de critiques
sensées, puis une débauche de polémiques souvent incon-
sidérées.

C'est ce que voulait le gouvernement. La violence en
paroles est sans conséquence, et est le meilleur dérivatif
connu à la révolution. Les critiques poussées à l'absurde
étaient une excellente soupape de sûreté, et donnaient
en outre aux autorités une bonne occasion de se justifier.
Un jour quelque journal publiait un article où, à la
grande satisfaction du lecteur, on montrait que tel ou
tel service fonctionnait déplorablement; le lendemain, un
communiqué officiel s'expliquait triomphalement, et les
autorités marquaient un point. Toute cette tactique,
savamment menée, brouillait astucieusement la vision
du public.

La discussion ouverte fit la lumière sur bien des choses
qui étaient jusque-là restées dans une ombre discrète. Les
spéculateurs s'aperçurent que le moment était venu de se
tenir sur leurs gardes. Le gouvernement donna à entendre
qu'il était fort commode de critiquer les autorités à propos de tout, mais qu'il était juste aussi que le public se
rendît compte de sa propre part de responsabilité. Les
dénonciateurs jaillirent du sol comme les champignons
après une pluie chaude de juin. Les tribunaux regorgè-
rent d'ouvrage, et les prisons de condamnés. Les choses
en étaient venues au point qu'il fallait se résigner à
sacrifier le menu fretin de la spéculation au courroux
populaire. Les gros requins poursuivaient impunément
leur œuvre, mais durent rendre gorge : si l'on voulait que

le patriotisme populaire tint assez ferme pour que la
poursuite de la guerre fût possible, il était grand temps
pour les gouvernements de laisser respirer le gros de la
nation, et d'aller chercher l'argent là où il était, dans les
coffres-forts bien garnis.

J'affirme sans crainte de me tromper qu'à ce moment,
au terme de l'année 1916, les États de l'Entente auraient
pu trouver un point d'appui singulièrement efficace dans
la faim généralisée qui mettait alors en péril la force de
résistance de l'Europe centrale, si leurs desseins militaires et leurs buts politiques eussent été plus modestes. La
dépression causée par la famine s'arrêta court chaque fois
que l'Allemagne et l'Autriche s'entendirent déclarer à
nouveau qu'on voulait à tout prix qu'elles fussent réduites
à merci. J'ai pu observer de mes yeux qu'à chaque fois
on serrait plus résolument les ceintures d'un cran. Un
homme maigre est un ennemi plus redoutable qu'un
homme repu. La discipline de l'estomac rend plus facile
la discipline des esprits. Il y a une certaine joie d'orgueil
dans l'ascétisme.

Les gouvernements des puissances centrales s'entendirent à faire leur profit de ces vérités.

CHAPITRE VIII

SUCCÉDANÉS ET SOUS-SUCCÉDANÉS

On a dit beaucoup de sottises sur les résultats qu'ont obtenus les Allemands, les Autrichiens et les Hongrois dans la découverte et l'invention des produits destinés à remplacer ce qu'il était malaisé de se procurer en raison de la guerre. Ces sottises proviennent pour une bonne part des Allemands eux-mêmes et de leurs alliés; mais surtout elles furent semées aux quatre vents du monde par des admirateurs naïfs, dont l'enthousiasme n'avait d'égale que leur ignorance. Qu'ils aient beaucoup fait, c'est incontestable; mais, dans la majeure partie des cas, tout cet immense labeur scientifique n'aboutit guère à des résultats plus satisfaisants que ne le fut par exemple leur caoutchouc de synthèse.

Leur premier effort, dès les premiers temps de la guerre, tendit à perfectionner la méthode d'un chimiste norvégien, qui, deux ans auparavant, était parvenu à condenser et à cristalliser l'azote de l'air. Il est inexact de dire, comme on l'a fait, qu'ils eurent le mérite de l'invention. Ce Norvégien lui-même n'avait fait que rendre industriellement exploitable une découverte antérieure.

Le succès fut d'importance. Le blocus britannique interdisait l'importation des nitrates du Chili. On n'imagine guère ce qui fût arrivé, si les Allemands n'étaient parvenus à puiser aux sources inépuisables que l'atmosphère mettait à leur disposition. Maintenant, ils étaient assurés d'avoir de la poudre, aussi longtemps qu'ils disposeraient d'une quantité suffisante de libre végétale et de goudron de houille. D'autre part, les sous-produits de la nitration fournissaient un engrais peu abondant sans doute, mais précieux.

Je ne puis songer à entrer dans l'innombrable détail des découvertes et des inventions de caractère pro-prement militaire. Je m'en tiens à un petit nombre d'exemples, d'intérêt plus général.

La science permit de tripler le stock de textiles détenu par les puissances centrales au moment où éclata la guerre. Elle y parvint par diverses méthodes. Prenons le coton, à titre d'exemple. Depuis les progrès décisifs réalisés par Nobel et l'industrialisation de la nitro-glycérine, on savait que toute graisse et toute fibre peut, par nitration, donner un explosif. Si l'on emploie généralement la glycérine et le coton, c'est uniquement parce que ces matières s'y prêtent mieux que d'autres. Or les graisses qui entrent dans la composition de la glycérine et le coton que l'on transforme en trinitrocellu-lose pouvaient être d'un meilleur usage pour les États de l'Europe centrale. On substitua donc en règle générale le goudron de houille à la glycérine, et la pulpe de bois au coton. Et cette économie énorme alla tout entière à l'alimentation et au vêtement.

Je me rappelle encore le frisson qui secoua l'Allemagne lorsque la Grande-Bretagne proscrivit le coton comme article de contrebande. La presse de l'Entente fut, durant quelques semaines, transportée de joie. Il suffisait d'avoir la moindre teinture de la chimie des explosifs pour savoir que cet enthousiasme optimiste serait de courte durée. Car on savait fort bien que la pulpe de bouleau ou de saule est un excellent substitut du coton, à la condition qu'on la traite de la manière qu'il faut. Quant aux explosifs dérivés du goudron, ils étaient dès lors de fabrication courante.

Cette question réglée, les savants d'Allemagne s'appli-quèrent à découvrir de nouveaux textiles. Ils avaient à leur disposition l'ortie banale. Aux temps anciens, elle

avait été pour l'Europe ce que le coton était pour le
Mexique des Aztèques. L'ortie, réduite depuis à servir de
fourrage aux oies, fut donc remise en honneur. Bientôt
elle parut sur le .marché, transformée en textile et
décorée parfois du nom un peu prétentieux de « soie
naturelle ». Le traitement chimique était sans difficulté
aucune : il suffisait de couper la plante, de l'immerger,
fortement serrée, dans une eau qui entraînait la pulpe
végétale, puis de la faire sécher au soleil, et de
l'apprêter.

Bien que l'Europe centrale pût alors importer annuellement de Turquie d'Asie environ 18000 balles de coton,
et des quantités notables de soie et de laine, et qu'elle
trouvât aussi de la laine dans les pays balkaniques, elle
continuait à souffrir d'une pénurie de textiles et de
matières brutes. Il fallut aviser. On s'appliqua à
réemployer les fibres qui avaient déjà servi, et l'effi-
lochage rendit de réels services.

On remédia d'autre part à cette disette en développant
l'industrie des tissus de papier. On s'aperçut qu'ils
rendaient d'excellents services pour une foule d'usages
auxquels on avait coutume d'employer les textiles, et
particulièrement pour ceux auxquels on affectait le
chanvre de Manille et le jute. Ici encore, on ne faisait
que tirer un meilleur parti d'une invention déjà
ancienne; de la ficelle dé papier, qui était usitée depuis
des années, au tissu de papier, il n'y avait qu'un pas,
mais qu'il fallait franchir : chacun peut 'tordre un
morceau de papier de soie pour en faire une corde, mais
quant à en tirer un fil suffisamment solide, c'est une
autre affaire. Il fallait que la pulpe destinée à être
transformée en tissu fût souple, et ne fût pas pressée de
manière à prendre une consistance trop dense. Elle
devait recevoir d'abord l'aspect d'un papier de soie écru.
Elle était donc cylindrée, après quoi les rouleaux
passaient par une machine où une combinaison de lames
bien aiguisées les découpaient en bandes ou en rubans

d'un peu plus d'un demi-centimètre, ou davantage. Les rubans s'enroulaient sur des bobines qui tournaient, non pas uniquement sur leurs axes, mais en tous sens, à une vitesse qui donnait à la bande de papier le degré de torsion nécessaire. On obtenait ainsi le fil de papier à l'état brut.

Le fil, sous cette première forme, convenait pour maints usages. Pour d'autres il fallait qu'il subît un traitement chimique. Le procédé est analogue à celui par lequel on parchemine le papier. Il donne au fil une certaine raideur, qui est sans inconvénient lorsqu'il s'agit de faire de la toile à sac, ou d'autres tissus grossiers. Si on se propose d'en tirer un tissu plus délicat, qui puisse remplacer la serge, on lui donne de la souplesse en le battant.

Le papier n'est assez résistant pour faire un drap fin que si on le renforce au moyen d'une fibre plus souple. En règle générale, il forme la trame de l'étoffe, et on y passe du chanvre, du coton ou même de la soie. Lorsqu'il s'agit de capotes destinées à l'armée, on y emploie du fil de laine, et l'on imperméabilise l'étoffe : on obtient ainsi un drap chaud, qui ne prend pas l'eau, et qui laisse passer l'air.

L'étoffe de papier n'est pas aussi résistante que les bons tissus de *loden*, et par suite est généralement employée pour des vêtements qui n'ont pas à subir beaucoup de fatigue. Elle fait par exemple d'excellents sweaters pour dames ou pour enfants, ou sert encore à faire des chapeaux.

La tentative de trouver un équivalent aux semelles de cuir fut moins heureuse. On ne manqua jamais de cuir pour les tiges, et je suis convaincu qu'il y avait assez de peaux pour les semelles : ce qui faisait défaut, ce n'était pas la quantité, mais la qualité. Dans toute l'Europe centrale, depuis le début de la guerre, toutes les bêtes à cornes étaient tenues à l'étable tout au long de l'année ; les peaux, qui n'étaient pas exposées aux intempéries, s'atten-

drissaient au point d'être impropres à faire des semelles.
On songea naturellement à recourir au bois : un millier
de cerveaux inventifs s'attacha à la besogne, pour conclure finalement que le bois à l'état naturel convenait parfaitement. C'était fort bien pour la population des champs ;
c'était impraticable sur le pavé des villes. Il était indispensable que la semelle de bois pût s'adapter avec quelque souplesse à la démarche.

On recourut d'abord à une semelle faite de deux moitiés
assemblées sous le creux du pied par une charnière d'une
forme spéciale. A l'usage, le système se révéla trop fra-
gile. Les esprits inventifs cherchèrent mieux, deux années
durant : ils ne trouvèrent rien de mieux que de remplacer
la charnière par une plaque d'acier flexible. Le sens commun finit par suggérer la solution : une chaussure laissant
du jeu à la cheville, maintenant fermement le cou-de-
pied, et suppléant à l'élasticité naturelle de la semelle de
cuir par une incurvation de la semelle de bois, légèrement
convexe sous les orteils.

Les innovations en matière d'aliments avaient une tout
autre importance. Les hommes de laboratoire cherchaient
depuis des dizaines d'années l'aliment parfait mis en
tablettes. Il est fort possible qu'en théorie on puisse se
nourrir chimiquement ; en pratique, ce sera impossible
tant que nous ne serons pas munis d'intestins doublés
intérieurement d'un fourreau de platine ; et nous n'en
sommes pas encore là.

Lorsque les autorités s'avisèrent qu'il y avait urgence
à ne pas laisser à l'abandon la question des vivres, leurs
premières mesures furent, très sagement, pour interdire
les falsifications. Mais les spéculateurs ne firent qu'en rire.
Les gouvernements ne l'ignoraient pas, mais l'heure n'était
pas propice pour y regarder de trop près. Pourtant il y
avait danger à trop tolérer. Le peuple n'accepte pas d'être
exploité sans limites ; puis, la santé même de la nation
pouvait, à la longue, se trouver compromise.

Le grand problème, le plus urgent, était de trouver un

équivalent à la farine. Il ne manquait pas d'esprits assez
téméraires pour affirmer que la chimie était de taille à
faire mieux encore. Pourquoi s'en remettre à la lente et
incertaine transmutation d'éléments opérée par la plante
de ce que le laboratoire réaliserait vite et à coup sûr? Je
lus alors bon nombre d'articles fort savants sur la question. Le malheur est qu'ils partaient tous d'un certain
nombre de conditions hypothétiques, et très incertaines :
tout irait bien si l'on parvenait à vaincre telle ou telle
difficulté, si l'on pouvait réussir telle ou telle chose. Or
ces conditions préalables ne se réalisaient jamais. Les
chimistes se rendirent compte que la synthèse de leurs
rêves était chimérique, et, au lieu de créer, on chercha
plus modestement à remplacer par des équivalents convenables.

On servait dans les cafés de Vienne et d'autres grandes
villes un gâteau fait surtout de farine de légumineuses,
additionnée de farine de marrons d'Inde, d'un peu de riz,
d'un peu de glucose, d'un peu de sucre et de miel, et,
lorsqu'on manquait de raisins secs, de prunes hachées.
C'était agréable au goût, et nourrissant. Il y avait là assez
d'éléments nutritifs pour qu'il y eût utilité à absorber la
farine de légumineuses, qui leur servait de véhicule. Tout
est là, en matière d'alimentation humaine : il faut, à la
base, un véhicule, qui soit au système alimentaire ce que
dans un sandwich le pain est au beurre et à la viande.
Dans le gâteau dont je viens de parler, les facteurs vraiment utiles étaient en assez grande quantité pour qu'il
valût le prix qu'on le payait, environ quatre sous le
quart.

Le pain de guerre des premiers mois était, pour un peu
plus de la moitié de sa composition, du pain de seigle,
plus un quart de farine de froment, et, pour le surplus,
de la farine ou des flocons de pommes de terre, du sucre
et de la graisse. L'invention n'avait d'ailleurs rien de
génial, et était à la portée du premier boulanger venu.
Mais le seigle et le froment étaient rares, et peu à peu on

y suppléa au moyen d'avoine, de maïs, d'orge, de haricots, de pois et de sarrazin.

Il ne fut plus possible en 1916 d'importer du café. Les stocks modestes d'avant la guerre avaient été tirés en longueur, grâce à l'addition généreuse de chicorée et d'autres expédients. J'admirais qu'on eût pu les faire durer aussi longtemps, bien que la demi-tasse n'eût plus guère du café que la couleur. Mais il fallut pourtant passer, par une série d'étapes, du café à ses substituts. Le premier de ces succédanés n'était pas mauvais. Il était fait principalement d'orge et d'avoine rôties, parfumées au moyen de produits chimiques dérivés du goudron. La boisson avait cet avantage qu'elle contenait une assez forte proportion d'éléments nutritifs. Avec un peu de lait et de sucre, elle avait toutes les qualités du café, moins les effets agréables de la caféine, plus ses propriétés nutritives. Elle était agréable même sans lait ; mais, sans sucre, elle était imbuvable.

Le malheur, c'est qu'il fallait y employer des céréales qui pouvaient trouver sans peine un meilleur emploi. On fut conduit ainsi à chercher un succédané à ce succédané. Cette nouvelle variété de café artificiel — *Kaffee-Ersatz-Ersatz* — était faite au moyen de glands et de faînes rôtis, avec tout juste assez d'orge rôtie pour donner un vague goût de café. C'était, cette fois encore, une boisson saine, peut-être un peu plus agréable au goût que sa devancière, sûrement plus nourrissante, mais aussi plus chère.

Elle n'eut qu'un temps. Les glands et les faînes étaient rares, ayant servi à nourrir les cochons. Et l'on jeta sur le marché un troisième substitut, où entraient comme principaux ingrédients la carotte et la betterave.

Passons au thé. Il était aisé d'y suppléer. La fleur de tilleul additionnée de bourgeons de hêtre donnait un breuvage excellent, et ceux qui aimaient ce qui est astringent pouvaient y ajouter quelques bourgeons de sapin, — mais pas trop, si l'on ne tenait pas spécialement à en faire un vomitif.

Pour remplacer le cacao on trouva des procédés dont
je ne parvins pas à percer le mystère. Je suis à peu près
sûr qu'il y entrait des pois et de l'avoine rôtie ; mais il s'y
joignait toute une chimie dérivée du goudron.

On n'imagine pas le parti que les Allemands et leurs
alliés surent tirer du goudron. Il leur fournit leurs explosifs, leurs teintures, et, à un unique moment de la guerre,
quatre cent quarante-six produits chimiques nettement
différenciés employés en médecine, en hygiène et dans
l'alimentation. S'il existe vraiment un élixir de longue
vie, c'est certainement du goudron qu'il faut l'attendre.

Somme toute, le bénéfice net de toute cette chasse aux
succédanés fut assez minime. Tous ces produits végétaux
naturels que l'on substitua au café eussent eu la même
valeur alimentaire s'ils eussent été consommés sous une
forme différente. L'unique avantage fut de donner une
satisfaction approximative à des habitudes invétérées. Et
l'on pouvait juger, aux jours de restriction, aux jours où
aux séries de jours sans viande, sans graisse, sans farine
de froment, sans telle ou telle autre chose, à quel point
ces habitudes étaient impérieuses, et combien on s'ingé-
niait à les satisfaire.

Il y avait par exemple la fausse côtelette de mouton,
faite de riz. Le riz était bouilli, puis aggloméré en blocs
auxquels on donnait la forme d'une côtelette. On y four-
rait une tige de bois qui figurait l'os, et, pour compléter
l'illusion, on garnissait l'extrémité supérieure de la tige
d'une petite rosette de papier. Frit dans de la véritable
graisse de mouton, servi avec des petits pois et une
touffe de cresson de rivière, c'était de quoi flatter l'illusion du gourmet le plus exigeant. — Il y avait encore le
bifteck végétal, qui était accueilli avec une très grande
faveur, une fois qu'on avait pris son parti de la couleur
qu'il révélait une fois tranché, couleur d'un vert pâle qui,
dans un bifteck authentique, ôte immédiatement toute
envie d'y toucher. Ce mets était une affaire fort compliquée, mélange de farine de maïs, d'épinards, de pom-

mes de terre et d'arachides. Un œuf servait de liaison au
tout, et les Vatels de Berlin et de Vienne parvenaient à
lui donner assez de cohésion pour qu'il fût réellement
nécessaire de l'attaquer au couteau.

Je n'ai parlé jusqu'ici que des innovations plus ou
moins heureuses tentées par les particuliers. Mais le gouvernement, de son côté, travaillait à trouver des substituts. Son grand effort tendait à ôter au peuple l'habitude
de se nourrir d'aliments à haute concentration, et en
particulier de graisses.

Il y fut amené par un accident, par le déplorable massacre des porcs de 1914. La pénurie de graisse qui résulta
de cette erreur économique eut bien vite prouvé que la
masse pouvait fort bien se contenter du quart de la quantité de graisse qu'elle avait l'habitude de consommer. Et
il apparut bientôt que la santé publique ne pouvait que
gagner à cette cure d'amaigrissement.

Il eût été aisé de repeupler les étables à porcs. L'animal
est très prolifique, et, avec quelques encouragements, les
éleveurs auraient reconstitué le troupeau en un an. On ne
fit rien pour cela. Il n'était pas facile de trouver à nourrir
tant de bêtes, et les petites quantités de maïs que pouvait
fournir la Roumanie ne garantissaient nullement que les
paysans ne donneraient pas à leurs cochons une part de
leur propre récolte de céréales, ou d'autres produits du
sol, que le gouvernement jugeait plus opportun de réserver à la population. Le prix du lard et de la viande de
porc étaient tentants : un quintal de blé converti en poids
d'animal rapporterait trois fois plus que vendu sous
forme de grains. Et puis, il était infiniment plus aisé d'en
trafiquer sous main.

La conséquence s'imposait : il fallait maintenir l'industrie de l'élevage à un niveau aussi bas que possible. Il
était infiniment plus aisé de répartir équitablement la
masse volumineuse des céréales et des légumes, que la
somme exiguë d'aliments plus concentrés que le char-
cutier tirerait des animaux qui risqueraient d'en être

nourris. Et l'on éviterait ainsi d'imposer une privation de plus aux classes peu aisées, en un temps où tout était cher. Ce qui importait par-dessus tout, c'était de donner tant bien que mal satisfaction aux exigences des estomacs, et la graisse disponible n'y suffirait pas. On se résolut donc à confier au consommateur le soin d'opérer lui-même les transformations de produits naturels dont l'éleveur ne serait plus à même de se charger. On comptait éviter ainsi l'inconvénient de toute une série de gaspillages fâcheux, et on y parvint en effet. — J'ajoute qu'on procéda d'une manière analogue pour les œufs, dont on restreignit la consommation. En somme, on estimait plus nécessaire de donner de l'occupation aux estomacs des hommes que de les nourrir effectivement.

L'idée était certainement heureuse; sans elle, je doute fort que les États de l'Europe centrale eussent pu continuer la guerre. L'économie que cette politique eut pour résultat fut immense, assez grande pour compenser tout à la fois l'importation devenue impossible et la production réduite par la disette de main-d'œuvre et d'engrais. J'ai la conviction que par ces mesures, et par elles seules, les puissances centrales se sauvèrent d'une prompte défaite.

Il va sans dire que les effets en furent moins heureux sur certaines classes de la population. La rareté du bon lait accrut la mortalité infantile. Les gens affaiblis de tout âge furent enlevés promptement lorsqu'ils n'eurent plus pour les soutenir les ressources d'une alimentation intensive, et les gens âgés ou d'âge moyen souffrirent si cruellement qu'en mainte occasion la mort était la bienvenue. Alors que les hommes et les femmes en pleine force de l'âge s'adaptaient au rationnement, et y puisaient même plus de vigueur, ceux qui étaient sur le déclin ne parvenaient pas à se plier à cette discipline de fer. Les habitudes de leurs organismes étaient trop profondément invétérées, et leur nutrition exigeait trop impérieusement l'apport normal d'aliments riches et concentrés: la privation eut pour effet une déchéance que rien ne put

enrayer. Ainsi la nécessité contraignit les gouvernements
à pratiquer en masse le massacre des moins aptes.

Je m'entretins fréquemment de ces conséquences avec
des hommes de diverses catégories, administrateurs de
Compagnies d'assurance, professeurs et fonctionnaires.
Les premiers envisageaient la question du point de vue
de leurs affaires. Les pertes des Compagnies étaient
énormes ; mais il n'y avait rien à faire : l'espoir, c'était
que la longévité des hommes encore jeunes, accrue par
un meilleur entraînement, vînt faire compensation. C'est
ce qui ne manquerait pas de se produire si la guerre
n'était pas trop longue. Mais il deviendrait nécessaire de
relever le tarif des primes, si le gouvernement se trouvait
amené à ordonner de nouvelles restrictions alimentaires.
— Parmi les professeurs, les uns prenaient les choses en
hommes de sentiment ; les autres en raisonnaient avec
cynisme : c'était une question de doctrine et d'âge. Il s'en
trouvait qui ne voyaient que des avantages à l'élimination
brutale des inaptes ; d'autres jugeaient honteux qu'on
n'eût pas pris les mesures nécessaires pour les sauver. —
Enfin les personnages officiels reconnaissaient franchement la gravité des effets ; mais voulait-on que l'État,
pour les éviter, acceptât de périr ?

— Je vous entends très bien, me dit un jour un des
maîtres souverains de l'alimentation. Mes propres parents
en seraient là, s'ils n'avaient, Dieu merci, les moyens de
se procurer des aliments coûteux. Il n'est que trop vrai
que les pauvres d'âge avancé vont par milliers à une mort
prématurée. Mais qu'y faire ? Il ne nous est pas possible,
pour les tirer de là, de déposer les armes et de subir les
conditions qu'il plaira à l'ennemi de nous imposer. Et
puis, outre l'intérêt suprême de l'État, il faut encore
tenir compte des intérêts des individus mieux adaptés à
la vie. Ils sont fondés à exiger des institutions sociales
et économiques les bienfaits que seule l'indépendance
politique peut permettre d'en tirer. Il est inévitable que
les moins aptes soient sacrifiés, pour cette excellente

raison que ce sont les plus aptes qui font la guerre et qui
versent leur sang. Ce que nous faisons pour les enfants
nous empêche de rien faire pour les gens avancés en âge.
Il faut que nous prenions soin des petits, parce qu'ils
portent en eux notre avenir. Je sais bien que nous devons
beaucoup aux âgés, qui nous ont donné notre passé ; mais
du moment qu'il faut choisir entre les deux, je me pro-
noncerai toujours pour les jeunes.

C'est là, en effet, l'attitude fatale d'un homme de gouvernement, et il serait vain de lui en faire un reproche.
Un homme qui en est réduit à donner son dernier morceau de pain soit à son vieux père, soit à son jeune fils,
peut fort bien être tenté d'en donner une moitié à chacun ; mais, en ce cas, si le vieillard n'est pas le dernier
des hommes, il exigera que tout aille au petit. Une société
qui n'aurait pas le courage d'agir selon ce principe se
condamnerait elle-même.

CHAPITRE IX

MIETTES ET DÉCHETS

Le mois d'octobre 1916 fut pour les puissances de l'Europe centrale le moment critique. La misère avait atteint les limites extrêmes de ce que l'homme peut endurer. Elle allait, durant sept longs mois, mettre à une dure épreuve la vitalité des nations. On allait voir si les mesures décidées et mises en œuvre parviendraient à sauver l'Allemagne et ses alliés. La situation était si grave que les gouvernements intéressés se résignèrent alors à tâter prudemment l'opinion ennemie, et allèrent même jusqu'à formuler en termes généraux des offres précises.

Il y avait longtemps qu'on épargnait soigneusement les déchets. Dès novembre 1914, on en faisait un triage attentif, et l'on mettait à part ce qui pouvait servir au bétail. Maintenant, il n'était plus besoin d'instructions spéciales. On ne trouvait plus de débris d'aliments dans les caisses à ordures. Et il n'était pas moins superflu d'inviter le public à ne pas laisser perdre les vieux vêtements et les autres textiles : chacun savait que le chiffonnier en payait un bon prix. Une bonne partie des ustensiles de cuivre et de laiton avaient été remis à l'État. Les cloches d'église avaient été données au fondeur. Le vieux fer atteignait un prix incroyable. Le fer remplaçait le nickel dans la monnaie de billon. On ramassait activement le vieux papier. Les gadoues servaient d'engrais. Durant les mois d'été et d'automne, on cueillait soigneusement les baies des haies, et les femmes et les enfants par milliers battaient les bois, à la recherche des champignons et des noisettes. Les villageois étaient autorisés à

ramasser le bois mort dans les forêts de l'État, à y fau-
cher l'herbe, à y recueillir les feuilles mortes, qui servaient de litière.

Tout était à l'épargne. Durant les mois d'été, l'avance
de l'heure avait procuré une économie notable des
moyens d'éclairage. A la ville on dépensait moins de
force en restreignant la circulation des tramways; et la
fermeture des boutiques, des cafés et des restaurants à
une heure moins tardive procurait, elle aussi, une économie de lumière, et surtout d'aliments. Aux champs,
même parcimonie. Nul ne songeait à remettre à neuf les
façades, nul ne se souciait de l'entretien extérieur de sa
maison : à quoi bon? disait-on. Les cours mal tenues et les
jardins négligés attestaient une égale indifférence. Les
machines et les instruments de la ferme étaient restés
abandonnés au point où le travail avait été interrompu.
Je me souviens encore de la sensation très vive que me
donna l'aspect de toutes choses, au cours d'une pointe
que je fis en Styrie : j'eus comme la vision d'une poule
solitaire, qui gratte éperdument le sol d'une cour, pour
y trouver quelque chose à manger; il y a des mois que la
pauvre bête n'a reçu une poignée de grains de qui que
ce soit, et pourtant on est là à guetter les œufs qu'elle
voudra bien pondre.

Il s'agissait à présent de sauver les déchets de l'immense
machine sociale. La vie économique était si appauvrie
par les réglementations innombrables que, pareille à une
couverture usée jusqu'à la corde, elle ne pouvait plus
tenir chaud à ceux qu'elle abritait. Ce que les hommes
au front lui soustrayaient d'éléments essentiels, la population civile était impuissante à le remplacer.

Un volume ne suffirait pas à énumérer tous ces
règlements, à en discuter les intentions, la portée, les
effets. On avait réglementé directement tout ce qui est
nécessaire à la vie : le pain, les graisses, la viande, le
lait, les œufs, les pois, les haricots, les pommes de terre,
le sucre, la bière, l'éclairage, le vêtement, les chaussures,

le pétrole; et tout le reste par voie indirecte, tout, sauf l'air et l'eau.

L'objet de ces mesures était double : économiser, et fournir au gouvernement les ressources financières qu'exigeait la guerre. Économiser, c'était bien, tant qu'il restait quelque chose à épargner. Mais il ne restait plus rien. Il n'y avait plus rien en surplus. La production restait au-dessous de la consommation, et, ce jour-là, il n'y a plus ni miettes ni déchets.

J'eus un jour à faire réparer une paire de talons. J'eus vite fait de trouver un savetier. Mais il n'avait pas de cuir.

— Mais, lui dis-je, vous trouverez sans peine les débris nécessaires.

— Impossible, Monsieur, fit l'homme; impossible de trouver des débris. Il n'y a plus de cuir. J'en obtiens chaque mois une petite quantité; mais il y a beau temps qu'elle est employée. Si vous avez une autre vieille paire de chaussures, apportez-la-moi. Je prendrai dans les semelles de quoi réparer vos talons, et le reste me paiera de mon travail : je ne vous demanderai pas un sou.

J'acceptai, et je sus depuis que le savetier n'avait pas fait une si mauvaise affaire.

On avait procédé de même pour assurer à la population les vêtements indispensables. L'Allemagne, l'Autriche-Hongrie, la Bulgarie et la Turquie produisent en quantité la laine, le chanvre, la soie et le coton. Mais il n'y avait pas là de quoi faire face aux besoins, et les uniformes du front étaient dans un état pitoyable. Les autorités militaires comprirent qu'on ne gagnerait rien à y employer des matériaux médiocres. On ne ferait une économie notable de travail qu'en usant de ce qu'on pouvait trouver de mieux.

Pour la population civile, il fallait bien se contenter de déchets, il fallait récolter soigneusement jusqu'à la moindre loque. Le jour vint où un vieux costume de drap acheté d'occasion coûta aussi cher que jadis un costume neuf sortant des mains du tailleur : l'addition de quelques fils neufs avait rajeuni cette vieillerie. Les vieux débris étaient ramenés à l'état de matières premières; on y ajoutait une faible quantité de laine neuve, ou de coton, ou de soie, et le tout était transformé en vêtements qu'on mettait en vente comme neufs. Jamais les marchands d'habits n'avaient fait de si bonnes affaires. On fouillait les armoires et les greniers, et, comme les gens suffisamment pourvus de vieux vêtements se gardaient bien d'acheter, il n'y eut jamais véritable disette d'habits pour les classes peu aisées.

Les économies de cet ordre sont dominées par l'offre et la demande. Lorsqu'elles peuvent se donner libre carrière, elles peuvent fort bien conduire à du gaspillage. Le jour où les brins de laine viennent à être usés par des remaniements trop fréquemment réitérés, on a beau les corser par l'addition de matériaux neufs, le produit ne vaut plus ni le travail qu'il a coûté, ni le prix qui en est demandé. Il n'a plus pour lui que son aspect, qui fait illusion, mais qui est décevant.

Toute cette manipulation des déchets ouvrait au profiteur de guerre une carrière admirable. Il vendait comme matières neuves tous les déchets de première main, et, pour qu'il voulût bien convenir qu'un tissu était médiocre, il fallait qu'il fût manifestement par trop misérable. Il lui arrivait d'exiger un prix très élevé d'un costume qui à la première pluie s'en allait en morceaux, et c'était tant pis pour l'acheteur : s'il se plaignait, il s'entendait répondre que la faute en était à la guerre, et il fallait bien qu'il se le tînt pour dit.

Mais il n'était pas admissible que l'État fût d'humeur aussi facile. Il y avait dans cette opération une somme de travail gâchée qui eût pu recevoir un meilleur emploi, et un produit inutilisable : deux pertes sèches, qu'il fallait éviter. Mieux valait abandonner à leur sort des matières aussi définitivement ruinées, que de tolérer qu'elles fussent l'occasion d'un gaspillage de main-d'œuvre, et ensuite d'un mécontentement. Tout travail qui n'a qu'un

rendement de cet ordre est perdu, et les autorités ne
savaient que trop bien qu'elles n'en avaient pas de luxe.

J'eus l'occasion de voir de près, en Bohême, un cas
intéressant. Une manufacture importante avait traité une
grande quantité de déchets fort médiocres. Le tissu avait
belle apparence, et la maison faisait d'excellentes affaires.
Tout alla très bien jusqu'au jour où les acheteurs
endossèrent les vêtements taillés dans la magnifique
étoffe. Ce jour-là, les ennuis commencèrent. Certains cos-
tumes se rétrécissaient à l'humidité, d'autres faisaient
l'inverse. Les autorités durent intervenir. Des experts en
textiles furent appelés. Ils constatèrent que certaines
portions de l'étoffe renfermaient jusqu'à 60 pour 100 de
vieux matériaux, dont il était impossible de savoir combien de fois ils avaient passé sur le métier. Au terme de
l'enquête, il apparut que, si le manufacturier avait voulu
se contenter d'un bénéfice un peu moindre, il aurait pu
tirer des matières neuves — qui, pour le dire en passant,
lui avaient été fournies par la Centrale officielle des
tissus — près de 50.000 mètres d'étoffe à raison de
65 pour 100 de matériaux vierges et de 55 pour 100 de
matériaux usagés. Il avait préféré en tirer près de
50.000 mètres d'un tissu sans valeur, et pour lequel il
avait gâché le temps et le travail de plusieurs centaines
d'hommes et de femmes.

Il y eut des cas analogues par milliers. Il firent comprendre aux autorités que l'économie peut devenir un
danger. A la longue, les déchets se refusaient à tout
usage. Insister au delà d'une certaine limite, c'était
perdre et non gagner. Un système social qui repose sur
des fondations aussi ruineuses est condamné à périr. La
responsabilité des gouvernants y était grandement
engagée : à force de réglementer, ils avaient en fait
laissé carte blanche aux profiteurs sans scrupules.

J'ai assisté au procès d'un assez grand nombre
d'hommes qui avaient enfreint la loi par des pratiques de
ce genre. Ils avaient tous à la bouche la même justifi-

cation. Jamais ils n'avaient songé le moins du monde à
profiter de circonstances si graves pour réaliser des bénéfices exagérés. Ils étaient bien incapables d'une pensée
pareille. S'ils avaient employé des matériaux médiocres,
c'était uniquement en vue d'économiser les ressources du
pays. Ils avaient cru bien faire, et soulager ainsi le gouvernement du lourd fardeau qui lui incombait. Il fallait
bien que tout le monde fît de son mieux. Ils l'avaient fait
de bon cœur, et voici que les autorités prenaient leur
bonne volonté en mauvaise part ! — Au début, quelques
juges s'y laissèrent prendre; mais pas très longtemps :
d'ordinaire, on les condamnait au maximum.

Tous ces abus décidèrent le gouvernement à apporter
des modifications profondes aux méthodes d'épargne.
Les Centrales officielles des matières premières étendirent
leur main-mise sur tous les textiles. Le chiffonnier fut
astreint à leur remettre les marchandises qu'il recueillait;
le tisseur dut leur adresser directement ses commandes, et
fut fourni par elles. Les effets de ces mesures furent
heureux. En même temps l'on instituait pour le public la
carte de vêtements. Du jour au lendemain, les qualités
misérables de tissus disparurent du marché.

J'ai insisté sur cet exemple pour montrer sur le vif
l'action complexe des divers facteurs sociaux dans le
fonctionnement de la réglementation et de l'épargne, et
les difficultés auxquelles on se heurta lorsqu'il fallut
débrouiller cette confusion. Mais il y avait bien d'autres
miettes et bien d'autres déchets. Tout le délicat organisme de la vie économique et sociale avait été traité de
telle manière, qu'il fallait de toute nécessité une opération radicale pour le remettre sur pied. Économistes
infatués et vétérinaires d'armée avaient essayé force
remèdes sur un patient qui ne souffrait que d'un profond
désordre de sa nutrition. Chacun prétendait tirer même
quantité et même qualité de lait que jadis d'une pauvre
bête de vache qui était au point de mourir de faim.

CHAPITRE X

LA MOBILISATION DES GROS SOUS

Je ferai sans doute de la peine aux hommes qui ont pour fonction de réglementer l'alimentation, si je leur dis qu'à mon sens la consommation des produits nécessaires à la vie peut fort bien se régler d'elle-même, et peut se réduire spontanément, même sans qu'il y ait hausse des prix. Je reconnais toutefois volontiers que les prix tendent nécessairement à la hausse lorsque la demande l'emporte sur l'offre. Les choses se passent du moins ainsi dans notre système social. Mais en revanche cette tendance fatale à la hausse, si rien ne venait à la traverse, entraînerait comme conséquence logique et immédiate une amélioration des salaires. Or, en Europe centrale, le coût de l'existence n'a jamais cessé, durant ces années de guerre, de dépasser d'environ 50 pour 100 la lente ascension des salaires. Ces 50 pour 100 représentaient la marge indispensable au gouvernement et aux financiers ses amis pour maintenir la guerre à flot. Cette arrière-pensée présida sans cesse à toute la réglementation des prix; et, comme il fallait que tout, jusqu'au dernier sou, fût mis en circulation et ne cessât de produire, jamais on ne consentit à essayer d'une autre politique.

Les spéculateurs et intermédiaires tenaient un rôle essentiel dans ce système, et, à mesure que le gouvernement les supprimait un à un, ils disparaissaient de la scène, comme le More de Shakespeare, « ayant rempli leur devoir ».

L'élimination se fit de bas en haut. Lorsque le con-

sommateur eut été exprimé jusqu'à la dernière goutte,
la main du gouvernement s'appesantit sur le détaillant.
Puis ce fut le tour du marchand de gros et du courtier,
et au mois d'octobre 1916, c'est-à-dire à la période dont je
m'occupe maintenant, seuls les rois de l'industrie et du
commerce et les princes de la finance jouissaient encore
de la faveur d'en haut. Les spéculateurs qui opéraient à
cette date, lorsqu'ils n'étaient pas les agents directs de
ces puissances, leur étaient du moins étroitement affiliés.

C'est durant l'automne de 1916 que le fonctionnement
social reçut la forme qu'il a conservée jusqu'à ce jour.
L'alimentation se trouvait réduite à un minimum qu'on
ne pouvait comprimer davantage. La quantité disponible
suffisait à peine à nourrir la population, et d'autre part
les prix avaient atteint un niveau qu'il n'était plus possible
de dépasser, si l'on ne voulait pas que la masse pérît de
faim faute de l'argent nécessaire aux achats. Le pain
quotidien était devenu un luxe. Hommes et femmes
étaient contraints de se lever avant le jour et de travailler
très avant dans la nuit, s'il voulaient avoir à manger.

Voici comment fonctionnait le système de contrôle qui
avait précédé l'institution du nouveau régime.

Le contrôle s'exerçait d'abord sur le producteur, sur le
paysan. La réquisition militaire lui avait pris, contre
argent comptant, à un prix minimum fixé par l'État, une
partie de ses chevaux et de son bétail. On lui avait pris
pour l'armée, dans les mêmes conditions, du fourrage et
des céréales, et, en un certain nombre de cas, des
charrettes, des charrues, et d'autres instruments. Après
quoi le gouvernement ne s'était pas occupé davantage
de lui, si ce n'est qu'il avait fixé des prix maxima, dans
son intérêt, et en vue de stimuler la production. Le
paysan avait poursuivi sa tâche, du mieux que le
permettait les circonstances. Il n'avait évidemment pas
prospéré, mais, en somme, il était moins à plaindre que
l'habitant des villes ou que l'ouvrier d'industrie, car il
pouvait du moins puiser à son gré, pour ses propres

besoins, à ses propres produits : l'État avait sans doute stipulé le pourcentage de ses récoltes qu'il devait livrer au public, mais cette clause était rarement observée.

Au cours de la saison agricole de 1916, divers gouvernements décidèrent de procéder autrement. Des experts en culture, des fonctionnaires des Commissions et des Centrales de l'alimentation vinrent aux villages et aux fermes, examinèrent l'état des récoltes et en évaluèrent le rendement. Du total on retrancha ce qu'exigeaient les besoins du paysan et de son exploitation; tout le reste devait être livré aux Centrales à des dates fixes. Les paysans reçurent assez mal l'innovation, mais il n'y avait rien à faire : toute contravention entraînait une lourde amende, et toute dissimulation valait, outre la même amende, de la prison.

Cela fait, les autorités regardèrent d'un peu plus près à la distribution. Le compte des céréales livrées aux minoteries fut dressé avec plus d'exactitude, et les petits moulins à eau, qui naguère, en échange de leur peine, gardaient le son et une petite quantité de farine, furent rémunérés en argent. Pour tout quintal de grain qui leur était fourni, ils étaient tenus de rendre tant de livres de farine, plus tant de produits accessoires. La farine était expédiée aux Centrales, qui en fournissaient les boulangers; et ceux-ci devaient livrer à la consommation un nombre déterminé de miches. Chaque boulanger se voyait assigner un certain nombre de clients, auxquels il devait sous sa responsabilité assurer la quantité de pain prescrite par la loi.

Un régime analogue s'appliquait aux pommes de terre et aux autres denrées. Le paysan les remettait aux Centrales, à de certaines dates, par quantités définies, et la Centrale les répartissait entre les détaillants, pour être vendues au public selon le taux légal des rations. De temps à autre, un surplus de pommes de terre était mis librement à la disposition de l'acheteur au marché municipal. Mais il fallait, pour en avoir, être sur pied dès trois heures du matin, ce qui signifiait qu'il fallait choisir entre se passer de sommeil, ou se passer de cet appoint alimentaire.

On n'apporta aucune modification au régime de la viande : les jours sans viande et les prix exorbitants rendaient superflue toute réglementation nouvelle. Au contraire, le lait, la graisse et les œufs, aliments aussi essentiels que le pain pour la masse de la population, avaient été honorés d'une attention particulière. Le paysan devait vendre à la Centrale ce qu'il produisait en fait de lait, de beurre, de lard, de saindoux, d'huile végétale et d'œufs, et la Centrale les remettait aux détaillants, qui avaient chacun affaire à un certain nombre de clients. Les quantités n'étaient pas définies par la loi. — Le même régime était appliqué au sucre.

Une pareille organisation mettait bon nombre d'intermédiaires à sec. Ceux qui n'obtinrent pas d'y tenir un rôle, ou qui estimèrent qu'ils n'y trouvaient pas leur compte, se portèrent vers d'autres branches d'industrie, que le gouvernement avait intentionnellement laissées ouvertes. Il ne l'avait pas fait en vue des intermédiaires : il restait aux mains des catégories les mieux payées des classes laborieuses des gros sous qu'il importait d'atteindre, et il fallait bien, à présent que l'alimentation tout entière était régie par une discipline de fer, que ces gros sous pussent trouver des occasions d'entrer en circulation.

Je fis à Vienne la connaissance d'un homme qui, sous le régime antérieur, en même temps qu'il était courtier en produits alimentaires, faisait la commission en toutes sortes de choses. Aujourd'hui c'était un wagon de farine ou quelques wagons de pommes de terre, demain une affaire licite ou clandestine d'œufs ou de beurres; mais c'était aussi parfois du pétrole, et un jour il passa même avec l'État un marché pour la remonte. Il n'était guère de choses au monde qu'il n'eût achetées ou vendues; en quoi il ne différait pas des courtiers qui, par milliers, se livraient aux mêmes besognes dans les coins retirés et

discrets des cafés de Berlin et de Vienne. — Je note en
passant que les spéculateurs de cette catégorie ont
rarement un bureau, et qu'ils opèrent généralement dans
certains cafés où il se retrouvent, qui n'ont guère d'autre
raison d'être, et où l'on peut acheter ou vendre à peu
près tout ce qu'on veut.

Mon homme fut très désagréablement surpris par
l'institution du nouveau régime. Il lâcha aussitôt l'alimentation, où il n'y avait plus rien à faire, et se rabattit sur
les allumettes.

Les allumettes n'étaient astreintes à aucun contrôle,
et étaient assez rares. Il eut vite fait d'en avoir un stock.
Il passa des marchés avec les fabriques, à des conditions
qu'il ne pouvait évidemment faire que s'il avait la
certitude de revendre à un prix très supérieur au cours
du jour. Mais il savait s'y prendre : le prix des allumettes
monta avant qu'il eût attendu longtemps. On les vendait
jusqu'alors environ un sou les quatre boîtes de 200, et
l'article de fantaisie un peu plus cher. Lorsqu'elles furent
à un sou la boîte, il se mit à les écouler judicieusement :
les marchands, qui ne voulaient pas risquer de se trouver
de nouveau à court, achetèrent avec empressement. Du
premier coup, notre homme réalisa, me dit-on, un
bénéfice net de plus de 120 000 francs. Après quoi, il
continua de se faire mensuellement dans les 40 000 francs.
Il parvint à éviter les poursuites dont le menaçait la
loi sur les bénéfices excessifs, et il le dut sans doute à ses
relations avec le Bank Ring.

Au reste, il figura sur les listes du cinquième emprunt
de guerre autrichien avec une belle souscription, et il
paya correctement l'impôt sur les profits de guerre.

L'ingéniosité de cet homme avait trouvé évidemment
un moyen de tirer des poches où ils se cachaient des
sous qui autrement y seraient restés. Quiconque peut
s'offrir de l'éclairage peut également s'offrir, pour
l'allumer, une allumette qui revient à la deux-centième
partie d'un sou. C'était certainement ainsi que le gouver-

nement envisageait les choses : quel mal peut-il y avoir
à soulager le public de réserves qui demeurent inutilisées?

J'ai connu personnellement un autre cerveau ingénieux
de la même espèce. Celui-ci avait imaginé de se consti-
tuer une belle provision de bougies. Comment s'arrangea-
t-il pour se les procurer? je n'ai jamais pu le découvrir :
ce qui est certain, c'est que depuis longtemps le gouvernement en avait interdit la fabrication, pour le motif que
les graisses animales qui entrent dans la composition de
la paraffine offrent une utilité alimentaire de premier
ordre. Ce qui n'est pas moins certain, c'est qu'il en déte-
nait un stock. Restait à l'écouler au mieux. L'homme lisait
évidemment dans l'avenir. Il retint sagement sa provision jusqu'à ce qu'un beau matin le gouvernement arrê-
tât que dorénavant l'éclairage des maisons cesserait à
onze heures du soir. Chacun se jeta alors sur ses bougies,
qu'on payait n'importe quel prix. C'était un nouveau
moyen de soutirer des gros sous à quiconque était en
mesure de s'offrir le luxe d'une bougie, une ou deux fois
par semaine. Le gouvernement avait d'excellentes raisons
pour ne pas gêner la combinaison; car tous ces gros sous,
s'ils étaient restés dans les poches où ils dormaient, ne
seraient pas venus grossir les souscriptions aux emprunts
ni les impôts dus sur les bénéfices de guerre.

Le fil à coudre fut accaparé par un procédé analogue.
Et il n'y eut plus guère d'objet de vente, si menu et
insignifiant fût-il, qui ne fût aux mains de quelque spéculateur.

La presse, pour laquelle plus que jamais la publicité
était une question de vie ou de mort, critiquait sans nulle
acrimonie cette extorsion pratiquée sur le public. Personne
ne l'écoutait. Il n'était pas besoin d'une pénétration d'esprit extraordinaire pour comprendre qu'il fallait bien que
le gouvernement laissât faire, s'il voulait trouver l'argent
qu'exigeaient la continuation de la guerre et la gestion
des affaires publiques. Aux doléances un peu vives, il pouvait répondre qu'il avait fait tout le possible en règle

mentant l'alimentation, et qu'aller plus loin serait détra-
quer la machine sociale. C'était du reste la pure vérité.
Agir autrement eût été se jeter dans les bras des socialistes, et nul ne songeait à attendre de lui qu'il en assumât
la responsabilité.

Rien n'était plus intéressant à observer que l'attitude
du public à l'égard du système des réglementations et
des restrictions alimentaires. A toute nouvelle mesure,
les autorités prenaient soin d'expliquer qu'elle était
imposée par l'intérêt de l'État et des armées en campagne.
Si la population civile mangeait trop, les hommes aux
tranchées souffriraient de la faim. La raison portait; car
il n'était guère de famille qui n'eût quelqu'un des siens
sous les armes; chacun savait que les vivres disponibles
étaient rares, et qu'il serait criminel jusqu'à la trahison
de ne pas se contenter de sa part. Pour atténuer dans la
mesure du possible le fléau de la cherté excessive, le gouvernement avait édicté les taxes minima et maxima, et,
de temps à autre, livrait quelque détaillant ou quelque
marchand de gros aux tribunaux, beaucoup plus empressés à condamner à l'amende qu'à la prison : car l'État avait
besoin d'argent, et ne se souciait pas d'avoir à nourrir
des prisonniers. Si quelque mésaventure atteignait quelque homme bien en cour, les autorités avaient une excuse
toute prête à laquelle il n'y avait guère de réponse :
c'était « la guerre ».

On ne voit pas quelle autre attitude elles eussent pu
adopter. Tout ce que l'État possède de pouvoir, de force,
de ressources, il le tire de l'appui plus ou moins volon-
taire que lui prête la nation. Il fallait bien poursuivre la
guerre du mieux qu'on pouvait, et les frais en étaient si
énormes qu'il fallait de toute nécessité que tout, jusqu'au
dernier centime, pût y être employé. C'est ce que comprenait fort bien la fraction conservatrice des social-
démocrates elle-même, et les internationalistes extrêmes
n'avaient pas de bonne raison à alléguer, tant que les
internationalistes des autres pays restaient, eux aussi,

sous leur tente. Lorsque les libéraux réclamaient que la masse de la population fût traitée avec ménagement, la réponse était aisée : le possible avait été fait, et les conditions étaient égales pour tous, — encore qu'en fait toutes les classes ne fussent pas traitées avec la même rigueur.

Appliquer également à tous la rigueur des lois, c'eût été se ranger résolument sous la bannière de Karl Marx et de ses disciples. Outre que les classes moyenne et supérieure y étaient violemment hostiles, il est fort douteux qu'en ce cas la guerre eût pu être continuée. Or, en Allemagne, dans l'Autriche allemande et en Hongrie, la masse de l'opinion voulait la continuation de la guerre, à tout prix. Il fallait donc de l'argent, par tous les moyens : chicaner sur les moyens, c'eût été agir à la manière du chat qui court après sa queue.

On peut en dire autant des motifs qui, à l'automne de 1916, déterminèrent les autorités à instituer des boucheries municipales, où la viande se vendait aux classes pauvres au prix de revient, et parfois même au-dessous de ce prix. La mesure fut-elle prise dans l'intérêt de la population affamée, ou au contraire dans l'intérêt du producteur? c'est une question à laquelle chacun répondra suivant son point de vue. La viande était vendue, soit par la municipalité, soit directement par la Commission de l'alimentation, à des prix de 15 à 25 pour 100 inférieurs aux cours du jour, et ce fut une bénédiction pour les pauvres gens. Humanité ou calcul? il est bien difficile de le savoir. Mais il n'eût pas été difficile de prouver que les frais de cette charité étaient payés en dernière analyse par ceux-là mêmes auxquels elle était faite.

Avec le régime des zones institué pour le pain, le lait, les graisses et le sucre, les boucheries municipales étaient la preuve, ou que le gouvernement commençait à avoir peur du public, ou qu'il était disposé à agir dorénavant en entente plus étroite avec lui. Quoi qu'il en soit, les effets de ce nouveau régime furent certainement heureux.

Un certain nombre de « queues » disparurent, et, avec
elles, un peu de la brutalité officielle dont on avait eu
tant à souffrir. L'approvisionnement restait médiocre,
mais était du moins assuré et régulier. La faculté de faire
leurs achats à toute heure du jour rendait aux populations quelque chose de leur dignité et de leur respect
d'elles-mêmes, que mettait naguère si durement à l'épreuve
le régime des attentes interminables et de l'humilité men-
diante. Les émeutes alimentaires disparurent sur-le-champ,
et avec elles les risques d'une révolution. J'ai la conviction qu'au cours de l'hiver 1915-1916 il était plus aisé de
jeter un trouble grave dans les États de l'Europe centrale
qu'il ne le fut un an plus tard. Désormais, la majorité de
l'opinion se trouvait amenée à considérer la rareté des
vivres comme un inconvénient dont il n'était pas juste de
faire le gouvernement responsable. C'était, en somme,
tout ce que désirait le gouvernement; mais, quant à
savoir s'il travailla sciemment ou non à obtenir ce résultat,
je n'en ai pas les moyens.

C'est vers le même moment qu'on se décida à mater
jusqu'à un certain point l'insupportable insolence des
petits fonctionnaires. A mesure que la dureté des temps
grandissait, et que les maigres suppléments ajoutés à leurs
appointements de famine leur permettaient de moins en
moins de faire face à la cherté croissante de toutes
choses, cette catégorie d'hommes était devenue chaque
jour plus intolérable. Ils se montraient plus obséquieux
que jamais envers leurs supérieurs, pour ce simple motif
qu'une révocation les eût expédiés au front, et, par une
revanche naturelle, ils étaient plus durs et plus tyran-
niques envers le public. Le gouvernement finit par leur
donner à comprendre que les choses ne pouvaient continuer d'aller ainsi, et se rendit compte lui-même jusqu'à
un certain point que les fonctions n'ont pas été créées
uniquement dans l'intérêt du fonctionnaire.

J'ai eu l'impression en maintes circonstances que le
gouvernement, en Europe centrale, ne serait pas mau-

vais, n'était cette calamité des petits fonctionnaires. Les
pires châtiments rêvés pour les puissances centrales par
les extrémistes de l'Entente sont encore trop doux pour
les potentats qui règnent dans les bureaux. Ces gens-là
ont aliéné au peuple allemand ses amis de jadis par centaines de milliers. Ce sont eux qui ont étouffé l'esprit de
liberté politique et sociale qui germa avec tant de vigueur
en Europe centrale au cours des quarante premières
années du dix-neuvième siècle. On imagine sans peine
comment ils traitèrent la population quand vinrent les
heures difficiles. Ils jetaient à l'impétrant sa carte de pain
avec une hauteur méprisante, lorsqu'ils n'y joignaient
pas quelques paroles grossières. La plus innocente contravention faisait jaillir de leur bouche un flot d'insultes.
Jamais Pilate ne fut certain au même degré qu'eux d'être
le seul à avoir raison. Prise entre l'insolence des fonctionnaires, la rareté des vivres, et l'exploitation intensive
pratiquée sur elle par le gouvernement et par les spéculateurs ses favoris, ce furent vraiment de beaux jours
pour la malheureuse population civile!

Mais après tout un peuple n'a que le gouvernement
qu'il mérite, — de même qu'il n'a que les vivres qu'il sait
produire, ou qu'il sait exiger. Les bas fonctionnaires ne
changèrent de mœurs que le jour où il se trouva des
femmes pour leur sauter au visage, et où une avalanche
impressionnante de plaintes vint enfin émouvoir le gouvernement. Il mit promptement le holà, et l'amélioration
fut durable : il est intéressant de noter qu'elle coïncida
avec l'amélioration générale de la répartition des vivres.

Il serait vain de conclure que le ressentiment public
remontât nécessairement des agents au gouvernement
lui-même. On haïssait une certaine classe de fonctionnaires, et c'était tout. Avant la guerre, les clans bureaucratiques n'eussent pas prêté la moindre attention aux
doléances, et, maintenant encore, ce n'était pas de gaîté
de cœur qu'ils sacrifiaient tel ou tel des leurs; mais à
présent il fallait bien en prendre leur parti. A aucun

moment, il ne vint à l'esprit du public qu'on pourrait
remédier à la situation en changeant la forme du gouvernement. L'Europe centrale préfère certainement la
monarchie à la république.

Dans une monarchie, le chef de l'État occupe une
situation que le républicain a peine à se représenter
exactement. Dans la monarchie constitutionnelle, où le
soin du gouvernement est remis à un ministère responsable, le roi n'est généralement pas autre chose qu'un
personnage décoratif. Il n'est question de lui que rarement, et pour des motifs qui n'ont guère rien à voir avec
le gouvernement proprement dit. Il lui arrive d'inaugurer
un hôpital, ou de présider à des manœuvres ou à une
revue navale, ou d'ouvrir le parlement par un discours
rédigé par son premier ministre, et tout est dit — du
moins en apparence. Mais en réalité il représente, dans
la continuité traditionnelle, les bases essentielles de la
gestion de l'État. Il est l'incarnation vivante de la constitution. Les partis politiques vont et viennent; le roi
demeure, et veille, au moins en théorie, à ce que la majorité parlementaire ne porte pas atteinte aux lois fonda-
mentales du pays.

En sa double qualité de roi de Prusse et d'empereur
d'Allemagne, Guillaume II a exercé un pouvoir plus
absolu qu'aucun autre monarque d'Europe, le tsar de
Russie excepté. Les deux constitutions en vertu desquelles
il règne lui laissent un vaste champ d'action. Lorsqu'un
Reichstag se montrait intraitable, il lui était loisible de le
dissoudre, et dans les Chambres prussiennes il n'a jamais
cessé d'exercer une autorité absolue, — à la condition
qu'il donnât satisfaction aux Junkers. Ces hommes
forment une classe résolue et consciente de sa force, et
beaucoup moins docile aux volontés de son roi que les
Allemands, pris dans leur généralité, ne le sont à l'égard
de leur empereur. Le roi de Prusse est le serviteur de
l'État infiniment plus que l'empereur n'est le serviteur de
la nation allemande. Mais encore ce trait n'est-il qu'une

de ces particularités d'importance secondaire, comme on en rencontre partout.

Au cours de mes trois années de contact avec toutes les classes de la nation allemande, il ne m'est pas arrivé de rencontrer un seul homme, fût-il le plus radical des socialistes, qui parlât autrement que dans les termes les plus déférents du roi-empereur et de sa famille. Toute parole de l'empereur, quelque médiocre que pût en être la portée à mes yeux, était reçue du public comme la parole d'un prophète. On convenait qu'il pouvait arriver à l'empereur de se tromper, et qu'il avait commis bon nombre de fautes; mais la docilité populaire n'en subissait aucune dommage. Discuter était vain, et sera toujours vain. Cette disposition sentimentale contribua puissamment à faire accepter à la nation le lourd fardeau dont la guerre chargeait ses épaules. Un mot de l'empereur l'eût décidée à mettre jusqu'à son dernier sou au service de la gestion financière de la guerre. Guillaume II est pour son peuple ce que Napoléon a été pour ses soldats.

J'ajoute immédiatement que l'empereur est extraordinairement habile à jouer de la publicité. Il a toujours été le premier à se conformer aux réglementations alimentaires. Bien longtemps avant que les classes riches se résignassent à toucher au pain de guerre, il n'en admettait pas d'autre à sa table. L'impératrice fit de même : le pain de froment disparut des palais, et toute réception fut supprimée, sauf les visites intimes des amies de l'impératrice, à l'heure de l'après-midi qui est ici celle du café au lait.

J'ai vu fréquemment l'empereur. Aux premiers jours de la guerre, il passa près de moi, à toute allure, sous les Tilleuls. La foule l'acclamait. Il paraissait être au comble de la satisfaction, et s'inclinait, de droite et de gauche, pour remercier son peuple de son hommage. Il se peut que je manque de clairvoyance, et que d'autres soient plus perspicaces, mais je ne sus lire sur ses traits que sa joie profonde à sentir son peuple debout derrière lui.

Plus tard, je le vis à Vienne. Il était venu contempler
une dernière fois le visage de son compagnon d'armes,
de l'empereur François-Joseph, qui venait de mourir. Il
descendit gravement du train, et s'approcha du jeune
empereur d'Autriche. Les deux hommes s'embrassèrent.
Je fus frappé de l'air de cordialité de leur accueil mutuel.
Mais je fus plus frappé encore de la jeune vivacité de
l'aîné des deux. Durant quelques minutes ils marchèrent
de long en large sur le quai, s'entretenant de quelque
objet important. Je notai surtout les mouvements de
tête prompts et nets de l'empereur d'Allemagne, et la
souple aisance avec laquelle il faisait demi-tour lorsqu'ils
étaient parvenus à l'extrémité du quai.

La touffe de cheveux blancs qui se montrait entre
l'oreille et le casque donnait plus de relief à une expression de physionomie assez fréquente chez les officiers
âgés, une fois que les années ont tempéré l'enthousiasme
martial de leur jeunesse. L'homme restait un soldat des
pieds à la tête. En costume civil, je dirais volontiers que
j'aurais pris l'empereur pour un capitaine de la marine
marchande en retraite, et que je me fusse attendu, en
allant chez lui, à y trouver une bonne bibliothèque com-
posée sans choix, et tout un bric-à-brac d'objets rapportés
sans plan méthodique et sans but visible de toutes les
parties du monde. J'aurais gagé que ce loup de mer était
un homme très humain, redouté jadis de tous ses équipages, mais envers qui ses familiers auraient eu toujours
cette nuance de déférence que l'on accorde à qui sait
qu'en amitié le ressort le plus fort est la réserve judi-
cieuse.

L'après-midi du même jour il passa sur le Ring en auto-
mobile. Aucune acclamation ne s'éleva de l'immense
foule accourue pour le voir. Le vieil empereur était mort.
Les maisons étaient drapées de noir. Beaucoup de civils
étaient vêtus de deuil. Pour répondre aux saluts muets,
l'empereur Guillaume s'inclinait, la face grave.

Je conçois fort bien qu'un homme du type du tsar

Nicolas perde son trône par le fait d'une révolution causée par la disette et par l'exploitation. Je ne me figure pas qu'un pareil destin puisse atteindre un homme tel que Guillaume II. Il est trop constamment prompt à l'action pour que ce soit possible. Il s'adapte aux circonstances avec une souplesse qui est proverbiale en Allemagne. Je ne doute pas un seul moment que, si l'impossible se réalisait et si l'Allemagne devenait une république, Guillaume II ne dût en être le premier président.

Rien n'est jamais vraiment populaire en Allemagne, sauf les œuvres des poètes. C'est pour cette raison que l'empereur n'est pas populaire au sens où Édouard VII a pu l'être. Mais, pour l'Allemand, Guillaume II est un fait, tout comme la vie elle-même. A l'heure qu'il est, l'empereur, aux yeux de la très grande majorité de son peuple, est l'État, et, si aventureuse que puisse sembler cette affirmation à une heure où l'Allemagne balance entre la réaction et le progrès, il n'y a pas en Europe de trône plus solide que celui des Hohenzollern. On ne s'en rend un compte exact que lorsqu'on a pu mesurer de près la patience déterminée avec laquelle l'Allemagne porte le lourd fardeau de la guerre.

Supprimé par la Censure.

Le kronprinz disait un jour au plus éminent journaliste américain de Berlin, à mon ami Karl H. von Wiegand:

— Je regrette qu'un si petit nombre d'hommes me parlent comme vous venez de le faire. J'aime la franchise, et la rencontre rarement. Les gens de qui j'attends des con-

seils et des avis se donnent beaucoup de mal pour deviner ce que je puis souhaiter d'entendre, et me parlent en
conséquence. C'est très décourageant, mais qu'y faire ?

Ceux qui se rappellent le dernier acte de *Vieil Heidel-
berg* comprendront. Nous avons infiniment de pitié pour
ceux qui considèrent un être humain, quel qu'il soit,
comme infiniment supérieur à l'humanité commune parce
qu'un accident lui a soudain confié un pouvoir immense.
Je ne suis pas certain qu'il ne faille pas plaindre davantage celui qui est l'objet d'une pareille vénération. Et
l'on doit une compassion particulière au prince qui perd
tout contact avec la réalité parce qu'il se croit un être
supérieur, sans avoir d'autre motif de le croire que ce fait
que d'autres sont assez insensés pour en juger ainsi.

A ce propos, il circule une anecdote intéressante touchant le jeune empereur Charles d'Autriche. Tant qu'il
fut prince héritier, ses manières furent toujours très
démocratiques. En ce temps-là il vivait en camarade
parmi les officiers de son âge, qui tous, selon un usage
constant dans l'armée austro-hongroise, le tutoyaient.
Lorsqu'il fut devenu empereur et roi, il eut l'occasion de
rendre visite au front oriental, et passa quelque temps à
l'armée du général von Arz, où il avait longtemps servi,
étant prince impérial. Il rencontra chez ses camarades
d'autrefois une réserve qui lui fit peine. Quelques-uns,
en lui adressant la parole, lui dirent : « Votre Majesté ».
Charles se contint quelque temps, puis, se tournant vers
un jeune officier avec lequel il avait été en des termes
très affectueux :

— Je veux bien, s'il le faut absolument, que tu me
traites de Majesté ; mais fais-moi le plaisir de continuer à
me tutoyer. Je n'ai pas cessé de faire partie de l'armée ;
à moins que vous n'arriviez à m'en exclure.

C'est un bon exemple de la cohésion profonde qui tient
debout les États de l'Europe centrale. Pour nous autres
républicains, pareille chose peut nous paraître absurde. Et
pourtant, qui voudrait contester que le souvenir de

Washington, de Jefferson et de Lincoln soit pour beaucoup dans ce qui constitue l'américanisme? Dans une république, on honore les grands hommes du passé ; dans une monarchie, l'homme qui est au premier plan est le roi. Autrement, toute monarchie serait une impossibilité. Cette différence est cause que la république, comparée à la monarchie, apparaît souvent comme ingrate. Mais il est impossible qu'il en soit autrement dans une société ainsi faite que tous ses membres sont, par définition, considérés comme égaux.

Il faut tenir compte de ces données pour trouver une réponse à la question que notre sujet nous a conduit à nous poser. En fin de compte, toute société, républicaine ou monarchique, doit ¦défendre ses institutions. Dans la république, le dévouement indispensable puise sa force dans la résolution de sauvegarder des institutions de liberté, alors que dans la monarchie le patriotisme a sa source directe dans la fidélité à la tradition. En Angleterre, dans le pays de la monarchie idéale, nous trouvons un mélange de cette double série de motifs, et qui oserait soutenir que, du point de vue britannique, ce mélange n'ait pas été heureux et fécond ?

CHAPITRE XI

LES PRIVATIONS SONT A LEUR COMBLE

Cent douze millions d'individus, à l'approche de l'hiver 1916-1917, n'avaient de pensée que pour la disette. Le gouvernement et la presse annonçaient de jour en jour qu'une amélioration allait venir. On engageait le public à patienter un jour de plus, une semaine de plus, un mois de plus : tout irait bien, si l'on savait patienter. On patientait ; mais les esprits étaient obsédés par la pensée de la famine au delà de tout ce qu'on peut imaginer.

La tradition voulait que les obsèques des empereurs d'Autriche se fissent d'une manière assez singulière. Afin qu'on pût embaumer le corps, on en retirait le cerveau, le cœur et les viscères. De ces organes, le cœur était placé dans une urne d'argent, et les autres dans une urne de cuivre. Dans le cortège, les urnes venaient, portées sur une voiture spéciale, après le cercueil impérial. François-Joseph avait demandé à être enseveli sans qu'aucune autopsie fût faite. Le peuple interpréta à sa manière l'absence de la seconde voiture : on crut qu'elle était imposée par les besoins de l'armée, et par l'impossibilité de distraire la moindre quantité de cuivre pour en fabriquer l'urne traditionnelle. Personne ne s'avisait que la quantité nécessaire eût été vraiment infime. On savait que les cloches des églises avaient été fondues, et que par tout le pays il ne restait plus un seul ustensile de cuivre : c'en était assez pour que les esprits fussent prêts à accueillir les légendes les plus bizarres.

L'idée fixe de la disette s'exaspéra encore lorsque l'on

sut que, faute des produits chimiques nécessaires, le corps
de l'empereur avait été embaumé au moyen d'un liquide
qui avait décoloré la face et le corps au point qu'on avait
dû se hâter de clouer le cercueil. Et la hantise se fit plus
obsédante encore lorsqu'on apprit que, faute d'un nombre suffisant de chevaux, on se voyait obligé de modifier
le programme usuel, et de sacrifier une bonne partie de la
pompe qu'exigeait l'étiquette espagnole de cour. La cérémonie prenait une allure de simplicité bourgeoise : la
guerre en exilait le cortège habituel de rois, de grands
seigneurs et de diplomates.

J'eus moi-même comme la sensation aiguë de lire le
mot « Privation » sur le cercueil tout simple et nu du
souverain, à l'instant où, à quelques pas de moi, dans la
cathédrale de Saint-Étienne, on le hissa sur le catafalque.
Pour pénétrer dans l'église, j'avais dû traverser les rangs
pressés d'une foule chez qui tout, vêtements et aspect,
sentait la misère. Le temps était âpre et triste. Un vent
aigre soufflait à travers les rues étroites qui mènent à la
petite place où se dresse la cathédrale, et je me souviens
fort bien que, dans la grisaille terne de cette vision,
l'unique point lumineux était la flèche élancée de la
cathédrale, dorée par les pâles rayons du soleil d'hiver à
son couchant. L'ombre de la mort pesait sur toutes
choses, sauf sur la grande croix blanche qui se balançait
au souffle du vent, dans la nef centrale. Sous le dais que
la croix divisait en quatre champs noirs reposaient les
restes du moins heureux des hommes. Ses derniers jours
avaient été remplis d'amertume par les lamentations de
son peuple, qui demandait du pain.

Comme le charbon était rare, l'église n'était pas
chauffée. Mais cette fois-là, sans doute en l'honneur des
hôtes venus aux funérailles, quelques lumières de plus
brûlèrent dans les principales rues de Vienne. Cela
même était une extravagance, car, à cette même heure,
des femmes et des enfants par centaines de mille grelo-
taient dans des chambres sans feu. Les « queues de

charbon » rapportaient beaucoup de désappointements, presque jamais de combustible. Même les hôpitaux où il fallait transporter bon nombre de ces infortunés ne trouvaient qu'à grand'peine le charbon qui leur était nécessaire. Le service d'omnibus et de tramways avait été réduit au point que beaucoup ne parvenaient pas à se rendre à leur travail. En ce qui concerne l'Autriche, la faute en était surtout au régime de Stürgkh, qui s'était follement obstiné à brûler la chandelle par les deux bouts, sans que l'empereur voulût consentir à y mettre un terme.

Pour s'assurer le bon vouloir de quelques nations de leur voisinage et pour obtenir d'elles les aliments qu'elles pouvaient épargner sur leurs propres ressources, les puissances centrales avaient exporté en 1916, en chiffres ronds, trois millions deux cent mille tonnes de charbon. Un autre million de tonnes avait été expédié aux régions occupées par les troupes. Le total n'était pas énorme, surtout si l'on considère que, pour une bonne part, il provenait de Belgique. Mais ces quatre millions de tonnes auraient été bien nécessaires à la population civile. Quand vint Noël, la houille était, en Allemagne, en Autriche et en Hongrie, aussi rare que les vivres. Ce qui n'est pas peu dire.

On avait économisé tant qu'on avait pu durant l'été. L' « heure d'été » épargnait journellement une heure de combustible pour la traction, l'éclairage des rues, des maisons, des boutiques. L'économie n'était pas très considérable, si l'on songe à ce que brûle une population de cent douze millions d'habitants, lorsqu'elle n'a pas à compter. Mais c'était toujours quelque chose. Les conditions du marché du charbon en furent rendues plus aisées pour la durée de l'été; mais il ne resta pas une pelletée disponible pour la saison froide. Tout ce que produisaient les mines était chargé aussitôt, et expédié. Quand vint l'hiver, le carreau était vide.

Pour des estomacs affamés, avoir à supporter en outre le désagrément des appartements sans feu et pauvrement

éclairés, la perspective n'avait rien de réconfortant. Le
gouvernement s'en rendit compte, et tenta d'y remédier,
mais trop tard : les mesures ne furent pas prises en
temps utile pour être efficaces.

Parmi mes nombreuses connaissances figurait le propriétaire de plusieurs mines de charbon situées en
Silésie autrichienne. Les difficultés auxquelles il se heur-
tait étaient typiques.

— Le charbon est là, me disait-il. Mais comment faire
pour l'en tirer? Les meilleurs de mes mineurs sont au
front. L'exploitation d'une mine suppose des hommes en
possession de tous leurs moyens physiques; or c'est précisément de ces hommes-là que le gouvernement a besoin
au front. Je fais des prodiges pour atteindre au chiffre
normal de ma production en me servant d'hommes qui
depuis longtemps ont passé l'âge où l'on peut avoir le
rendement d'un mineur moyen; mais c'est parfaitement
impossible. Les femmes ne valent rien au fond de la
mine. J'ai donc essayé de prisonniers russes. Je suis
allé à un camp, et j'en ai choisi 75, de solides gaillards.
Je les ai avertis, en les engageant, qu'il s'agissait de travailler à la mine. Ils ont tous accepté, tant qu'ils n'ont
pas su ce que c'était que ce travail; mais alors, la moitié
de l'équipe s'est dérobée. J'ai renvoyé ceux-là, et tenté
ma chance avec les autres. Afin d'obtenir d'eux du travail, je m'étais arrangé avec le gouvernement pour être
autorisé à leur payer les quatre cinquièmes du tarif
ordinaire. L'argent n'est rien; le tout, c'est d'avoir du
charbon. Inutile d'insister : le fait est que, de mes 75
Russes, dix-sept font à peu près l'affaire. Je n'ai pas la
moindre envie de recommencer cette expérience; des
hommes qui ont tout à apprendre de leur métier dété-
riorent la mine et gênent le travail des quelques vrais
mineurs qui me restent encore.

Il lui manquait à ce moment près de deux cents
ouvriers aux coupes. Il avait dû faire descendre au fond
la plupart des ouvriers de la surface. A force d'heures

supplémentaires et d'autres expédients il parvenait à faire
rendre à la mine près des quatre cinquièmes de sa production normale. La demande était si active, qu'il en
aurait vendu aisément deux fois plus qu'en temps ordinaire.

Les richesses naturelles ne sont pas une ressource pour
un État qui ne peut pas les exploiter. L'Europe centrale
s'en apercevait.

Économie accrue, restrictions renforcées. Les industries qui ne contribuaient pas directement à la puissance
militaire se voyaient interdire le travail de nuit et les
heures supplémentaires. Boutiques, cafés, hôtels, restaurants et autres établissements publics étaient astreints
à limiter leur consommation d'éclairage et de chauffage
au tiers de leurs besoins normaux. L'éclairage des devan-
tures était à peu près réduit à rien. Les boutiques fermaient à sept heures, les restaurants et les cafés, à
minuit, et plus tard à onze heures. Tout éclairage était
interdit dans les hôtels après minuit, et l'eau chaude n'y
circulait que quatre heures d'abord, puis deux heures
par jour. On tolérait tout juste un petit minimum de
lumière aux angles des corridors, et aux arrêts des
ascenseurs.

A Vienne, on avait fermé tous les lieux de divertissement « qui n'avaient pas pour but une poursuite désinté-
ressée de l'art »; cette mesure frappait les théâtres à bon
marché et les cinématographes. Une ville astreinte à de
pareilles restrictions n'a guère besoin de rues éclairées.
Jusqu'à onze heures du soir, on autorisait deux becs
pour chaque bloc de maisons. Puis, c'était la nuit noire.
Toute circulation des tramways cessait sur certaines
lignes à huit heures, et sur toutes à neuf; un petit
nombre de voitures circulaient à l'heure de la fermeture
des théâtres.

Toutes ces réglementations étaient bien intentionnées,
mais très médiocrement observées. Il en résultait beaucoup de gaspillage.

Les divers gouvernements faisaient de leur mieux pour avoir du charbon à donner aux consommateurs. A Vienne, par exemple, l'empereur Charles s'en occupa en personne. Il ordonna le renvoi immédiat du front d'un nombre de mineurs aussi élevé que possible. Il enjoignit d'assurer aux ouvriers des mines la même ration de vivres qu'aux soldats des tranchées, et confia la surveillance de leurs cuisines à des commissaires de l'armée. La conduite des trains de charbon fut donnée à des hommes du service des chemins de fer de l'armée. Durant quelques heures, chaque jour, on suspendit la circulation des tramways pour permettre le transport de wagons chargés de charbon, dont le contenu était ensuite conduit à destination par des tracteurs militaires. Tâche herculéenne, trop tard entreprise, et qu'il fallait maintenant enlever en quelques jours. Des moteurs de l'armée arrivèrent à Vienne, par colonnes entières. Finalement l'empereur offrit l'aide de tous les chevaux de ses écuries. Je vois encore les cochers à la livrée impériale, jaune et blanc, conduisant les pur-sang au beau harnachement noir et décoré d'argent, occupés à charrier la houille par les rues de Vienne.

La presse, maintenant, jouissait d'une plus grande liberté. La censure politique était réduite au minimum. Les journaux donnèrent à leur critique un caractère plus positif, et fournirent parfois d'utiles suggestions. C'est ainsi qu'ils blâmèrent, au moyen de bons arguments, la fermeture inconsidérée des cinémas : ils soutinrent énergiquement que cette médiocre économie de chauffage et d'éclairage, comparée au gaspillage qui en était l'inévitable conséquence, était dans la proportion de un à plusieurs centaines. C'était la pure vérité. Les hommes, les femmes et les familles qui avaient coutume d'y passer la soirée se trouvaient contraints par cette fermeture, soit à fréquenter les cafés, infiniment plus coûteux, soit à rester chez eux, à s'y éclairer et à s'y chauffer. Un statisticien ingénieux se fit fort de prouver que la fermeture d'un cinéma comptant cinq cents places et donnant deux séances par soirée avait pour conséquence une consommation de chauffage et d'éclairage soixante fois plus élevée. Les journaux eurent gain de cause : on rapporta la mesure relative aux cinémas et aux théâtres à bon marché. On fit même plus. On permit aux cafés un usage plus libéral du chauffage et de la lumière, à la condition qu'ils offrissent des tarifs plus abordables à la clientèle peu fortunée. Enfin le service des tramways fut prolongé d'abord jusqu'à neuf heures, puis jusqu'à dix, pour qu'on ne fût pas contraint de se rendre chaque soir au même café ou au même lieu de divertissement.

C'est là un bon exemple de la collaboration entre le gouvernement et le public, avec la presse comme intermédiaire. Un an auparavant, une pareille entente eût été inconcevable, et un journal qui se fût risqué à critiquer une mesure officielle l'eût payé de la suspension. Toute l'atmosphère politique s'en trouva comme éclaircie : pour la première fois depuis deux ans, il y avait contact entre le gouvernement et la population.

Depuis plus d'un an tous les efforts des hautes classes avaient fait faillite. Les femmes renonçaient. On s'était aperçu que les concerts de charité et les thés étaient une goutte d'eau dans l'océan d'une tâche immense. Et puis, à quoi bon ramasser péniblement quelques millions de francs, lorsque la grosse affaire n'était pas l'argent, mais les vivres? La question du chauffage et de l'éclairage fournit une occasion nouvelle aux bonnes volontés. On organisa des auditions musicales gratuites, des concerts, des représentations théâtrales et des conférences, qui retiendraient des milliers de personnes hors de chez elles.

A Vienne, une des dames les plus dévouées à cette tâche était la princesse Alexandrine Windisch-Graetz. Elle possédait ou commanditait le théâtre de l'Urania. Elle avait naguère, chez elle, fait les frais de représentations et de conférences gratuites. On y était admis librement, pourvu qu'on eût le visage lavé, et un col propre. Sous ses auspices, bon nombre d'institutions du même genre jaillirent du sol en quelques semaines.

— Nous économisons du charbon, me dit-elle, et du même coup nous faisons l'éducation de la masse. Il y a des moments où on trouve des compensations à faire de nécessité vertu.

Les conférences portaient sur tous les sujets imaginables, sauf sur la guerre : le public n'en était pas moins fatigué que les conférenciers. Ceux qui aimaient mieux d'autres divertissements avaient à leur disposition des concerts gratuits, ou encore, moyennant douze sous, la meilleure musique symphonique et la meilleure musique de chambre que Vienne pût offrir à sa meilleure époque.

Vers le même temps, en diverses villes, on créa des « salles chauffées », pour les femmes non mariées ou les femmes de soldats au front. On prit soin de les faire aussi confortables que les circonstances le permettaient. On y trouvait des distractions instructives. C'étaient souvent des conférences fort opportunes sur la conservation des aliments, les soins à donner aux enfants, et d'autres sujets analogues. La plupart de ces femmes y apprenaient, pour la première fois de leur vie, qu'il y a plus de deux manières de cuire les pommes de terre, et qu'on peut endormir un enfant autrement qu'en le berçant ou en le promenant.

Les pauvres n'étaient pas les seuls à sentir la dureté des temps. L'argent n'achetait plus grand'chose, et le mot de « richesse » avait perdu beaucoup de sa valeur. Les gens riches pouvaient encore, à la faveur d'une occasion favorable, se procurer sur le marché libre quelque terrine oubliée de caviar authentique ou quelque vrai pâté de foie gras, ou bien, s'ils étaient assez sûrs de leurs domestiques, acquérir au poids de l'or, de quelque accapareur, par voie clandestine, un surplus de vivres.

Mais, pour tout l'essentiel, riches et pauvres, nobles et
bourgeois étaient logés à la même enseigne; ce dont les
classes supérieures étaient fort éloignées de se montrer
enchantées.

Toutes les automobiles avaient été réquisitionnées.
C'était désagréable, mais tolérable tant qu'on put
trouver des taxis. Or on s'aperçut très vite que la
plupart des taxis étaient loués à la journée ou à la
semaine, parfois même au mois, par les gens qui en
avaient le moyen. C'était exactement l'opposé de ce
qu'avait escompté le gouvernement. A ses yeux, les
voitures restées en circulation devaient avoir pour
fonction principale de transporter les fonctionnaires et
le public des gares aux hôtels, et inversement. Personne
n'avait imaginé que les dames riches les accapareraient
pour leurs courses en ville, ou qu'on les verrait
promener dans les allées du parc les familles des
fournisseurs de guerre. La réglementation intervint
aussitôt. Elle stipulait que les chauffeurs seraient
autorisés à attendre leur client cinq minutes au
maximum; si l'interruption de la course devait être plus
longue, le client paierait, et le chauffeur reprendrait sa
liberté. Les agents avaient ordre d'arrêter tout chauffeur
qui contreviendrait à cette mesure; et, comme en aucun
lieu du monde il n'y a entente parfaite entre chauffeurs
et agents, les amendes se mirent à pleuvoir.

On avait oublié les fiacres à chevaux. Ils furent à leur
tour accaparés par des gens qui les louaient à la
journée ou à la semaine. Une nouvelle ordonnance
stipula que les cochers ne pourraient attendre plus de
dix minutes à la porte d'un magasin ou d'une maison
quelconque, et qu'ensuite commencerait une nouvelle
course. Il était décidé en outre qu'il ne serait permis
d'en faire usage que d'une gare à une autre, et même en ce
cas, uniquement pour se rendre sur les points de la ville
où ne conduisait ni omnibus ni tramway. Comme les
équipages privés avaient eux-mêmes été rendus inuti-

lisables par la réquisition des chevaux et des pneumatiques, les relations mondaines furent profondément atteintes par toutes ces mesures restrictives. Bien qu'on fît peu de toilette, il n'était plus guère possible de sortir le soir, en courant le risque des intempéries. On s'en tint désormais aux déjeuners et aux thés de l'après-midi.

A la sortie des théâtres, des omnibus se tenaient à la disposition des spectateurs; seulement, sitôt le rideau baissé, la ruée était redoutable. Il ne suffisait pas que les abonnés de l'Opéra eussent fait le sacrifice de la tenue de soirée; restait encore à rentrer chez soi, ce qui n'était pas une petite affaire. Le public des galeries supérieures a beaucoup de déférence et de réserve, mais il tient de la place, — et le savon était bien rare et bien cher.

Les théâtres, malgré tout, faisaient d'excellentes affaires: tout y était en général loué trois semaines à l'avance. Ils avaient à peine relevé les prix; les artistes avaient consenti à voir leurs salaires réduits, et les auteurs, par égards pour le bien public, faisaient un égal sacrifice. Les directeurs se résignaient à marcher avec tout juste 5 pour 100 de bénéfices : mieux vaut encore un peu que rien, et ils n'eussent certainement pas fait un sou s'ils avaient fait mine de hausser le prix des places.

Les représentations restaient à leur niveau habituel. Deux des théâtres de Vienne donnaient du Shakespeare deux fois la semaine, et, à Berlin, trois théâtres eurent simultanément du Shakespeare à leur programme. On jouait parfois de l'Oscar Wilde et du G. Bernard Shaw, et quelques pièces du théâtre français classique. Les auteurs français contemporains paraissaient être systématiquement exclus. Quant aux théâtres de musique et aux concerts, leurs programmes ne portaient la trace d'aucun parti-pris. Tout était joué en allemand, et en hongrois à Budapest; dans les autres régions de l'Autriche-Hongrie, on employait la langue du pays : j'entendis à Trieste jouer en italien un opéra-comique italien qui venait d'être importé par la voie de la Suisse.

L'activité des théâtres ne se démentait pas. A Berlin, à Vienne et à Budapest il n'y eut guère de semaine sans deux ou trois premières. Il est assez singulier qu'aucun auteur dramatique n'ait écrit sur la guerre : des deux douzaines de pièces que je vis jouer au cours de ces trois années, pas une seule ne touchait au sujet qui obsédait toutes les pensées. Il semblait que l'effort des écrivains se portât tout entier sur les sujets psychologiques. Une de ces pièces, *Fasching*, de Franz Molnar, eut un succès prodigieux. Des vingt nouveaux opéras « viennois » qui furent représentés au cours de cette période, deux seulement se rapportaient à la guerre actuelle. Les autres remettaient en scène le bon vieux temps, l'heureuse époque de nos arrière-grands-pères, les soldats en uniformes verts à parements écarlates et à queues de pie de même couleur, avec leur grand sabre pendu à l'épaule au bout d'un long baudrier de cuir. Heureux temps ! — Dix grands opéras virent le jour, dont un seul fit mine d'être viable : il avait pour titre « Le Sauveur, » *der Heiland*.

L'activité soutenue des théâtres et des concerts rendit à la population des États centraux l'immense service de la sauver de la folie. Sans ces distractions intellectuelles, il est pour moi hors de doute que les asiles d'aliénés eussent été à court de place.

La vie de société n'était pas entièrement morte. Les déjeuners étaient simples, mais on les tirait en longueur : d'ordinaire, on se levait de table pour aller prendre une tasse de thé dans quelque autre maison. Pour le dîner du soir, on ne recevait chez soi que les amis les plus proches ; on invitait les autres à l'hôtel. Mais il n'y avait plus ni bals, ni autres divertissements frivoles de ce genre. Lorsque tout au long de la journée j'avais couru les cafés et les restaurants pour m'enquérir de ce que pensait le peuple, je reprenais haleine à retrouver les gens des hautes classes. Pour la plupart, ils envisageaient les choses avec une froideur objective ; quelques-uns n'étaient

pas loin d'être neutres; le très petit nombre seulement
prenaient le grand drame à cœur. Parmi ces derniers,
j'ai connu une princesse devenue par son mariage parente
de l'empereur François-Joseph. C'était une femme âgée.
Elle ne supportait pas la pensée de la guerre, et elle
répétait sans cesse :

— Dans cette guerre, la civilisation s'est déclarée elle-
même en faillite.

Elle voulait dire qu'une civilisation qui conduit à une
pareille catastrophe démontre sa vanité. Elle parlait à
cœur ouvert, et l'ambassadeur des États-Unis à Vienne
était sa bête noire : ce qui suffira pour l'identifier, si l'on
en a la moindre curiosité. Elle n'était pas la seule à tenir
les États-Unis pour grandement responsables de la disette
alimentaire : comment n'exigeaient-ils pas que la population civile pût recevoir librement ce à quoi leur donnaient
droit les règles du droit international et les récentes conventions de la Haye et de Londres? On me posait cette
question cent fois par semaine. Avec les hommes, on
pouvait discuter, mais, avec les femmes, c'était une autre
affaire. Elles se mettaient parfois à dix à me persécuter;
au début, cela me gâta plus d'une journée, mais on s'ha-
bitue à tout.

Dans l'ensemble, la société mondaine, au bout de trois
années de guerre, était atone et sans vie. Même les œuvres
de charité languissaient. Sans doute on pouvait toujours
recueillir un peu d'argent au moyen de concerts, de thés
et de réceptions — on avait renoncé aux bazars, dont tout
le monde était las — mais l'argent achetait si peu de
choses! On se disait volontiers que, du moment que tout
le monde travaillait dur, personne n'avait plus besoin
d'assistance, ce qui était loin d'être exact. La vérité,
c'est que l'on était blasé sur les élans charitables du début.
Et puis, il est facile d'épingler une petite cocarde à la
boutonnière d'un donateur; il est moins facile de veiller
au fonctionnement d'une cantine coopérative, ou de s'occuper utilement des femmes et des enfants qui viennent

chercher abri et distraction dans une salle chauffée. Il y faut une bonne volonté et une expérience qui ne sont pas à la portée de tout le monde.

Le plus grave, pour les gens du monde, était d'être privés des villégiatures internationales d'été et d'hiver. Il n'était même pas agréable de se déplacer dans son propre pays; il y fallait des passeports, des visas, des autorisations spéciales, des certificats médicaux, des attestations délivrées par la police, et, si l'on avait poussé jusqu'à la zone des armées, il fallait au retour subir la visite parasitaire. Tout le monde, les aristocrates comme les autres, était rigoureusement astreint à toute cette discipline inquisitoriale. Seuls en étaient dispensés jusqu'à un certain point les militaires ayant leurs papiers en règle. Pour ma part, comme j'étais toujours muni de feuilles de route analogues à celles des officiers, j'étais du petit nombre des civils dispensés de toutes ces formalités fastidieuses.

CHAPITRE XII

« DU PAIN ! »

La situation alimentaire de l'Europe centrale devint vraiment désespérée au cours de la troisième année de guerre. La récolte du blé avait été déficitaire, en quantité et en qualité. Sa valeur nutritive n'atteignait qu'environ 55 pour 100 d'une année normale. La récolte du seigle était meilleure, mais ne compensait pas l'insuffisance du blé. L'orge était relativement bonne. L'avoine avait bien réussi dans une bonne partie de l'Allemagne, mais était nettement mauvaise en Autriche et en Hongrie. La récolte de pommes de terre était manquée. Les pois et les haricots étaient plus abondants qu'à l'ordinaire, mais chacun gardait sa récolte, et les grands centres peuplés n'en reçurent qu'une faible partie. Pour comble d'infortune, le maïs hongrois était très médiocre. L'invasion roumaine en Transylvanie, aux mois de septembre et d'octobre, causa de grands dommages : ils enlevèrent 20 000 têtes de bétail et tuèrent près de 50 000 porcs, et détruisirent de grandes quantités de céréales, comme je pus m'en assurer lors des visites que je fis à ce front.

Jusqu'alors, le pain de guerre avait été très mangeable, bien qu'il eût graduellement perdu de sa qualité. Il arriva bientôt que la ration quotidienne dut en être réduite à une demi-livre, en même temps qu'il devenait quelque chose qui, tout au moins en Autriche, n'avait plus du pain que le nom. Le plus grave, c'est qu'on n'en trouvait pas toujours : au début de novembre, il fallut généralement se contenter des deux tiers de la ration

légale, et il arriva que Vienne en manqua presque
totalement durant quatre jours. En Hongrie, les choses
allaient un peu mieux, parce que le gouvernement avait
interdit l'exportation des céréales. En Allemagne, grâce
à la bonne récolte de seigle, et à une organisation aussi
parfaite que possible, ou peu s'en faut, la situation était
quelque peu meilleure, mais la ration individuelle était
manifestement insuffisante. De toute l'Europe centrale
on entendit monter une plainte et une prière unanimes
« Donnez-nous du pain! »

Jusque-là, les populations avaient supporté les souffrances avec patience, et avec une impassibilité stoïque.
Les limites de l'endurance se trouvaient atteintes. Les
corps, éprouvés par le froid, réclamaient un plus grand
nombre de calories. La saison des légumes était passée.
Les réserves des pauvres étaient épuisées. Le bétail,
n'étant plus mis à l'herbage, et nourri uniquement de
foin, donnait moins de lait. L'heure était lugubre.

L'alimentation fut alors réglementée dans tout son
ensemble. L'Autriche et la Hongrie, qui n'avaient pas
connu jusque-là la carte de viande, eurent deux et parfois trois jours sans viande; seuls, le mouton et la volaille
restaient autorisés pour un de ces trois jours. Au reste,
même sans réglementation, la consommation de la
viande se fût restreinte d'elle-même. La viande a toujours été relativement chère en Europe centrale, et peu
de gens en mangeaient, en temps normal, plus d'une
fois par jour. La majeure partie de la population n'en
usait que trois fois la semaine, surtout dans les districts
ruraux, où l'on ne servait de viande fraîche que le
dimanche. La demande était donc moindre qu'en d'autres
pays, et le très petit nombre seul était en mesure de
payer le bœuf 3 fr. 50 la livre. Depuis longtemps déjà
la graisse animale avait, pour beaucoup, remplacé la
viande. Or la graisse, peu nécessaire durant la saison
chaude, était impérieusement réclamée, maintenant que
l'hiver était venu, par tout un peuple aux vêtements

amincis par l'usure, aux chaussures percées, et qui grelotait dans des appartements misérablement chauffés.

J'allai un jour observer de près une « queue » de pommes de terre, dans le 2ᵉ arrondissement de Vienne. Il était dix heures du matin. On faisait la distribution. Ceux qui avaient touché les premiers leur ration de huit livres de pommes de terre pour trois jours, étaient venus dès trois heures du matin attendre l'ouverture de la boutique. Il avait plu presque sans arrêt, et il soufflait un vent glacial.

J'engageai la conversation avec une des femmes. Elle était venue vers sept heures. Elle avait trois enfants à soigner; avant de quitter la maison, elle leur avait donné à déjeuner, du café et du pain à l'aîné, du lait aux deux autres.

— Je n'ai personne à qui confier les petits, me dit-elle : mes voisins font la queue comme moi. Pour les empêcher d'aller toucher au poêle, je pousse la table tout contre ; j'appuie le lit contre l'une des deux extrémités de la table, et mon buffet contre l'autre ; de cette manière, les enfants ne peuvent pas la déplacer.

La pauvre femme, rentrant un jour de la queue, avait trouvé sa chambre sur le point de prendre feu. Un des enfants avait ouvert la porte du poêle, et des charbons ardents étaient tombés sur le plancher. Une chaise s'était enflammée, et les enfants avait trouvé la chose très amusante. Je félicitai la femme de son ingéniosité.

Son mari, un Tchèque, était au front de Galicie. Elle recevait une allocation mensuelle de 60 francs pour elle, plus 50 francs pour chacun des petits, soit, au total, 150 francs, dont 48 passaient en loyer. Comment elle pouvait s'en tirer, au prix où en étaient toutes choses, je n'arrivais pas à m'en rendre compte. Le charbon coûtait alors de 3 à 5 francs les cent kilos, et, avec son unique poêle, il lui fallait au moins 500 kilos par mois. Et puis, il y avait la nourriture, et quelques objets d'habillement. Comment s'y prenait-elle?

— Pendant l'été, me dit-elle, je travaillais dans une fabrique de munitions. Je gagnais à peu près 56 francs par semaine, et j'ai pu mettre un peu d'argent de côté. Je vis là-dessus, à présent. Je ne sais vraiment pas ce que je ferai quand je serai au bout. Ce n'est pas le travail qui manque, mais que deviendront les enfants? Si je veux avoir de quoi leur donner à manger, il faut bien que je passe la moitié de ma journée à faire la queue ici.

La queue avançait très lentement. Je calculai qu'il faudrait encore une heure pour que la femme eût ses pommes de terre, s'il en restait.

En causant fréquemment avec les mêmes gens, je pus me rendre compte de ce que devenaient d'une semaine à l'autre les conditions alimentaires. Elles allaient empirant. De temps à autre on manquait de pain, et les pommes de terre étaient souvent pourries, ou gelées.

Les hôtels et les restaurants où je prenais mes repas n'étaient guère gênés par la crise. Les garçons trouvaient le moyen de me donner, avec ou sans carte, tout le pain que je désirais, mais il fallait bien de la bonne volonté pour avaler le produit qu'ils m'offraient sous ce nom. J'arrivais à me procurer autant de viande qu'il m'en fallait, et je ne mangeais guère d'autres mets à base de farine que de la pâtisserie et des puddings. C'était une sensation particulièrement pénible, que d'obtenir aisément, dans un restaurant bien garni, une foule de choses qui ne se trouvaient là en abondance que parce que les pauvres gens, qui en auraient eu le plus pressant besoin, n'étaient pas en état de les payer. Les clients arrivaient, sortaient leurs cartes, commandaient comme en temps ordinaire, — et il semblait qu'il n'y eût pas grande difficulté à les satisfaire, car l'établissement avait ses marchands de gros, et faisait la majeure partie de ses achats clandestinement. Cependant les pauvres gens mangeaient ce que le hasard de la queue leur donnait ce jour-là, se passaient de manger s'il ne restait plus rien à acheter lorsqu'arrivait leur tour, et s'il ne se trouvait pas un voisin pour leur prêter un peu de pain ou quelques pommes de terre. Les suicides et les crimes se multipliaient dans une proportion inquiétante.

Le spectacle de ces queues alimentaires nous prenait aux entrailles. Toutes ces faces étaient crispées par le besoin. Sous les fichus élimés, les yeux demandaient éperdument du pain. Mais qu'y faire, s'il n'y avait pas de pain? Et qu'était-ce alors que les quelques grammes de graisse et les quelques œufs qu'on pouvait obtenir chaque semaine?

Peut-être valait-il mieux que ces gens ne sussent pas que bon nombre de leurs concitoyens continuaient de vivre sans se priver, et il ne manquait pas d'hommes pour redouter que, s'ils venaient à le savoir, il n'en résultât des troubles graves. Ce n'était pas mon sentiment. Si les hommes eussent été à la maison, l'agitation eût été possible, et même eût été inévitable. Mais les femmes qui assiégeaient les boutiques étaient timides, et bien incapables d'aucun mouvement de révolte. Pour la plupart, comme je pus m'en assurer, elles étaient infiniment plus soucieuses du bien-être de leurs enfants que de leurs propres ennuis. Beaucoup se prostituaient pour arriver à nourrir leurs petits. D'autres mettaient en gage ou vendaient les quelques objets de prix qui leur restaient. La nécessité était si urgente que bon nombre de ces malheureuses s'adressaient au trafic illicite, qui leur arrachait jusqu'à leur dernier sou : il leur arrivait de payer la livre de farine ou de graisse 800 pour 100 au-dessus de son prix normal.

Les gouvernements n'ignoraient rien de ces pratiques. Mais, bien qu'ils eussent enfin renoncé à leur périlleuse politique de mobilisation des gros sous, ils se sentaient impuissants. Appliquer les rigueurs de la loi à tous les exploiteurs était chose impossible : les prisons n'auraient pas suffi à en contenir le dixième, et il vaut mieux ne pas tenter d'appliquer une loi lorsqu'on ne peut l'appliquer avec équité. Ce qui suffisait à prouver que la loi était mauvaise.

L'Allemagne, plus avisée et plus méthodique, y avait pris garde. Dès le début, il était expressément entendu que la loi ne devait avoir égard ni au rang social, ni à la fortune. Le devoir suprême était d'assurer à la population civile tout entière des conditions matérielles d'existence aussi bonnes que le permettait l'état des ressources nationales. Pour que la part du pauvre fût ce qu'elle devait être, il fallait de toute nécessité que le riche cessât de vivre grassement sur le pays. A mesure que la guerre traîna en longueur, la ration de vivres devint strictement égale pour tous. Libre au millionnaire de manger sa part dans de la porcelaine fine, et de l'arroser de champagne; la nation n'y perdait rien.

Il fallut plus de temps pour que l'Autriche et la Hongrie prissent la réglementation au sérieux. Le prestige des classes privilégiées empêcha longtemps qu'on ne portât la main sur elles. Ce n'est que vers la fin de décembre 1916 que les deux gouvernements comprirent l'urgence d'un effort vigoureux. S'ils osèrent l'entreprendre, c'est grâce à l'action personnelle du nouvel empereur et roi.

Tant que François-Joseph avait vécu, son héritier présomptif avait été relégué à l'écart des affaires par la camarilla qui tenait prisonnier le vieil empereur : le jeune archiduc y gagna de se rendre un compte plus exact de la tâche qui s'imposerait un jour à lui, s'il voulait sauver l'État et l'Empire. La disparition du ministre Stürgkh fut opportune; la mort de François-Joseph le fut plus encore. Le vieux monarque était d'un autre temps : il datait d'une époque qui avait aussi peu de rapports avec la nôtre que celle d'Abraham. C'était perdre son temps que de lui expliquer l'état véritable des choses : le vieil homme était hors d'état de comprendre que les intérêts des hautes classes dussent être sacrifiés aux besoins de la multitude.

Aux divers fronts, aux points de concentration des troupes, aux queues alimentaires, le jeune empereur avait appris la détresse de son peuple. L'un de ses premiers actes fut de s'en occuper avec décision. La surprise fut violente lorsqu'on sut qu'il était résolu à prendre sur le superflu de ceux d'en haut pour venir en aide à ceux d'en bas.

Cela n'alla pas tout seul. Confiant dans la force de l'exemple, il interdit aussitôt que les repas de la cour enfreignissent en quoi que ce fût les règlements alimentaires. Le pain de froment et les petits pains disparurent de sa table. Il congédia les serviteurs inutiles. Il fit fermer certaines résidences royales, renvoya le personnel du château de Schönbrunn, réduisit au strict nécessaire les gens de service de la Hofburg. Il donna l'ordre qu'il n'y eût plus au palais ni éclairage ni chauffage que dans l'appartement qu'il occupait avec sa famille. Maintes anecdotes caractéristiques coururent : je ne citerai ici que celles dont je puis affirmer l'authenticité.

On menait une vie assez facile au grand quartier général austro-hongrois. Le chef d'état-major, le feld-maréchal Conrad von Hötzendorff, se montrait fort indulgent aux fantaisies de ses officiers : c'est ainsi qu'il ne leur venait pas à l'esprit 'qu'on pût se passer de petits pains blancs. Quelques jours après son accession au trône, le nouvel empereur alla au grand quartier, qui était alors à Baden, près de Vienne. Après avoir conféré avec l'État-major, il annonça qu'il resterait à dîner au mess. L'honneur était grand, bien que jusque-là le parti des archiducs eût témoigné pour sa personne un assez médiocre respect. Les présentations faites, l'empereur prit place au haut bout de la table. Il y avait sous chaque serviette un petit pain, et une corbeille en était remplie. L'empereur posa le sien de côté, et mangea le potage sans y toucher, tandis que les autres convives entamaient fortement les leurs. Quand vint le service suivant, l'empereur fit signe à l'ordonnance.

— Ayez donc l'obligeance de me donner une tranche
de pain de guerre; je ne veux pas d'une miche entière;
je désire le tiers de la ration quotidienne à laquelle la loi
me donne droit. Ni plus, ni moins.

Quelques-uns des officiers eurent beaucoup de peine à
avaler le pain blanc qu'ils venaient de porter à leur
bouche. L'empereur n'insista pas et reprit la conversation
sur son ton habituel de bonhomie. Ce fut la dernière fois
que du pain de froment parut à un mess d'officiers.

Quelques jours après, les autorités civiles décrétaient
que, dans les hôtels et les restaurants, tout client serait
tenu d'apporter son pain, sous peine de s'en passer; les
hôteliers et les restaurateurs qui leur en fourniraient
seraient frappés, les premières fois, d'amendes élevées,
et, en cas de récidive, se verraient retirer leur licence.

A quelque temps de là, je fus témoin, au vestiaire du
Grand Opéra de Vienne, d'une scène assez curieuse. Un
couple fort élégant arrivait en tenue de soirée, l'homme
en habit, ce qu'on ne voyait plus guère, la femme dans
une toilette à la dernière mode, sortant des mains d'un
excellent couturier. Au moment où l'homme déposait
sur la table son manteau de fourrure, un petit paquet
blanc tomba sur le sol. Le papier s'ouvrit, et deux
tranches de pain de guerre très foncé roulèrent sous
les pieds des autres arrivants.

— Oh! voici que tu laisses tomber le pain de notre
souper, s'écria la femme.

— Eh oui! répartit l'homme; mais à quoi bon courir
après? Il a roulé sur le sol.

— Oh! fit la femme, il est encore mangeable.

En même temps, quelqu'un leur ramassait leurs deux
tranches. L'homme les enveloppa avec soin, et les remit
dans sa poche. Je suis porté à croire que les domestiques
du ménage eurent le lendemain une portion de pain de
plus qu'à leur ordinaire.

Peu après, je fus invité à prendre le thé chez Mrs. Penfield, la femme de l'Ambassadeur des États-Unis à Vienne.

J'y trouvai plusieurs personnes, parmi lesquelles une
princesse de la maison de Parme. Elles sont plusieurs,
et je ne me souviens plus laquelle c'était, ni si c'était une
sœur ou une cousine de l'impératrice Zita. La jeune
femme avait un fils qui était à l'âge où le bon lait est le
plus précieux aliment. Elle parla des règlements alimentaires nouvellement promulgués, et de la difficulté qu'il
y aurait à les enfreindre, si on en avait envie, ce qui
d'ailleurs n'était pas son cas. Elle avait été fort embarrassée
de se procurer pour son enfant du lait en quantité
suffisante ; mais elle avait trouvé finalement une solution.

— J'ai acheté une bonne vache il y a quinze jours,
dit-elle.

— C'était en effet la meilleure manière d'avoir du bon
lait, fit l'ambassadrice.

— Évidemment, reprit la princesse. Seulement, je
n'étais pas au bout de mes peines. Lorsque je me fis
expédier le lait ici, il se trouva que les autorités
s'opposèrent à ce qu'on me livrât plus que la quantité
légalement attribuée aux enfants et aux adultes. On me
remit cette quantité, et le reste alla à la Centrale de
l'alimentation, qui me fit savoir que mon lait me serait
payé en fin de mois.

— Mais c'est que la ration est bien petite, Altesse!
remarqua l'une des personnes présentes, sur un ton de
compassion.

— C'est précisément le gros ennui, répliqua la princesse : c'est beaucoup trop peu pour un enfant en pleine
croissance. Mais il n'y avait rien à faire. Les autorités
m'objectèrent que la loi est la loi. J'en parlai à l'empereur;
il me répondit qu'il n'était pas le gouvernement, et que
cela ne le regardait pas; que d'ailleurs il se garderait
bien d'intervenir en ma faveur, pour ne pas donner le
mauvais exemple.

— Mais alors, Altesse, fis-je observer, l'achat de la
vache n'était pas une solution.

La princesse sourit, en personne satisfaite de ce qu'elle avait imaginé.

— Au contraire, monsieur, dit-elle, la solution était bonne : j'ai expédié ce matin mon fils au village où se trouve la vache.

Les hauts personnages du gouvernement autrichien s'étaient assez mal tirés de la réglementation alimentaire. Ils étaient trop profondément attachés aux institutions économiques traditionnelles, et redoutaient trop de ruiner l'édifice social, pour agir avec la décision qui eût été nécessaire. Et leur crainte était loin d'être sans fondement. Les exigences de la guerre avaient soutiré à l'État toute sa vitalité. Mais, bien que l'Autriche ne fût plus qu'un arbre mort, les administrateurs civils jugeaient qu'il valait encore mieux l'avoir debout que gisant à terre.

L'empereur Charles s'était entouré de jeunes hommes plus hardis que dévoués aux intérêts privilégiés. Il s'en trouvait un parmi eux qu'on appelait « le Prince rouge ». Ce qui valait ce surnom au prince Aloïs de Lichtenstein, ce n'était pas la couleur de ses cheveux, mais, chose assez singulière chez le rejeton d'une des plus nobles familles de l'Europe, l'ardeur de ses convictions socialistes. Très décidé en théorie, il l'est jusqu'à un certain point en pratique, mais il ne se soucie pas qu'on le sache. Il estime que les chefs socialistes sont, en tous pays, des politiciens professionnels, qui ont pour premier souci d'exploiter une doctrine économique féconde au bénéfice de leur propre carrière, et il se refuse, pour ce motif, à leur donner aucun appui. Il jouissait auprès du nouvel empereur d'une influence considérable, dont le premier effet fut la nomination — assez peu socialiste — d'un membre de l'état-major général austro-hongrois, du général Höfer, à la dictature de l'alimentation. Une répartition équitable des vivres disponibles ne pouvait en effet être assurée que par un homme résolu à traiter toutes les classes de la nation avec une rigueur toute militaire, sans ménagements pour personne, sans ambition pour soi-même. Le général Höfer n'hésita pas à en assumer la tâche, et, malgré toutes les difficultés d'une machine administrative pesante et d'une disette extrême, il parvint en peu de temps à faire pour l'Autriche ce que le D' Karl Helfferich avait fait pour l'Allemagne.

Si j'insiste plus particulièrement sur le cas de l'Autriche à l'heure où la crise rendit la réglementation nécessaire, c'est pour de bonnes raisons, et parce que ce biais me permet, mieux qu'un autre, de décrire ce qui fut fait par toute l'Europe centrale. Les données du problème et les solutions sont à peu près partout identiques. En Allemagne, les solutions furent adoptées peu à peu, par étapes, à mesure que les données les imposaient. En Autriche et en Hongrie, l'incurie officielle eut pour effet qu'on ne songea aux solutions que le jour où le problème se posa sous la forme la plus aiguë et la plus tragique. Ce jour-là, l'étoffe sociale était percée de trous francs, au lieu que la vigilance allemande avait su la ménager au point qu'elle ne portait que les traces d'une usure uniforme et régulièrement progressive.

Le système de répartition dominé par l'idée du profit s'arrange de manière à s'affranchir des valeurs positives que les conditions de temps et de lieu attribuent aux marchandises. Il les vend, non pas au moment et au lieu où l'on en a le plus grand besoin, mais au moment et au lieu où elles laissent le plus grand bénéfice. Sans doute il y a une relation étroite entre les deux ordres de conditions, car on ne peut faire abstraction de l'offre et de la demande. Mais le profiteur se donne plus de peine pour provoquer la demande que pour stimuler l'offre. Pour que son affaire soit bonne, il faut que le consommateur soit aussi désireux d'acheter que le paysan de vendre. En temps de paix, il y a des à-coups. Ce qu'il en advient en temps de guerre, je l'ai montré plus haut à satiété.

Les réglementations rendues nécessaires au terme de

l'année 1916 par la crise alimentaire portèrent un coup
mortel à l'industrie des intermédiaires. Les Commissions
et les Centrales d'alimentation eurent pour mission d'éta-
blir entre la ferme et la cuisine des voies de communication directes, tout entières aux mains des autorités. La
Centrale d'achat existait antérieurement, mais c'est alors
seulement qu'elle en vint à supplanter entièrement l'intermédiaire.

Le grain était acheté au paysan, et remis au meunier,
qui le convertissait en farine à un prix déterminé. Il
n'était plus loisible au meunier d'acheter le grain à son
gré, et d'en conserver la farine jusqu'au jour où un courtier ou un marchand de gros lui en offrirait un bon prix.
Le grain lui était fourni, et il devait en rendre compte,
jusqu'à la dernière livre, aux commissaires de l'alimentation. Puis les Centrales se saisissaient de la farine, et la
remettaient directement aux boulangers, officiellement
chargés de la répartition du pain. De tant de sacs de
farine ils étaient tenus de tirer tant de miches de pain, et,
vu l'impossibilité d'assurer un contrôle rigoureux par le
moyen des cartes de pain, chaque boulangerie se
voyait assigner un nombre déterminé de consommateurs.
Les cartes de pain étaient distribuées par séries qui diffé-
raient entre elles par leur couleur et par le chiffre qu'elles
portaient. La couleur signifiait la semaine pour laquelle
elles étaient valables, et le chiffre, la boulangerie où le
consommateur devait s'adresser, c'est-à-dire que le boulanger garantissait la fourniture du poids de pain porté
sur la carte. Le boulanger était sans excuse si un consommateur quelconque avait lieu de se plaindre : il avait
reçu la quantité de farine nécessaire pour fournir aux
consommateurs qui lui étaient attribués le poids de pain
auquel ils avaient droit.

Ce système, qu'on appelait le système des zones — *Rayo-
nierung* — eut pour effet immédiat de mettre fin aux
« queues ». La ménagère pouvait, à son gré, se rendre
chez son boulanger à huit heures du matin ou à quatre

heures de l'après-midi. Elle avait droit à telle quantité de
pain, et le boulanger avait le devoir d'y veiller. La chose
était si simple, que chacun était·surpris qu'on n'y eût
pas songé plus tôt.

On se tromperait fort si l'on croyait que les profiteurs
se tinrent aussitôt pour battus. Il se trouva des boulangers pour étirer leur pâte et en faire un plus grand nombre
de miches que la loi ne leur en permettait, et il s'en
trouva même pour renvoyer des clients les mains vides.
Mais la répression fut prompte, et il leur en coûta
gros.

Je me souviens du procès d'un boulanger qui avait
trente années de métier. Il était prévenu d'avoir, au
mépris des nouveaux règlements, détourné une partie de
la farine qui lui était confiée, pour la revendre clandestinement. Il fut reconnu coupable. En dépit de son passé,
et de la modération avec laquelle il avait traité le public
durant la période où il pouvait l'exploiter à son gré, sa
licence lui fut retirée. Le juge qui le condamna lui
accorda des circonstances atténuantes.

— Mais le moment est venu, ajouta-t-il, où il faut que
la loi soit appliquée dans toute sa rigueur. L'honorabilité
de votre vie passée ne me touche pas le moins du monde.
Vous n'avez pas compris qu'il est des heures où il
n'est pas admissible qu'on se conduise de manière à
causer une souffrance à autrui. Il y a bien assez de
souffrances comme cela. Je vous condamne à une amende
de 5000 couronnes, et je vous retire votre licence.
N'étaient vos cheveux gris, je vous infligerais en outre
une année de réclusion avec travaux forcés. Je souhaite
que la presse fasse connaître au public que le premier
qui viendra à en faire autant recevra le maximum, quels
que soient son âge et son passé.

Le boulanger payait cher la dizaine de pains qu'il
avait détournés. Mais la leçon fut salutaire.

Le lait est pour l'enfant ce que le pain est pour l'adulte.
Il fut « zonifié » à son tour. Les queues de lait dispa-

rurent. On distribua des cartes analogues a celles du
pain, et les débitants durent assurer la répartition des
quantités qui leur étaient assignées. Ce fut un bienfait
pour les mères et pour les petits.

Mais ce système efficace et simple ne pouvait s'appliquer à toutes sortes de denrées. Tant qu'il s'agissait du
pain, de la viande et des graisses, il était relativement
aisé d'évaluer, avec plus ou moins d'exactitude, la quantité totale disponible, et de fixer en conséquence la quo-
tité variable de la ration ; et il n'y avait pas lieu de redouter le gaspillage. Il n'en était pas de même pour d'autres
produits. Le gouvernement se préoccupait de les épargner autant que possible, et l'unique moyen était la
queue, dont l'effet était de réduire la consommation au
strict nécessaire. Il pouvait y avoir danger à mettre à la
disposition de chacun une égale quantité de pommes de
terre ou d'autres denrées. Prenons le cas des pommes de
terre : une demi-livre par tête et par jour eût été trop
peu pour l'un, trop pour l'autre ; et il en était de même
pour la farine de cuisine et pour d'autres aliments. Une
carte de viande ou de poisson n'eût été d'aucun secours
à ceux qui n'étaient pas assez riches pour s'en procurer,
et eût inutilement gêné les autres. D'autre part, il n'était
pas possible de répartir les consommateurs en classes, et
d'allouer journellement aux uns une demi-livre de
pommes de terre, et aux autres un quart seulement :
outre que c'était impraticable, c'eût été un nouveau
prétexte à gaspillage.

Pour que l'excès des denrées disponibles sur les besoins
réels restât à la disposition du gouvernement, il était
nécessaire que l'équilibre s'établît de lui-même : or
l'unique moyen, ou du moins le plus simple et le plus
sûr, était la queue. Il est clair que la ménagère qui n'a
pas aujourd'hui un besoin urgent de telle denrée n'ira
pas perdre des heures à faire la queue, surtout si le temps
est mauvais : sachant qu'il lui sera loisible de refaire sa
provision lorsqu'elle sera épuisée, elle se irera d'affaire

avec ce qui lui reste. Ce qu'elle ne réclame pas est économie nette pour la communauté; car les cartes ne
valent que pour une semaine, et la carte verte ne lui
sera plus d'aucun usage lorsque ce sera le tour de la
carte rouge. Elle n'aura même pas la ressource d'attendre
le retour de la couleur verte : une fois la série des couleurs épuisée, les cartes seront d'un autre format; et
d'ailleurs elles portent inscrit le chiffre de la semaine
pour laquelle elles sont valables.

Il n'était plus question désormais d'accaparer. Les
stocks amassés par les particuliers rentrèrent en circulation. Ceux qui avaient des provisions y puisèrent sans
scrupule, à présent qu'ils étaient à peu près sûrs du lendemain, et laissèrent ainsi à la disposition des autres ce
qu'ils n'eussent pas manqué de réclamer si l'on avait institué pour tous les comestibles un système analogue à
celui qui régissait la distribution du pain, du lait et des
graisses.

Il ne faut pas aller trop vite en besogne, ni croire trop
vite que le gouvernement ait renoncé du coup à sa tactique financière, à sa politique d'impôts et d'emprunts
gagés sur les profits de guerre. Et il y aurait bien de la
naïveté à croire que la bureaucratie ait été soudain guérie
de ses habitudes traditionnelles d'indolence et d'incurie.
Voici à cet égard une anecdote instructive, et qui montre
en plus par un bon exemple comment l'empereur Charles
intervenait parfois de sa personne.

Il est matinal, et préfère être vêtu de vêtements civils :
deux traits de caractère qui facilitent bien des choses.
Un beau matin de décembre 1916, il était, dans le
9° arrondissement de Vienne, à observer le fonctionnement des queues d'alimentation. Il arriva devant une
boutique où l'on distribuait du pétrole. La queue était
longue, et ne progressait que péniblement. Charles et le
« Prince rouge » s'approchèrent pour s'enquérir des raisons de cette lenteur. Le boutiquier, agacé par leur curiosité, demanda vivement aux deux hommes à quel titre ils

venaient se mêler de ses affaires, et s'ils avaient un papier écrit qui attestât qu'ils en avaient le droit.

— Calmez-vous, mon brave homme, dit le « Prince rouge ». L'homme qui est devant vous est l'empereur.

Le boutiquier se fit aussitôt très humble.

— Je vais vous expliquer, Sire, dit-il. La ration de pétrole a été fixée à un litre et demi par semaine. Mon réservoir à pétrole est muni d'un système à pompe qui mesure bien les litres, un, deux, trois, quatre, cinq litres, mais non pas les demi-litres. Les clients veulent avoir tout ce à quoi ils ont droit, et quand, pour leur litre et demi, je pompe jusqu'à mi-hauteur entre les raies qui marquent un et deux litres, ils s'imaginent que je les vole. Pour qu'ils ne grognent pas, et pour n'être pas dénoncé à la police, il faut donc bien que je m'y prenne à l'ancienne manière, et que je me serve de la vieille mesure de la con- tenance d'un demi-litre. Cela perd énormément de temps. Je pourrais en servir trois au lieu d'un, si je pouvais faire usage de ma pompe.

— Est-ce que ces gens ont des récipients contenant plus d'un litre et demi ? demanda l'empereur.

— Oui, Sire, répondit le débitant. Ils ont presque tous des bidons de cinq litres. Avant la guerre, c'est toujours par cinq litres qu'on achetait le pétrole.

Une heure après, le maire de Vienne, le Dr Weiss- kirchner, qui avait dans ses attributions le chauffage et l'éclairage, était appelé au téléphone par l'empereur. Le ton de l'entretien fut assez vif. Le maire élu par le peuple de Vienne n'admettait pas les observations d'un jeune homme dont le hasard venait de faire un empereur; il offrit sa démission, si on ne lui laissait pas les mains libres dans ce qui était de sa compétence.

— A votre gré, répondit le jeune homme à l'autre bout du fil; mais, quant à présent, veuillez faire en sorte que le pétrole soit distribué dorénavant à Vienne à raison de trois litres toutes les deux semaines. La « queue » est un mal nécessaire, pour prévenir le gaspillage, mais je ne veux pas que les gens soient astreints à y perdre leur temps lorsqu'il n'y a pas nécessité absolue. On me dit que presque tous les débitants de pétrole ont ce système de pompes. Faites en sorte qu'ils puissent s'en servir. Ils le pourront si l'on distribue le pétrole par trois litres toutes les deux semaines.

Ce fut fait. Et ce fut le premier pas d'un déblayage général dans tous les services du ravitaillement. En une semaine on destitua et remplaça plus de huit cents fonctionnaires attachés à ces services. Et, au bout d'un mois, la répartition, en Autriche et en Hongrie, était au niveau de celle de l'Allemagne.

On s'est demandé souvent dans quelle mesure la disette des vivres de l'Europe centrale a été le motif déterminant de la guerre sous-marine sans merci. Je m'en entretins à diverses reprises avec le docteur Arthur Zimmermann, l'ancien secrétaire d'État des Affaires étrangères d'Allemagne. Il me dit un jour, en y insistant fort, que l'Allemagne se trouvait contrainte à abréger la guerre. Bien qu'à cette date, en 1916, je pusse me rendre compte à quel point les peuples des puissances centrales étaient las de la guerre, je n'en fus pas moins frappé de la gravité qu'il mit à cette déclaration. Je le pressai de questions, afin d'obtenir plus de clarté.

— L'Angleterre a essayé de nous réduire par la famine, me dit-il. Elle n'y est point parvenue. Nous possédons dans nos sous-marins, au dire des hommes compétents, une arme qui peut faire sentir aux Anglais, en ce qui concerne leur ravitaillement, les effets aigus de la guerre. Je ne suis pas certain que ce soit une bonne idée d'user de ce moyen, en raison des conséquences éventuelles, qui peuvent être graves. En ce qui me concerne, je suis hostile à une politique qui peut nous faire de nouveaux ennemis. Nous en avons bien assez comme cela, Dieu merci !

Je puis dire avec certitude que cette manière de voir était, dans l'ensemble, celle du chancelier d'alors, M. de Bethmann-Hollweg. On m'affirma de bonne source que

l'empereur Guillaume avait lui-même été hostile à l'idée
d'une guerre sous-marine sans ménagements. Beaucoup
de ses cheveux blancs proviennent des critiques que méri-
tèrent à l'Allemagne des actes que certains estimaient
justifiés, mais que beaucoup d'autres considéraient comme
du banditisme. Il a toujours été particulièrement sensible à tout ce qui touche son propre honneur et celui de
sa nation, et, comme beaucoup d'hommes de son entou-
rage, il en était venu à penser que l'Allemagne et les Allemands ne peuvent ni ne doivent mal agir.

L'empereur François-Joseph n'avait jamais cessé de
condamner la guerre sous-marine à outrance. Les affaires
de l'*Ancona* et du *Persia*, dont j'eus l'occasion de m'occuper spécialement, avaient convaincu le vieillard et ses
proches que le recours à de pareils moyens, même s'il
devait hâter l'achèvement de la guerre, était une arme
à double tranchant. Il avait d'ailleurs personnellement
horreur de ce qu'il y a d'inhumain dans cette sorte de
guerre. Il datait d'une époque où l'on combattait encore
avec des procédés chevaleresques, et où jamais une trêve
n'était refusée à qui la sollicitait. Je sus par son entou-
rage qu'il ne ressentait rien plus cruellement que les
évacuations et les autres souffrances infligées par la
guerre à des populations civiles.

Son successeur, l'empereur Charles, pensait comme lui.
Il suffisait de le connaître pour se rendre compte que
jamais il ne donnerait de bon cœur son consentement à la
guerre sous-marine conduite sans réserves. Il avait une
âme juvénilement ardente et sincère. Lorsque le trône lui
échut, c'était un lieutenant de cavalerie élégant, et qui se
laissait vivre ; mais la lourde charge qui pesa dès lors sur
ses épaules le mûrit en quelques mois.

En janvier 1917, il vint faire un séjour prolongé au
grand quartier général allemand, en France. Il avait
entrepris ce long voyage de trois jours, bien que le
problème des vivres lui donnât fort à faire chez lui.
J'appris de bonne source que ce qui le retenait si long-

temps au grand quartier était la question de la guerre sous-marine. Et j'appris que le comte Ottokar Czernin, avec une suite de hauts personnages de la marine austro-hongroise, avait, lui aussi, quitté discrètement la capitale.

Ce fut le comte Czernin qui, quelques semaines plus tard, se chargea de m'expliquer les relations qui liaient étroitement la guerre sous-marine à outrance au problème des difficultés alimentaires. Il ne convenait pas, étant donné les circonstances, de publier sans aucun commentaire la note, si explicite fût-elle, par laquelle les gouvernements d'Allemagne et d'Autriche-Hongrie annonçaient leur résolution de mener la lutte sous-marine sans ménagements d'aucune sorte. Il était nécessaire d'expliquer au public pour quelles raisons on assumait les risques que comportait cette décision. Le chancelier de Bethmann-Hollweg se chargea d'éclairer la nation allemande, par le discours qu'il prononça au Reichstag. L'Autriche-Hongrie, où le Reichsrat n'était pas en session, n'avait pas cette ressource. Le comte Czernin eut l'idée de me prendre pour intermédiaire, et de me confier le soin d'expliquer au monde pour quel motif l'Autriche-Hongrie s'était résolue à adhérer à la résolution allemande.

J'avais beau m'y attendre : la nouvelle positive de la crise qui allait éclater me fit une très vive impression.

Lorsque je pénétrai dans le cabinet du comte Czernin, il était assis à son grand bureau. Il se leva pour venir à moi. L'expression de ses traits était singulièrement grave.

— Nous venons de notifier aux gouvernements neutres, me dit-il lorsque j'eus pris place, et, par leur intermédiaire, à nos ennemis, l'extension de la zone sous-marine, et les restrictions nouvelles apportées au trafic maritime de la Grande-Bretagne et de ses alliés.

Il me tendit en même temps une copie de la note diplomatique, et me pria d'en prendre connaissance.

Lorsque j'en eus terminé la lecture, il me remit un mémoire explicatif qu'il désirait que je publiasse.

— Je souhaite que vous le publiiez, dit-il. Si les termes ne vous plaisent pas, vous pouvez les modifier, mais en prenant soin de rendre exactement ma pensée. Il est tout au moins nécessaire que vous traduisiez ma rédaction. Vous m'obligeriez beaucoup en me communiquant votre traduction avant de la télégraphier.

J'eus l'impression que le mémoire du ministre avait quelque chose de trop abstrait et de trop académique, et je le lui dis. Puisqu'il jugeait bon de se servir de mon intermédiaire, je pouvais bien lui suggérer la forme qui me semblait convenir le mieux à l'exposé de sa thèse.

— Je donnerai votre texte dans son entier, lui dis-je. Mais je crois pour cent raisons qu'il faudrait le compléter par un exposé plus complet de la situation alimentaire de l'Autriche.

Le comte se leva, et alla à un angle de la pièce, où une grande table portait étalées plusieurs cartes coloriées en rouge et en bleu. Je l'y suivis.

— Voici les cartes auxquelles la note fait allusion, dit-il. Cette région maritime laissée en blanc reste ouverte aux Grecs, et cette autre aux Américains. Qu'en pensez-vous?

Il est superflu que je répète ici ce que j'en pensais.

— Eh bien, si le pire arrive, nous n'y pouvons rien, dit le comte, en retournant à son bureau, nous sommes obligés de recourir aux sous-marins pour abréger la guerre. On peut être en même temps vainqueur au front, et vaincu chez soi. La crise alimentaire nous presse. Notre peuple souffre d'une famine continue. Les enfants meurent par milliers parce que nous ne pouvons leur donner assez de lait. Si la guerre tarde à prendre fin, les effets de cette disette chronique mettront en péril la santé de la nation tout entière. Il faut que nous tentions d'empêcher cette catastrophe. Nous avons le devoir de l'empêcher par tous les moyens. Je reconnais que certains principes abstraits du droit des gens en souffriront; mais il ne nous est plus possible de reculer devant ces conséquences. Que certaines gens se posent en arbitres suprêmes du droit des gens, nous n'y avons pas d'objection; mais encore faudrait-il que ces arbitres tinssent la balance égale entre les deux partis. Or, c'est ce qu'ils ne font pas. Les puissances centrales se mettraient debout la tête en bas qu'elles ne parviendraient pas à satisfaire quelques-uns de leurs amis — y compris le gouvernement des États-Unis, pour le dire en passant.

« Nous avons fait des offres de paix. Je vous ai dit un certain nombre de fois que nous ne songeons pas à nous annexer quoi que ce soit du territoire de nos ennemis. Jamais nous n'avons rien dit qui autorise personne à croire que nous ayons envie d'une seule pelletée de la terre d'autrui. Mais en revanche, nous ne voulons rien perdre de notre territoire, et nous ne voulons pas payer d'indemnité de guerre, parce que nous ne sommes pas responsables de cette guerre.

« Nous avons offert la paix, et notre offre a été repoussée avec mépris. La crise des subsistances est aiguë, vous le savez. Nous ne pouvons produire ce qui nous est nécessaire tant que nous sommes contraints de retenir à l'armée des millions de nos meilleurs paysans. Nous sommes acculés à une unique issue : il faut que nous abrégions la guerre. Nous croyons fermement qu'elle sera abrégée par nos sous-marins; c'est pour ce motif que nous avons décidé d'user de cette arme. J'espère que nos prévisions sont justes : je ne suis pas compétent en cette matière. Je me rends compte que tout un flot de déclarations de guerre peut résulter de notre décision. Tout cela a été examiné, y compris l'éventualité d'une guerre avec les États-Unis. Nous n'avons pas d'autre moyen d'en sortir. Il est commode pour certaines gens de venir nous dire ce que nous ne devons pas faire; mais nous combattons pour sauver notre existence, et à cette lutte est venue s'ajouter la disette, qui n'a jamais été aussi grave qu'elle l'est aujourd'hui.

« Je sens qu'il faut que je m'adresse directement et spécialement à l'opinion américaine. Le gouvernement américain nous a condamnés sans nous entendre. J'aimerais à en appeler à un jury américain. Le gouvernement américain nous dénie le droit de nous défendre en nous interdisant formellement de nous servir de nos sous-marins contre la flotte marchande de nos ennemis, et contre la flotte neutre qui alimente la Grande-Bretagne et ses alliés.

Le comte Czernin, à mesure qu'il parlait, devenait plus amer et plus violent. Il parle fort bien, même en anglais.

Ce soir-là, j'eus à expédier un des télégrammes de presse les plus importants et les plus solennels qu'ait jamais expédiés correspondant de journaux.

J'eus avec le comte Stefan Tisza un entretien sur la même question. Nous causâmes près de deux heures. Au moment de prendre congé, je demandai au premier ministre de Hongrie dans quelle mesure je pouvais faire usage de notre conversation.

— Dites simplement ceci en mon nom, répondit-il : pour les États-Unis, prendre part à la guerre européenne serait un crime contre l'humanité.

Il ne m'est jamais arrivé de tirer un télégramme si court d'un entretien si long. Ce que le comte Tisza m'avait dit aurait rempli un volume. Je puis dire qu'à ses yeux la carte alimentaire justifiait amplement tout ce que pouvaient entreprendre les gouvernements de l'Europe centrale.

J'avais connu à Constantinople le Dr Richard von Kühlmann, qui fut depuis secrétaire d'État de l'empire d'Allemagne pour les Affaires étrangères. Il était alors conseiller d'ambassade. Il admirait fort les Anglais et leurs méthodes, ce qui lui valut d'être nommé ministre d'Allemagne à la Haye. Il était en toutes matières exqui-

sement objectif : j'ai rencontré peu d'hommes qui eussent
au même degré que lui le don de ne pas prendre leurs
désirs et leurs rêves pour des réalités. Je le retrouvai à
Vienne, après qu'il eût été nommé ambassadeur à
Constantinople. Les ambassadeurs n'ont pas coutume de
parler pour que leurs paroles soient imprimées. Je puis
dire pourtant qu'il n'était pas encore parvenu alors à se
convaincre que la guerre sous-marine fût le moyen
indiqué dans les circonstances présentes, quelles qu'en
pussent être les chances de succès. A Constantinople
comme à la Haye, je l'avais toujours trouvé hostile à
l'emploi des sous-marins contre la marine marchande. Il
était résolument opposé à l'adoption de la guerre sous-
marine à outrance, mais il n'avait pas été appelé à dire
son mot.

La politique anglaise d'*Aushungerung*, de réduction de
l'ennemi par le blocus, fut dès lors un thème facile et
opportun. La presse de l'Europe centrale en avait déjà
tiré parti à satiété; mais on insistait maintenant sur ses
effets positifs, on étalait au grand jour les misères cruelles
qui en résultaient, en vue de surexciter l'opinion devant
les luttes nouvelles qui s'annonçaient. Non que le public
d'Autriche et de Hongrie fût disposé à envisager d'un
cœur léger l'entrée en guerre des États-Unis. La presse
avait beau démontrer dédaigneusement l'incapacité
militaire de l'Amérique, les cerveaux un peu réfléchis ne
s'en laissaient pas volontiers conter. Trois années de
guerre avaient fini par enseigner au public qu'il arrivait
souvent à la presse de se tromper lamentablement, et
que bon nombre de journaux avaient à tâche, sous
l'action incessante et pernicieuse de la censure, d'induire
systématiquement leurs lecteurs en erreur. Entre tous
les menteurs, il n'est point de menteur plus effronté que
le censeur, ni de plus dangereux. En imposant systématiquement le silence sur l'aspect fâcheux de toutes
choses, il entretient dans les esprits une illusion déce-
vante, qui est aussi lamentable qu'elle est incroyable.

Les choses en étaient venues à tel point que l'exposé public des souffrances endurées et des méfaits causés par le blocus anglais ne pouvait que jeter les populations de l'Europe centrale dans une véritable frénésie. Les Anglais allaient apprendre à leur tour ce que c'est que de souffrir quotidiennement de la faim. Cette pensée unique empêchait que l'on regardât en face l'éventualité d'une guerre prochaine avec les États-Unis. Il y avait longtemps que l'on comptait les États-Unis au nombre des ennemis non déclarés.

CHAPITRE XIII

AU RATELIER OFFICIEL

n'y a pas grand plaisir à manger sous le contrôle de l'État. On a l'impression de prendre un médicament ordonné par un médecin. Il faut se rendre chez les autorités compétentes de l'arrondissement, faire la preuve qu'on est en effet celui qu'on prétend être, et justifier ainsi son droit à des vivres, après quoi il ne reste plus qu'à tâcher de s'en procurer.

Comme je vivais à l'hôtel, je pouvais laisser à d'autres le soin de ces démarches. Tous les matins je trouvais à ma porte — à supposer qu'on ne me l'eût pas volée — ma ration quotidienne de pain, 500 grammes en Allemagne, 240 à Budapest, 210 à Vienne. Au front j'étais mieux traité : 400 grammes, c'est-à-dire souvent plus qu'il ne m'en fallait. Quant aux autres vivres, le patron de l'hôtel s'en chargeait. Sa peine fut légère, tant que fonctionna le trafic clandestin. L'hôtel était en mesure de payer un bon prix, car les clients payaient sans protester de 150 à 500 pour 100 plus cher que le tarif légal. Et la loi ne se donna pas grand mal pour protéger les gens qui vivent à l'hôtel, jusqu'au jour où l'on s'aperçut que cette tolérance avait pour effets des prélèvements excessifs sur les maigres stocks disponibles. Qu'un beafsteck coûte 10 francs ou 25, cela n'importe guère aux gens qui peuvent mettre 10 francs à leur beafsteck, et payer 18 francs une côtelette de mouton; et ces gens-là ne se préoccupent guère de savoir s'ils mangent la ration que leur accorde la loi, ou double ration.

Cette catégorie de consommateurs fut longtemps avant de s'apercevoir que l'on était en guerre. Mais tout a une fin.

Deux individus qui souffrent de la faim au même degré sont naturellement en de meilleurs termes que s'ils se trouvaient sous ce rapport aux deux pôles opposés. En ce dernier cas, on pourrait s'attendre à ce que le sous-alimenté nourrît à l'égard du suralimenté des sentiments plutôt violents. Il n'en est pourtant pas toujours ainsi.

Une dame de la plus vieille noblesse d'Europe centrale me dit un jour :

— Allons, tout va de mal en pis. Ils ont commencé par me prendre mes automobiles. Voici qu'ils viennent de me prendre mes derniers chevaux. Impossible d'avoir un taxi ou un fiacre. Me voici obligée de faire mes courses en tramway. C'est bien ennuyeux.

Je répondis poliment qu'en effet la circulation en tramway était bien désagréable en raison des bousculades.

— Non, fit la dame, ce n'est pas cela. C'est l'odeur !

— L'odeur de la foule mal lavée?

— Oui. Et puis....

— Quoi donc, madame?

— Autre chose encore, dit-elle, avec un peu d'embarras.

— Vous voulez dire l'odeur que répandent des corps mal nourris?

— Précisément, répondit-elle. Vous l'avez aussi remarquée?

— Vous vous en êtes aperçue tout récemment? demandai-je.

— Oui, il y a quelques jours; c'était chose nouvelle pour moi.

— Elle vous a sans doute rappelé de loin l'odeur d'un cadavre avancé?

Une lueur d'intelligence satisfaite passa dans ses yeux.

— C'est exactement cela. Je n'ai pas cessé de chercher

à identifier cette odeur; mais je ne songeais pas à cela;
c'est trop horrible. Mais vous avez raison, c'est tout à
fait cela. Comment l'expliquez-vous?

— Par la mauvaise nutrition, lui dis-je. Il en résulte
une usure des tissus analogue à la décomposition qui se
produit après la mort.

Et je félicitai la dame de la délicatesse de son sens
olfactif. Cette odeur était discernée par peu de gens. Elle
m'était familière depuis qu'elle m'avait été révélée, en
Afrique du Sud, par le contact avec des coolies hindous
mal nourris, et je l'avais observée jadis au Mexique, sur
des manœuvres qui mouraient de faim.

— Quelle horreur! s'écria la dame, après un moment
de réflexion. Voilà donc où nous en sommes venus!

Je lui donnai l'assurance que la situation était moins
alarmante qu'elle ne semblait. Les organismes robustes
finiraient par s'adapter à l'alimentation réduite. Les
adultes bien constitués n'y succomberaient pas; mais ce
serait dur pour les gens de plus de cinquante ans, dont
bon nombre mourraient certainement de mauvaise
nutrition avant que la guerre fût terminée. Et il fallait
s'attendre aussi à voir périr les enfants en grand nombre,
si l'on se trouvait contraint de réduire autant leur
alimentation.

L'odeur inspirait à cette dame une insurmontable
horreur. Je la rencontrai plusieurs fois après notre
conversation, et elle me dit qu'elle en était obsédée.
Comme elle ne voulait à aucun prix la sentir dans sa
maison, il en résulta qu'elle mit un soin tout particulier
à bien nourrir ses domestiques. Son cas m'intéressa
vivement. J'avais, pour ma part, passé de longs jours et
de longues nuits dans les tranchées de Gallipoli, parmi
des milliers de cadavres non ensevelis, et, après cela, il
n'y avait guère d'odeur que ne pût supporter mon
odorat. Je pus donc observer attentivement cette curieuse
particularité psychologique. Je constatai que, pour cette
dame, c'était un supplice que de se trouver mêlée à une

foule mal nourrie. Elle se mettait à frissonner dès qu'elle en approchait.

— Vous paraissez redouter terriblement la mort, madame, lui dis-je un jour.

— Je ne puis même pas en supporter la pensée, me répondit-elle franchement.

— Pourquoi donc? C'est le sort naturel.

— Mais c'est injuste, fit-elle, sur un ton indigné.

— Rien de ce qui est naturel n'est injuste, lui dis-je. La nature ne connaît ni le bien ni le mal. Autrement, ou bien elle ne donnerait plus aucun aliment d'aucune sorte à votre peuple, ou bien elle s'emploierait à en produire en suffisance.

— Je ne vois pas que cela ait rien à voir avec cette odeur, cette terrible odeur, répliqua-t-elle.

— Sans aucun doute. Notre conversation a dévié. Vos paroles prouvent que vous vivez dans un monde d'illusions. Vous avez une répugnance instinctive pour les gens mal nourris, parce qu'il s'établit dans votre esprit une association invincible entre l'odeur que répandent leurs corps et l'idée de la pourriture. Mais vous n'êtes pas seule à sentir ainsi; des milliers d'autres personnes en sont incommodées comme vous.

J'en étais venu à me convaincre, à ma grande satisfaction, que la dame en question était l'un de ces êtres qui sont à leurs propres yeux le centre du monde, et pour qui la pitié n'est guère qu'un mot. Je lui donnai discrètement à entendre qu'un peu plus de sympathie pour les malheureux, un peu plus de tendresse pour ses semblables rendrait son odorat moins susceptible.

Voyons d'un peu plus près ce qu'était alors le régime alimentaire des masses. N'oublions pas que la population rurale, étant à la source même de la production, vivait dans des conditions beaucoup meilleures. Le tableau qui suit s'applique surtout aux classes laborieuses des bourgs industriels et des grandes villes.

L'adulte, à son lever, buvait une ou deux tasses d'un

substitut du café, ou de très mauvais thé, sans lait s'il y
avait des enfants, et avec fort peu de sucre; il mangeait
en même temps le tiers de sa ration quotidienne de
pain, soit environ 70 à 100 grammes. Avec cela il fallait
aller jusqu'à midi. Il mangeait alors une assiettée de
soupe, une tranche de pain, un cinquantaine de grammes
de viande et autant de légumes, plus une petite quantité
d'un mets farineux, poudding ou gâteau sec; une tasse
de pseudo-café terminait le repas. A quatre heures, ceux
qui le pouvaient prenaient une autre tasse de pseudo-café
ou de thé misérable, additionné en général d'un gâteau
qui représentait une quinzaine de grammes de farine de
froment et moitié moins de sucre. Le repas du soir était
identique à celui du midi, mais sans soupe ni entremets,
plus un peu de fromage et le dernier tiers de la ration
de pain. En règle générale, on y joignait un verre de
bière, dont la valeur nutritive était infiniment réduite :
c'était une sorte de produit chimique dont la teneur en
alcool n'allait pas toujours à 4 pour 100.

Voilà ce que permettait le gouvernement. Ceux qui le
pouvaient ne s'en contentaient pas. Mais l'immense majorité du peuple n'avait rien de plus, surtout lorsqu'un
peu plus tard les prix du poisson et des fruits eurent fait
un bond énorme.

Il est probable qu'une analyse chimique de ce menu
quotidien montrerait qu'il y avait là de quoi entretenir la
vie, et qu'on trouverait en Amérique des théoriciens tout
prêts à soutenir qu'il y aurait encore moyen d'économiser
là-dessus. Mais le malheur, c'est que souvent les rations
théoriques sont évaluées par des gens qui vivent de la vie
du cabinet, et qui ne connaissent l'exercice physique que
comme un objet d'étude de laboratoire. Au lieu que le
gros de la population doit fournir un travail pénible, et
doit manger davantage si l'on ne veut pas que l'élimination l'emporte sur l'assimilation. Le savant a ses mérites
et son utilité; mais il s'en exagère volontiers la portée.
Les gouvernements se virent obligés bientôt d'accorder à

toutes les personnes occupées à des travaux de force une
ration plus considérable de pain, de sucre et de graisse.
Cela n'alla pas tout seul du premier coup, et, pour venir
à bout des résistances bureaucratiques, il fallut en maints
endroits des grèves pour amener les autorités à donner
satisfaction aux demandes raisonnables.

Toute médiocre que fût cette ration quotidienne, tout
n'y était pas à la portée de toutes les bourses. Le ma-
nœuvre, par exemple, gagnait trop peu pour s'offrir du
bœuf à 5 francs ou 5 fr. 75 la livre, ce que coûtaient les
morceaux les moins chers. En règle générale, il tâchait
de se procurer la quantité autorisée de graisse animale;
mais souvent il n'y parvenait pas; il se contentait alors
d'une soupe aux pommes de terre et de sa tranche de
pain, avec parfois un petit pudding, dans lequel, par
chance, pouvaient entrer un peu de marmelade ou quelques fruits secs. S'il y avait des enfants, on se passait de
pudding : il fallait bien leur réserver le quart de livre de
farine assigné quotidiennement à chaque famille, en
raison de l'insuffisance manifeste de la quantité de lait
qui leur était allouée — un demi-litre par jour pour les
enfants de trois à quatre ans, un litre au maximum pour
un enfant, de quelque âge qu'il fût.

Ce pauvre menu eût suffi à la grande rigueur, s'il avait
été possible d'y ajouter la quantité normale de sucre.
Elle s'élevait naguère à six livres par mois et par personne; désormais il n'était alloué que deux livres un
quart par tête et par mois pour la population urbaine,
un peu plus d'une livre et demie pour la population
rurale, et deux livres trois quarts pour les personnes
occupées à un travail de force. Les parents qui aimaient
mieux laisser leur ration à leurs enfants s'en passaient
complètement.

J'ai dit déjà comment la ménagère se procurait ces
victuailles. Jusque-là il avait fallu faire la queue pour
obtenir le pain, la graisse et le lait (ces deux derniers
articles pouvant également être achetés directement aux

Centrales des graisses); j'ai montré comment l'institution des zones avait heureusement mis fin à ce régime; mais il restait obligatoire de prendre place aux queues pour une foule d'autres denrées : pommes de terre, raves, farine de froment; de temps à autre des produits de céréales, tels que macaroni, biscuits, farine de blé noir ou d'avoine; la viande, lorsque la ville se chargeait de la distribuer au prix de revient ou à un prix inférieur; charbon et bois, pétrole, sucre, et, en général, toutes sortes d'épices; savons et poudres à laver; chaussures, vêtements, textiles de toutes espèces, fil, tabac. De temps à autre on faisait une distribution de fruits secs, et plus rarement encore de marmelade, car la rareté croissante du sucre ne permettait guère d'utiliser ainsi beaucoup de fruits. Une fois la semaine, il fallait aller chercher son œuf unique par personne : un œuf, c'était bien peu de chose pour dépenser des heures à l'obtenir, et d'ordinaire les gens sans enfants s'abstenaient d'aller l'attendre; c'était alors une aubaine pour la femme pourvue d'enfants, à qui, de loin en loin, on accordait double ration.

Pour plusieurs de ces denrées on avait établi un roulement. On distribuait les pommes de terre tous les deux jours, la farine tous les quatre jours, la viande tous les « jours à viande », le chauffage une fois par semaine, le pétrole toutes les deux semaines, le sucre une fois par mois. Pour obtenir des chaussures et des vêtements, il fallait faire la preuve à la Centrale de l'habillement qu'on en avait effectivement besoin. Il en était de même pour le fil, sauf le fil de soie, et, pour le tabac, c'était une affaire de chance. D'autres denrées étaient distribuées lorsqu'elles étaient disponibles, et l'on en était averti par une affiche placée à proximité des boutiques où l'on venait faire queue. L'arrivage de viande de bœuf ou de porc « municipale » était d'ordinaire annoncé dans les journaux.

C'est ainsi qu'on se procurait la ration officielle. On pouvait, d'autre part, acheter librement le poisson frais,

salé ou séché, lorsqu'il s'en trouvait, les légumes verts et
les salades, les pois et les haricots dans la saison (il était,
en tout temps, à peu près impossible d'en obtenir de secs).
Les saucisses se vendirent quelque temps sans ticket;
mais le commerce illicite en abusa, et on y mit fin.

Vivre ainsi au râtelier de l'État était évidemment sans
agrément, mais il n'y avait aucun moyen de s'y soustraire.
Les facilités qu'offrait naguère encore l'industrie criminelle des intermédiaires était aujourd'hui chose du passé.
Pourtant il s'en fallait qu'on en fût venu définitivement à
bout. Le procès qui fut jugé à Berlin le 10 octobre 1917,
et où furent condamnés quelques rapaces, montra que
tous les efforts des gouvernements étaient impuissants à
extirper le trafic clandestin. Ces gens étaient parvenus à
dissimuler 27 000 livres de farine de froment, 300 livres de
chocolat, 15 000 livres de miel, 40 000 cigares, 52 000 livres
de cuivre, de zinc et de laiton, et en outre, ce qui n'est
pas sans saveur, 24 têtes de bétail et 9 cochons.

Le même jour, on jugea à Berlin un boulanger qui avait
« mis de côté » 6500 livres de farine, sur les quantités qui
lui avaient été fournies officiellement. Le procès établit
que le boulanger avait bien vendu aux clients le nombre
de miches qu'il était tenu de tirer de sa farine; seulement,
il avait falsifié sa pâte de manière à donner aux miches
le poids qu'elles devaient avoir pour faire bon accueil
aux tickets de pain qui lui étaient présentés. Sa farine
lui avait laissé un joli bénéfice. Les autorités demandaient
qu'on lui infligeât une amende de 45 francs par sac de
farine de 100 kilos. Il avait cédé clandestinement quelques
sacs à raison de 275 francs l'un à un individu qui les avait
revendus lui-même au prix de 540 francs, et le dernier
acquéreur les avait finalement vendus à un client qui les
lui avait payés 400 francs. Il est évident que le pain fabriqué au moyen de cette farine devait coûter cher, mais il
n'est pas moins clair qu'il devait se trouver des gens pour
consentir à l'acheter à son prix. Mais des gens qui peuvent
payer deux francs la livre de pain de froment ne peuvent

être que des fournisseurs de guerre millionnaires. Tous
ceux qui n'étaient pas à ce rang de l'échelle sociale mangeaient la ration officielle, et faisaient la queue.

C'était un spectacle douloureusement impressionnant
que les queues, dans les quartiers ouvriers de Berlin, de
Vienne et de Budapest. La guerre avait marqué les ména-
gères d'une empreinte profonde. Il n'arrivait guère qu'on
vît de bonnes chaussures aux pieds d'une femme. Les
robes étaient portées tant que la trame tenait ensemble,
et il vaut mieux ne rien dire des fichus qui abritaient les
faces flétries, les épaules tombantes, les poitrines plates.
Il y avait des enfants dans ces queues ; leurs pieds amai-
gris flottaient dans des souliers éculés, et le fichu maternel
dissimulait mal leurs vêtements tristement élimés. Les
prix des vêtements étaient si élevés que nul ne pouvait
songer à en acheter.

Je sortis un jour avec le ferme propos de trouver un
visage qui ne fût pas ravagé par la faim. C'était à Berlin.
J'examinai quatre longues queues avec la plus scrupu-
leuses attention : parmi les trois cents figures que je
regardai une à une, je n'en vis pas une seule qui eût,
depuis des semaines, mangé à sa faim. Chez les femmes
jeunes et les enfants, la peau exsangue collait étroitement
aux os. Les yeux étaient profondément enfoncés dans les
orbites. Les lèvres étaient décolorées, et les touffes de
cheveux qui retombaient sur les fronts parcheminés
avaient cet aspect terne et fané qui dénote l'épuisement
de la vigueur nerveuse.

Je ne crois pas être suspect de sentimentalité excessive ;
mais il faut bien que je confesse que la vue de ces queues
me mit plus d'une fois à bout de nerfs. A la fin, j'en étais
comme hanté, et j'éprouvais comme un soulagement lorsque je voyais que le dernier de la queue avait obtenu ce
qu'il était venu chercher.

Le système donnait aux classes ouvrières pauvres une
quantité insuffisante d'aliments, et, qui pis est, les ména-
gères ne s'entendaient pas à les préparer de manière à

en tirer le meilleur parti. On avait essayé d'enseigner
aux femmes les modes d'utilisation les plus rationnels,
et la manière de combiner un régime bien ordonné, mais
les résultats de tout cet effort étaient loin d'être satisfaisants. Les femmes, pour la plupart, dépensaient le plus
clair de leur argent en légumes, qui emplissaient l'estomac, mais étaient peu nourrissants. D'autres, lorsqu'elles se trouvaient pouvoir disposer de quelques sous,
couraient acheter quelque extravagance coûteuse, par
exemple de l'oie ou quelque autre volaille. Ballottées sur
un océan de disette et de cherté, ces pauvres âmes ne
parvenaient pas à se départir de leurs vieilles et médiocres
habitudes culinaires. D'où suit que la ration, que les hommes compétents proclamaient amplement suffisante, était
tout ce que l'on veut, sauf cela.

A Berlin on institua ce qu'on nommait les cuisines de
guerre. Une chaudière montée sur roues, comme on en
use à l'armée, en était le principal élément. On y cuisait
des ragoûts fort appétissants, qu'on allait distribuer de
porte en porte, contre un nombre déterminé de tickets.
Le succès eût été grand, n'était qu'un très grand nombre
de gens restaient convaincus qu'on leur donnait trop peu
pour leurs tickets. Il n'était pas possible de peser les
portions de ragoût, et il arrivait qu'il y eût un peu plus
de viande dans une écuelle que dans une autre ; on gro-
gnait, et finalement on accusait de partialité les femmes
qui consacraient à cette entreprise leur temps et leur
peine. On poursuivit l'expérience quelque temps, puis on
y renonça parce qu'il ne se trouva plus personne pour
s'en occuper. Peut-être aussi la population était-elle lasse
de cet éternel ragoût.

Les cuisines populaires et les cuisines de guerre orga-
nisées dès le début de la guerre eurent une meilleure
réussite. Le public en avait pris l'habitude. Elles étaient
installées dans des locaux où l'on pouvait venir manger à
sa guise, et les menus ne comportaient pas uniquement
du ragoût. Gérées par des personnes expérimentées, ces

cuisines rendirent de très grands services, à la fois au public et aux autorités. J'y ai mangé à diverses reprises et j'y ai toujours trouvé les mets bien apprêtés.

Peu de gens avaient été plus gravement atteints par la guerre que la classe des petits fonctionnaires et que les professions libérales à revenus médiocres, y compris les artistes. Ceux-là avaient leur dignité : plutôt mourir de faim que de manger à une cuisine de guerre ou d'accepter quelque assistance. Leurs souffrances furent incroyables. Les gouvernements avaient bien accordé une indemnité de guerre aux petits fonctionnaires, mais c'était un secours insignifiant; tandis que leurs appointements étaient accrus en moyenne de 20 pour 100, le prix des vivres et le coût de ce qui fait la vie décente — à quoi cette classe d'hommes attache autant d'importance qu'à la vie elle-même — avaient crû moyennement de 180 pour 100. Ce fut une catastrophe dans leurs ménages. Avant la guerre, leur vie était une triste misère dorée; c'était maintenant l'extrême dénuement, sous le masque du décorum. Or cette classe était pour le fonctionnement de l'État d'un prix inappréciable, et méritait mieux; elle comptait parmi ses membres quelques-uns des meilleurs hommes et des meilleures femmes qu'il y eût en Europe centrale. Dévoués de cœur et d'âme au régime, ils s'étaient toujours abstenus d'adhérer aux coopératives de consommation d'Allemagne et d'Autriche-Hongrie, dont les tendances socialistes les choquaient. Ils se trouvèrent donc livrés aux requins, pieds et poings liés. Les gouvernements finirent par s'aviser qu'il fallait songer à eux, et créèrent à leur intention des Centrales d'achats, où ils purent se procurer les denrées alimentaires au prix de revient, et parfois même à un prix inférieur.

En revanche, aucune aide officielle n'alla aux petites professions libérales. Il se trouva un certain nombre d'hommes et de femmes des classes riches pour les secourir; mais il fallait user d'infiniment de tact pour les décider à accepter une assistance. Il n'était pas précisé-

ment facile de les aider individuellement, et Mrs. Frederick
C. Penfield, la femme de l'ambassadeur des États-Unis à
Vienne, eut plus d'une occasion de s'en apercevoir. Et
d'autre part, il était tout à fait impossible de les secourir
en masse, bien que c'eût été le moyen de tirer le meilleur parti des ressources qu'on pouvait réunir à leur
intention. Il y a dans la hauteur de dignité râpée neuf
dixièmes de faux orgueil, et rien n'est plus tenace que ce
qui est faux.

Pourtant il se trouva quelques personnes pour savoir
s'y prendre avec cette sorte de gens. Il n'est que juste de
citer parmi elles Mme Schwarzwald, de Vienne, dont le
restaurant coopératif réussit fort bien, tant qu'elle trouva
les vivres nécessaires, ce qui n'était nullement aisé. Je
m'intéressais particulièrement à ses œuvres, et il m'arriva
un jour de faillir procurer à son restaurant coopératif
et à ses pauvres clients un baril de farine et une centaine
de livres de sucre. J'eus le tort d'annoncer prématurément la bonne nouvelle au Comité de patronage, dont
faisait partie Mme Karin Michaelis, la romancière et
poétesse danoise. Avant que je comprisse ce qui m'arrivait, deux dames, dans leur enthousiasme, m'avaient
sauté au cou et m'avaient embrassé — sur les joues. Puis
tout le monde dansa de joie. Le lendemain, à ma grande
confusion, je dus venir leur confesser qu'il n'y aurait ni
farine ni sucre : celui qui en était l'heureux possesseur
— non pas un requin, mais un diplomate américain — en
avait disposé en faveur d'un autre diplomate américain.
Je fis pénitence de mon mieux : j'allai trouver un ami, et
je lui soutirai un millier de francs pour la coopérative.
Ce fut mon salut. Depuis, je me gardai soigneusement de
promettre trop vite. Je dois dire que j'avais compté fermement sur la farine et le sucre, et j'étais si heureux de ma
trouvaille que j'eus beaucoup de peine à en garder pour
moi, une journée entière, la bonne nouvelle. Ce restaurant comptait parmi ses habitués bon nombre des meilleurs intellectuels de Vienne, peintres, sculpteurs, archi-

tectes, poètes, hors d'état durant toute cette période de
gagner leur vie.

Au reste, il m'arriva de mieux réussir. Pour une autre
société de gens aux très maigres ressources je trouvai
moyen d'escamoter en contrebande, dans la zone alimentaire de la neuvième armée allemande de Roumanie, la
moitié d'un cochon fumé, cinquante livres de vraie farine
de froment, et trente livres de lard. Falkenhayn avait
beau commander cette armée-là, c'est moi qui, pendant
quelques jours, en fus l'unique héros.

Il n'était plus question que de victuailles. Des dames
qui jamais de leur vie n'avaient parlé de questions de cet
ordre en causaient maintenant entre elles, comme on
faisait jadis de la mode. Dans les salons, les scandales
qui faisaient aujourd'hui l'objet de toutes les conversa-
tions étaient des scandales de salle à manger : M. un Tel
avait mangé de la viande un jour sans viande, Mme une
Telle avait du pain blanc, et faisait faire des petits pains
par son cuisinier. Il faut ajouter tout de suite que les
gens qui critiquaient le plus véhémentement les contra-
ventions d'autrui ne se faisaient pas faute d'en agir de
même ; seulement, ces jours-là, ils se gardaient bien
d'avoir des invités à leur table.

En ce même hiver, je fus témoin, à Budapest, d'une scène
qui cadrait parfaitement avec l'époque.

Je fus du petit nombre des non-magyars qui furent
admis au couronnement du roi Charles et de la reine Zita.
Le premier gentilhomme de la table entra, portant sur
un plat d'or un poisson énorme, et le déposa devant le
couple royal. Le roi et la reine s'inclinèrent devant le
personnage somptueusement vêtu, qui se retira, empor-
tant le poisson. Nous en eûmes tous le fumet. J'avais
déjeuné à quatre heures du matin. Il était deux heures de
l'après-midi, et un morceau de n'importe quoi serait
venu fort à propos. Je sortais de l'église du couronnement,
qui était fort mal chauffée, et où un courant d'air froid
m'avait cruellement glacé, sous le plastron de ma

chemise. Mais le poisson disparut par la porte par laquelle il était entré, pour être donné aux pauvres, comme l'avait ordonné le roi Étienne en l'an 1001.

Quelques instants après le même gentilhomme reparut. Cette fois il portait un gigantesque rôti. Mêmes gestes, même sortie. Une troisième, une quatrième, une cinquième, une sixième fois défilèrent devant nous, à l'aller et au retour, des mets admirables, et prodigieusement alléchants. Ce fut une assez pénible affaire que cette ombre de dîner, et chacun se sentit soulagé lorsqu'enfin le roi saisit une coupe de vin, et que les « *Eljen a Kiralyi!* » de l'assistance mirent fin à cette phase de la cérémonie du couronnement.

Le roi Charles n'aimait pas la faveur. Quelques jours après, il inspecta le wagon-restaurant attelé au train qui emportait à Constantinople son frère Maximilien. Il trouva dans la cuisine quelques petits pains et un peu de farine de froment. Il fit enlever le tout.

— Je sais fort bien, Max, dit-il à son frère, que ce n'est pas toi qui as donné ces ordres. Le gérant du wagon-restaurant n'a pas encore compris que tout le monde, sans exception, doit être traité de même. Si le maître d'hôtel du wagon se permet d'acheter de la farine en Bulgarie ou en Turquie, fais-moi le plaisir de le faire passer par la fenêtre lorsque le train sera en marche, pour qu'il le sente un peu rudement. C'est l'unique moyen d'en finir avec le favoritisme en matière de nourriture.

J'ajoute qu'à ce même moment l'empereur-roi d'Autriche-Hongrie et l'impératrice-reine vivaient assez difficilement sur des revenus très modestes, et qu'ils furent trop heureux lorsque la naissance du prince héritier leur valut une légère amélioration de l'allocation mensuelle que leur versait le trésor. Mais cela, c'est une autre histoire.

CHAPITRE XIV

L'USURE DE LA GUERRE

Maintenant, la pluie des difficultés tournait en déluge. C'était le tour des moyens de communication.

En matière de chemins de fer, l'économie de main-d'œuvre peut coûter cher. Une voie mal ballastée impose un effort excessif aux attaches des rails. Un rail peut se briser. Dans l'un et l'autre cas, il peut se produire de graves accidents.

Tout avait été fait, en Europe centrale, pour y parer. Lorsque les mobilisations successives eurent éclairci les rangs des ouvriers de la voie ferrée, on fit appel aux femmes et aux prisonniers russes. Mais leur travail laissa à désirer. Il faut un tour de main même pour pousser des cailloux sous des traverses : qu'on en mette trop sous l'une, et trop peu sous sa voisine, et voici que le rail ne pose plus de niveau. Mieux vaut ne rien faire, que de risquer qu'un rail porte à faux.

Le premier résultat fut qu'il fallut réduire la vitesse de tout le trafic des chemins de fer. Les express cessèrent de circuler, sauf sur les lignes principales qui furent, à cet effet, maintenues en bon état. Les trains de voyageurs faisaient moins de 40 kilomètres à l'heure, au lieu de 60 ou de 75, et les trains de marchandises moins de 25. Ce qui revenait, avec même force motrice et même matériel roulant, à réduire le trafic normal de moitié.

Mais d'autre part le personnel chargé de l'entretien des wagons et des locomotives avait, lui aussi, fourni son contingent à l'armée. On avait, au début, ménagé dans

la mesure du possible les mécaniciens des chemins de
fer, mais il fallut bien ensuite puiser à cette réserve. Le
service des réparations fut confié à des mains moins
expertes, et le nettoyage fut laissé aux femmes et aux
prisonniers de guerre. Bientôt les trains de voyageurs,
munis de freins à air comprimé, eurent bon nombre de
leurs roues voilées. Il était heureux que les trains de
marchandises fussent encore freinés à la main, sans quoi
leur trafic aurait subit des dommages plus considérables
encore.

Je m'intéressais particulièrement aux chemins de fer,
et l'étude assez superficielle que j'en avais faite à l'école
militaire m'en avait pourtant appris l'essentiel. J'y
portai mon attention dans les derniers mois de 1916, et je
ne tardai pas à me convaincre qu'avant longtemps la
seule chose qui conserverait quelque valeur serait la voie
elle-même, avec ses quais, ses ponts, ses tranchées et ses
tunnels.

Lorsque j'avais fait connaissance avec les chemins de
fer de l'Europe centrale, je les avais trouvés en excellent
état de rendement. Les voies étaient bien établies, le
matériel roulant en très bon état, — les réparations étaient
faites en temps utile, et la peinture n'était pas ménagée,
— les locomotives excellentes. Sans doute, rien n'était
comparable à ce que l'on fait de mieux aux États-Unis.
Le train de luxe américain était chose ignorée; mais, si
l'on n'en connaissait pas le confort, on n'en subissait pas,
en revanche, les inconvénients.

La détérioration fut prompte à apparaître. On se
ressentit très vite du manque de bras. Les modifications
apportées aux horaires trahirent les difficultés qui sur-
gissaient. Lorsque la durée du trajet entre Berlin et
Vienne fut accrue d'une heure, je me rendis compte qu'il
y avait malaise. Lorsqu'on supprima, dans chaque sens,
un des express quotidiens qui reliaient entre elles les
deux capitales, je compris que les choses s'aggravaient,
et lorsqu'enfin le nombre des trains circulant quoti-

diennement entre Vienne et Budapest passa de douze à
quatre, il devint clair que le service austro-hongrois des
voies ferrées, bien qu'il fît l'impossible pour faire bonne
figure, avait perdu les deux tiers de sa puissance. La
situation était moins fâcheuse en Allemagne, grâce à la
vigilance qu'on avait apportée dès les premiers temps de
la guerre ; mais, comme les nécessités militaires imposaient
aux chemins allemands un effort singulièrement plus
intense, les inconvénients se trouvaient être du même
ordre.

Les wagons de marchandises et les fourgons cessèrent
d'avoir leur bonne tenue habituelle. Plus de peinture :
l'huile était indispensable, soit pour l'alimentation, soit
pour la fabrication des explosifs. Tant que le wagon
tenait à peu près sur son châssis, on ne le réparait pas ;
lorsqu'il le fallait absolument, on remplaçait le plancher
de bois. Il en était de même des voitures de voyageurs. La
propreté irréprochable d'antan avait fait place à une
saleté sordide. Dans les cabinets de toilette, ni savon, ni
linge, ni eau dans les réservoirs. Les freins à air comprimé agissaient en grinçant, et les sabots mordaient sur
les roues.

Les locomotives en étaient au même point d'usure. Les
joints jouaient, et laissaient fuir l'eau et la vapeur, et
c'est tout au plus si le charbon consommé donnait
60 pour 100 de son rendement normal : le mécanicien,
qui touchait une prime sur la houille économisée, n'avait
d'autre ressource que de passer à réparer son « clou »
tout le temps libre dont il pouvait disposer.

Comme j'allais sans cesse d'une capitale à l'autre et
d'un front à l'autre, je fus à même d'apprécier la rapide
détérioration du matériel. A voir, dans la saison froide,
la locomotive entièrement masquée par les flots de
vapeur qui auraient dû passer dans les cylindres, on se
demandait comment il se faisait que néanmoins le train
pût se déplacer.

Malgré les vitesses ralenties, les accidents se multi-

pliaient dans une proportion inquiétante. Il n'était plus
possible de marcher qu'à une allure d'escargot. Ce fut un
désastre *pour le trafic des marchandises*. Il fallut de toute
nécessité le réduire au quart de ce qu'il était. Il en
résulta de très graves difficultés, bien que l'organisation
par zones de la distribution et de la consommation eût
mis fin à tout l'inutile vagabondage des denrées. En
hiver, les produits alimentaires se trouvaient ainsi longuement exposés au froid. Il n'était pas rare de constater
que tout un train de pommes de terre avait été gelé au
point d'être devenu immangeable. C'était une perte
sérieuse pour des pays astreints par la disette à ne laisser
perdre aucune miette alimentaire.

L'hiver venu, les chemins de fer, paralysés dans leur
fonctionnement, n'étaient plus en mesure d'amener aux
centres populeux les quantités de charbon indispensables.
C'est ce qui arriva surtout au cours de l'hiver 1916-1917.
On avait dépensé le combustible sans compter au cours
des mois chauds, et les autorités avaient interdit qu'on fît
des provisions de chauffage : il ne restait plus rien quand
vinrent les froids. L'afflux des commandes urgentes eut
pour effet d'encombrer les voies qui desservaient les
régions minières. Elles se trouvèrent bloquées, et, au
moment où le gâchis était le plus intense, il tomba des
masses inouïes de neige.

La traction électrique dans les villes partagea le destin
des chemins de fer. Pour épargner le charbon, le service
avait été réduit au strict nécessaire. Le poids excessif des
voyageurs en surnombre eut vite fait de ruiner le matériel. Ni mécaniciens pour le réparer, ni usines pour livrer
des voitures neuves. Enfin il fallait bien confier à des
femmes le service et la conduite des voitures; elles firent
de leur mieux, mais la circulation en tramways n'en
devint guère plus confortable. Bien des gens se résignèrent à faire leurs courses à pied.

Les routes n'étaient pas mieux entretenues. Bientôt les
belles surfaces macadamisées furent défigurées par des

trous, et les routes se transformèrent en fleuves de boue profonde. Le paysan qui menait ses produits à la gare ou à la ville ne se risquait plus à prendre qu'une charge moindre de moitié. Les bêtes de trait étaient rares : à la fin de 1916, les réquisitions successives avaient fait main basse sur une bonne moitié des chevaux de ferme.

On dit souvent qu'on connaît un homme à ses vêtements. Ce n'est pas toujours vrai. Mais on peut dire en revanche qu'on connaît un pays à ses moyens de transport. J'ai connu un homme qui avait coutume de dire que si on le menait les yeux bandés dans un pays quelconque, il se faisait fort de dire où il se trouvait, ou chez quelles sortes de gens, rien qu'après y avoir circulé en chemin de fer. J'ajoute que, pour le mettre en mesure de deviner comment est administré ce pays, il suffirait de lui lire les : « Il est interdit... », les : « *Es ist verboten...* », les « *It is not allowed...* » qui tapissent les gares et les compartiments des voitures.

Voyager dans l'Europe centrale était alors une rude affaire. J'y voyageais beaucoup, et le plus souvent debout. J'ai fait, sur mes jambes, sans m'asseoir un seul instant, les trajets suivants : de Berlin à Bentheim, de Berlin à Cologne, de Vienne à Budapest, de Vienne à Trieste, — à un moment où la durée de ces divers voyages dépassait de 80 à 150 pour 100 la durée normale.

Les moyens de communication n'étaient pas seuls à souffrir. Il n'était guère d'immeuble qui n'eût à pâtir. Les matériaux et la main-d'œuvre étaient également rares et coûteux. Les maisons d'habitation étaient sous le régime du moratorium, et les propriétaires, qui avaient fort à faire à payer les impôts de jour en jour plus lourds, n'avaient guère d'argent à consacrer aux réparations.

Bon nombre de manufactures furent contraintes de cesser le travail, à commencer par celles qui dépendaient étroitement du marché extérieur. C'est ainsi que toute l'industrie des poupées chôma. D'autres, comme les tissages, fermèrent partiellement. En cas de fermeture, les bâtiments restaient à l'abandon, et, en outre, des machines de valeur se trouvaient abandonnées à la rouille. Lorsqu'on en vint à être à court de cuivre, de zinc et de laiton, les autorités firent main basse sur les métaux qu'ils trouvèrent dans les usines en chômage, et les donnèrent aux fabriques de munitions : on eut beau indemniser les propriétaires, c'était une lourde perte pour la communauté.

La perte ne fut pas moindre pour la machinerie agricole et les outils de ferme. Les chevaux périrent au front par dizaines de milliers, et ce furent autant de désastres pour quelques fermes : l'argent que le paysan recevait en échange de son cheval retournait promptement à l'État sous forme d'impôt, si bien que la perte était aussi nette que si la bête eût été enlevée par quelque épidémie. Bœufs de prix et bonnes vaches laitières étaient réquisitionnés pour fournir l'armée de viande. En de certaines régions, vignobles et vergers périrent faute de soufre.

Voici, en guise d'illustration, le cas d'un homme de ma connaissance, propriétaire terrien aux environs de Coblence, sur le Rhin. Lorsque la guerre éclata, il avait cinq chevaux, huit vaches, quarante moutons, et une grande quantité de volailles; plus, quelques petites vignes, et un magnifique verger à pommiers. Quand vint l'hiver de 1916-1917, il lui restait deux chevaux, deux vaches, plus un seul mouton, très peu de poules, plus aucune vigne, et son verger ruiné, faute de bouillie bordelaise.

En janvier 1917, j'eus communication de quelques chiffres relatifs aux pertes d'usure subies du fait de la guerre par le royaume de Saxe. En admettant que ces chiffres s'appliquent proportionnellement à tout l'ensemble de l'empire d'Allemagne, j'ai calculé que le dom-

mage total pouvait être évalué à près de 45 milliards, soit
près de 650 francs par tête d'habitant. Le même calcul
donnerait pour l'Autriche un total de 54 milliards. Ces
pertes sont dues à l'improductivité de 14 millions
d'hommes valides mobilisés pour les besoins de la guerre,
peuple immense qui ne cessa de consommer énormément,
tout en produisant fort peu. C'était l'arrêt dans le progrès
matériel, et par conséquent la décadence.

CHAPITRE XV

L'ARMÉE AUX CHAMPS

Environ 55 pour 100 des hommes mobilisés vivaient surtout, avant la guerre, de céréales et de légumes : les populations rurales de l'Europe centrale mangent peu de viande. La guerre venue, il devint nécessaire de fournir à tous ces hommes un régime alimentaire plus riche et plus concentré. Il se composa surtout de pain, de viandes, de graisses et de pommes de terre, plus, dans la mesure où on le pouvait, des haricots, des pois et des lentilles. En hiver, pour qu'ils souffrissent moins du froid, il fallait grossir la ration de graisses animales, et, aux heures des efforts physiques pénibles, leur fournir un supplément de sucre.

Au début, tant que l'armée ne produisit rien, il fallut bien que les civils produisissent tout ce qui lui était nécessaire. Comme 42 pour 100 des soldats environ avaient été pris dans les catégories de la population dont la fonction est de tirer du sol des aliments, la tâche était lourde, d'autant plus lourde que les hommes retenus sous les drapeaux étaient les plus aptes au travail.

Dès le printemps de 1915, les gouvernements se rendirent compte qu'il fallait de toute nécessité que l'armée subvînt au moins à une partie de ses besoins. Les mesures furent prises sans tarder. L'expérience venait de montrer que la cavalerie était provisoirement sans emploi; et d'autre part, il n'était pas d'une bonne administration militaire de la désorganiser, et de verser les cavaliers à l'artillerie ou à l'infanterie, puisqu'un jour ou l'autre on pourrait avoir à les utiliser. On se résolut donc à les mettre aux travaux des champs à l'arrière du front : ce qui était d'autant plus aisé que 65 pour 100 d'entre eux étaient des paysans d'origine, et savaient manier les chevaux.

On n'a jamais, que je sache, publié à cet égard de chiffres globaux; je ne puis donc dire ici que ce que j'ai vu de mes yeux. Je dois dire tout de suite que les résultats obtenus furent loin d'être négligeables, bien que dans l'ensemble ils n'aient pas été ce que quelques esprits trop prompts à l'enthousiasme en attendaient.

C'est en Galicie que je vis la première culture de ce genre. Des groupes de cavalerie austro-hongroise avaient mis en culture environ vingt-cinq mille hectares, et y avaient semé du blé, du seigle, de l'avoine et des pommes de terre. Lorsque je vis la récolte sur pied, elle était en fort belle condition, mais, dans la suite, la sécheresse lui causa de sérieux dommages. Le colonel chargé de l'entreprise me dit qu'il comptait produire de quoi faire vivre une division, ce qui ne me parut pas être une ambition excessive.

Les Allemands faisaient de même en Pologne et dans les parties de la Russie qu'ils occupaient. Je ne sais ce que donna leur effort dans ces régions, mais, si les résultats en furent comparables à ce que je vis en France durant l'offensive de la Somme en 1916, ils sont loin d'être négligeables. La deuxième division d'*Ersatz* de réserve de la garde était alors au repos dans le secteur de Bapaume. Elle y était parfaitement installée et organisée : sur aucun point du front, je n'ai vu adaptation aussi parfaite. Elle était occupée à cultiver sept cents hectares de terres excellentes, sur lesquelles elle récoltait du blé, du seigle, de l'orge, de l'avoine, des haricots, des pois, des betteraves à sucre, des raves, des pommes de terre; elle avait fait assez de foin pour ses propres besoins, et en avait vendu de grandes quantités aux divisions voisines. Elle avait installé à Gommecourt une laiterie fort bien

outillée, qui transformait en beurre et en fromage le lait
de six cents vaches, et qui pourvoyait largement aux
besoins des hommes aux tranchées. Elle entretenait un
nombreux troupeau de cochons, et — comme je l'appris
de la bouche du général von Stein, qui commandait alors
le secteur et qui est aujourd'hui ministre de la guerre de
Prusse, au cours d'un déjeuner uniquement alimenté par
les produits animaux et végétaux de la division — elle
exploitait, presque sous le feu des canons, deux moulins
à eau, une grande sucrerie, et même une brasserie. Sauf
le café, le sel et quelques autres denrées sans importance, elle ne demandait absolument rien à l'arrière. Nous
étions alors au milieu d'août, et je pus apprécier le
travail de ces soldats-paysans. Je puis attester que je n'ai
jamais vu terres mieux exploitées; les récoltes étaient
splendides.

J'ai gardé la vision saisissante de quelques soldats
allemands labourant à l'est de Bucquoi, tandis que les
obus anglais pleuvaient autour d'eux, et ouvraient des
cratères énormes dans la terre fraîchement retournée.
Les hommes poursuivaient leur besogne avec une impassibilité stupéfiante. Je ne sais trop à quoi pouvaient
rimer ces labours en plein mois d'août, si ce n'est peut-
être à détruire les mauvaises herbes, et je ne crois pas
volontiers qu'il y eût motif suffisant à exposer ainsi des
hommes et des animaux précieux. Toujours est-il qu'on
le faisait.

Les pointes que je poussai, cette même année, en Serbie
et en Macédoine me montrèrent des efforts analogues, mais
dont la réussite était beaucoup moins heureuse. On s'était
proposé pour but de mettre en culture le plus de terres
possible, et, à cet effet, on avait amené des charrues à
tracteur et retourné d'immenses étendues. Bien que le
sol des vallées serbes soit en général d'une grande
fertilité, et le climat des meilleurs qu'il y ait, les récoltes
furent très médiocres. Les uns prétendaient que la faute
en était à la mauvaise qualité de la semence apportée

d'Allemagne; les autres soutenaient que les labours avaient été faits trop vite et sans assez de soin. Quoi qu'il en soit, ce fut beaucoup de peine à peu près perdue.

En Macédoine, les champs avaient été également mis en culture par les Allemands, les Austro-Hongrois et les Bulgares. Ces derniers, qui s'entendaient à la culture du tabac, échangeaient leur tabac contre le grain que leur donnaient les autres. — Les Austro-Hongrois tentèrent aussi d'exploiter le front de l'Isonzo; mais, comme ils combattaient alors sur leur propre territoire, et que la population civile n'avait pas quitté ses foyers, il y avait peu de chose à faire, d'autant moins que les plateaux du Carso et de Bainsizza et les régions montagneuses qui les bornent au nord se prêtent mal à une culture étendue. Toutefois il n'était pas de *doline* du Carso qui n'eût son jardin, d'où l'armée tirait une bonne partie de ses légumes.

Les produits du sol récoltés par les soldats-paysans n'atteignaient jamais l'intérieur. Lorsqu'un corps venait à produire plus que ses propres besoins — ce qui était extrêmement rare — il vendait le surplus aux commissaires de l'armée. Il fallait beaucoup d'hommes et de temps pour cultiver les terres, et on ne disposa pas toujours des uns ni de l'autre, surtout à dater du moment où les offensives de l'adversaire devinrent plus fréquentes et plus actives. Puis il devenait de jour en jour plus nécessaire de jeter brusquement les divisions, plusieurs fois au cours d'une année, d'un front à l'autre : tout le système faiblissait du moment que les hommes, peu assurés de garder assez longtemps les mêmes positions, cessaient de s'intéresser à leurs propres récoltes.

Je restai longtemps à la 9ᵉ armée allemande, alors qu'elle opérait contre les Roumains, à l'automne de 1916. Elle fit un grand butin, en particulier, environ 1.100.000 tonnes de blé et d'autres céréales. Lorsqu'on le sut, les gens de Berlin et de Vienne virent déjà affluer le pain

sur leurs tables, mais en pensée seulement. Falkenhayn
et Mackensen ordonnèrent expressément que pas une livre
de grains ne fût retirée de la zone de guerre, qui
comprenait toute la portion occupée de la Roumanie, la
Transylvanie et la Dobroudja. Ils interdirent également
l'exportation d'aucune denrée alimentaire au bénéfice
de la population civile. Tout était réservé aux besoins des
troupes, et le surplus était attribué aux commissaires
généraux des armées allemandes, austro-hongroises et
bulgares. Comme les quantités conquises étaient considérables, il fut possible, six mois après, une fois tous
les besoins des forces combattantes satisfaits, de songer
aux civils; mais on le fit avec la plus grande prudence :
on ne voulait pas s'exposer, en leur donnant trop d'espoir,
à ralentir l'intensité de leur propre effort.

Ces règles de conduite furent observées en toutes circonstances, et je ne sache pas qu'on y ait fait exception,
alors même que de toutes parts s'élevait la clameur qui
réclamait du pain. L'armée passait la première. Non pas
uniquement pour des raisons égoïstes. Il eût été déraisonnable d'expédier à l'intérieur des denrées alimentaires
qu'il eût fallu plus tard ramener pour donner satisfaction
aux troupes; c'eût été imposer aux voies ferrées la charge
et l'embarras d'un double transport, et il était sage de
l'éviter.

En somme, les troupes ne furent jamais à court de
vivres. On fut contraint de réduire la ration quotidienne de pain de 500 à 400 grammes, mais cette réduction
fut compensée par une meilleure ration de viande et de
graisse. Si l'on voulait que la guerre restât populaire
parmi les soldats, il était indispensable qu'ils eussent
suffisamment à manger.

Comme on peut être porté à exagérer l'importance de
la production agricole obtenue de l'armée, je tiens à
affirmer expressément qu'en définitive les soldats-paysans
ne demandèrent guère au sol qu'un surplus destiné à
améliorer leur ordinaire. L'entretien normal des armées

resta toujours à la charge de la population civile, et, lorsque les pertes s'aggravèrent, lorsque les réserves durent entrer plus fréquemment en ligne, la productivité militaire perdit rapidement de son importance. Il y avait compensation dans ce que fournissaient maintenant la Roumanie, la Serbie et la Pologne. L'étendue du territoire compris était considérable, mais le surplus vraiment disponible était bien moins grand qu'on n'eût pu le croire. Dans toutes ces régions, la population civile était réduite aux vieillards, aux enfants et aux femmes, et le rendement du sol était maigre. Ce qu'on pouvait leur arracher ne pesait pas lourd devant le grave déficit dont souffraient l'Allemagne, l'Autriche et la Bulgarie.

Le rôle de l'armée en matière alimentaire ne se bornait pas là : elle avait encore à régler les échanges d'importations et d'exportations entre alliés, et elle avait son mot à dire dans les échanges commerciaux avec les neutres.

Les relations entre l'Allemagne, l'Autriche-Hongrie, la Bulgarie et la Turquie étaient essentiellement militaires, et la diplomatie n'y avait qu'un rôle subalterne et effacé. Le plénipotentiaire militaire — c'était le titre de l'officier supérieur de liaison — avait généralement le pas sur le diplomate. Le militarisme était maître absolu; le gouvernement civil et la population n'avaient aucun droit devant lequel les autorités militaires eussent à s'incliner.

Les plénipotentiaires militaires avaient pris en main les relations commerciales. Les services diplomatiques avaient pour tâche de négocier les échanges de denrées alimentaires contre produits manufacturés, mais il appartenait aux militaires de veiller à l'exécution de ces accords. Ils achetaient et expédiaient, et recevaient les marchandises destinées à payer de retour les vivres et les matières premières.

En Roumanie, aussi longtemps que le pays garda la neutralité, le bureau d'achats, *Einkaufstelle*, était géré

par des civils : la Roumanie, étant neutre, n'admettait
pas que des officiers allemands ou austro-hongrois se
montrassent en uniforme dans les rues. Ils se donnaient
donc pour des civils, se gardaient de rien faire qui
donnât à penser qu'ils agissaient pour le compte de
l'armée, et, bien entendu, prétendaient n'acheter de vivres
que pour la population civile. Subterfuge assez grossier,
puisque tout sac de blé importé en mettait du même
coup une quantité égale au service de l'armée. Il en était
de même des bureaux d'achats installés par l'Allemagne
et l'Autriche en Suisse, en Hollande, en Danemark, en
Norvège et en Suède. Leur personnel était en majeure
partie civil, mais il allait de soi que tous les envois
d'aliments étaient immédiatement mis à la disposition
des commissions d'alimentation, c'est-à dire encore des
commissaires militaires. Et c'est aux autorités militaires
que la population civile devait s'adresser pour son
ravitaillement.

Voici comment les choses se passaient en Bulgarie.
Dans ce pays, essentiellement agricole, sur une population totale de 5 millions et demi d'habitants, 90 pour
cent devaient normalement leur subsistance à la culture
et à l'élevage. Les produits alimentaires étaient le plus
clair de son exportation, si bien qu'il put dans une
certaine mesure remédier à la disette allemande et
austro-hongroise. La direction du bureau allemand
d'achats de Sofia était confiée à un officier que je
connaissais, le capitaine Westerhagen, qui possédait
jadis une banque dans Wall street. Il achetait toutes
sortes de victuailles, blé, seigle, orge, pois, fèves,
pommes de terre, beurre, œufs, lard, viande de porc,
mouton, et, de plus, des peaux brutes, de la laine, du lin,
du poil de chèvre, du foin et des fourrages. Inversement,
il importait en Bulgarie les produits manufacturés qui y
étaient demandés, instruments de ferme de fer ou d'acier,
machines agricoles, fers de construction, quincaillerie,
machines de toute sorte, verrerie, papier, instruments,

appareils et fournitures de chirurgie, matériel de chemin
de fer, produits pharmaceutiques, produits chimiques.
Lorsque les produits alimentaires acquis par le capitaine
Westerhagen n'étaient pas indispensables à l'armée, ils
allaient à la population civile. Il achetait tout ce qui
lui tombait sous la main, tant et si bien que les Bulgares
s'en trouvaient gênés à de certaines heures. En ce cas,
il suffisait à l'état-major bulgare de suspendre pour un
temps tout achat du bureau, ce qui avait pour contre-
coup immédiat que les Allemands suspendaient leurs
propres importations. D'où parfois des frottements,
que le plénipotentiaire militaire allemand, le colonel
von Massow, eut parfois quelque peine à adoucir.
Mais, en somme, tout le système fonctionnait sans ac-
crocs.

Il en était de même en Turquie. Les Allemands avaient
à Constantinople un de leurs hommes les mieux doués,
un homme plein d'intelligence, d'énergie, d'adresse et
de persévérance, le capitaine de corvette Humann, fils de
l'archéologue connu qui a fouillé Pergame et d'autres
villes d'Asie Mineure. Le capitaine était né à Smyrne, et
il était lié de longue date avec Enver Pacha, aujourd'hui
ministre de la guerre, et vice-généralissime de l'armée
ottomane. Élevé en Orient, Humann connaissait à fond le
peuple auquel il avait affaire, et lisait dans l'âme turque
comme dans un livre ouvert. Il avait ce grand avantage
d'être considéré comme un demi-Turc, étant né en Turquie. Il avait le titre officiel de commandant de la base
navale allemande de Constantinople et d'attaché naval.
En fait il était l'alpha et l'oméga de toutes les relations
germano-ottomanes.

La situation n'avait jamais cessé d'être tendue entre
Turcs et Allemands. Les Turcs ne voyaient pas de raison
d'aller vite en besogne, alors que les Allemands étaient, à
leur sentiment, dans une précipitation perpétuelle. Les
Turcs avaient une tendance naturelle à tout faire avec
nonchalance et sans beaucoup d'ordre ; les Allemands

prétendaient obtenir d'eux qu'en toutes matières, économique, militaire et diplomatique, toutes choses fussent
toujours tenues en ordre parfait. Les officiers allemands
n'avaient pas toujours la main légère, ni le tact qu'il
fallait, et il en résultait de l'irritation. Et, qui pis est,
les Turcs eurent toujours l'impression d'être exploités.
Enfin les Allemands se refusaient impitoyablement à
distribuer des bakchiches aux fonctionnaires de leurs
alliés.

Tout cela aurait pu tourner fort mal sans le capitaine
Humann. Il était à tu et à toi avec Enver Pacha, et,
lorsqu'il surgissait quelque grosse difficulté, il avait vite
fait d'appeler son ami au Harbiyeh Nasaret de Stamboul,
et de remettre toutes choses à flot. Si Turcs et Allemands
n'en sont pas venus aux mains au cours de la première
année de guerre, c'est à Humann qu'ils le doivent. Son
influence était si grande que le successeur du baron de
Wangenheim à l'ambassade de Constantinople, le prince
de Metternich, en prit ombrage, et le fit rappeler à
Berlin, où il resta à ronger son frein au ministère de la
Marine jusqu'au jour où les choses eurent si bien em-
piré à Constantinople qu'il fallut bien se résigner à l'y
renvoyer, bien que l'empereur fût fort monté contre lui :
le capitaine Humann n'est pas de naissance noble, et,
en ces jours-là, les aristocrates qui sont les maîtres
de la Prusse n'étaient pas encore disposés à accepter
de bon gré qu'un roturier, quelle que fût sa valeur, se
vît confier un rôle qui revenait de droit à un homme
bien né.

Bien que les achats ne rentrassent pas officiellement
dans ses fonctions, Humann dut fréquemment y mettre
la main. J'ai eu connaissance de 120 000 livres de laine
dûment achetées par les Allemands, mais que les Turcs
se refusaient à lâcher parce qu'après coup ils étaient
mécontents du prix qu'on les leur payait. L'affaire en était
venue au point d'être délicate au possible. Chacun s'obsti-
nait. L'ambassadeur, après maintes vaines tentatives,

considérait le cas comme désespéré; Humann fut appelé,
et arrangea tout.

Ce ne fut pas l'unique affaire qui ait causé des frottements entre les alliés. Les marchandises qui parvinrent à
remonter le Danube le firent bien plus souvent grâce à
des relations personnelles qu'en vertu des traités. Tout
était affaire de personnes, surtout lorsque les Turcs
n'avaient pas un besoin urgent d'armes et de munitions.
Du fait même que l'Allemagne était la clef de voûte de
l'Europe centrale il résultait que les membres secondaires
de la combinaison se montraient volontiers récalcitrants
dans toutes les matières qui touchaient à leurs droits et
à leur souveraineté.

On dit que le prédécesseur du capitaine Westerhagen
à Sofia déclara un jour avec emphase que, ce que les
Bulgares ne lui donneraient pas de gré, il saurait bien
trouver le moyen de l'obtenir. Le général Jekof, chef
de l'état-major bulgare, l'apprit, et coupa net toute
exportation. Durant deux semaines rien ne sortit de
Bulgarie : au terme de ces deux semaines, un homme
nouveau avait la direction du bureau allemand d'achats
de Sofia. Les méthodes prussiennes et les allures de
sous-officiers n'étaient pas de saison au sud du Danube.
Il leur fallut plus d'une leçon pour les en convaincre.

L'Autriche et la Hongrie ont conservé, au cours de la
guerre, leur indépendance économique. Il ne suffisait pas
qu'il y eût pénurie en Autriche pour que la Hongrie
s'empressât d'y porter remède. Il fallait une autorisation
spéciale pour toute importation en Hongrie et pour toute
exportation de Hongrie, et l'Autriche, l'Allemagne, la
Bulgarie et la Turquie répondirent toujours à ces mesures
protectrices par des mesures identiques, aussi longtemps
que les échanges commerciaux furent au moins partiellement dans la main des civils.

Il n'y a pas grand'chose à dire des Centrales allemandes
d'achat en Autriche et en Hongrie. Il arriva bien vite que
ces pays n'eurent plus l'un ni l'autre rien de trop, ni rien

à vendre. Les échanges ne portèrent plus que sur les matières premières requises pour la fabrication des armes et des munitions. L'Autriche et la Hongrie continuèrent d'échanger entre elles des produits chimiques et pharmaceutiques et des machines. Elles essayèrent aussi, çà et là, d'acheter des vins en Bulgarie et en Turquie; mais la Turquie ne fut que rarement en mesure de céder grand'chose : Constantinople continua de vivre sur le blé roumain jusqu'au jour où l'inaction totale de la flotte russe en mer Noire permit de reprendre le trafic maritime qui lui apportait les produits de l'Anatolie du Nord.

Les vivres que l'Allemagne achetait sur les marchés neutres étaient tous remis aux mains des autorités militaires. Elles les obtenait en réalité moins par des achats proprement commerciaux que par des échanges en nature. A un moment donné, la Suisse fut sur le point de fermer strictement sa frontière à toute exportation de denrées alimentaires en Europe centrale; mais son intention ne put passer à l'acte : le gouvernement de Berne fut immédiatement averti qu'en ce cas il ne lui viendrait plus d'Allemagne ni d'Autriche ni charbon, ni fers, ni aciers. La Hollande n'est pas moins dépendante à l'égard de l'Europe centrale : faute de lui fournir son excédent de lainages, de graisses animales, de légumes et de poisson, elle serait hors d'état de se procurer ni charbon, ni pétrole. Il en est de même du Danemark et de la Norvège. Quant à la Suède, qui n'a pas de produits alimentaires à exporter, elle est tenue de donner à l'Allemagne sa pulpe de bois, certains minerais, et, en de rares circonstances, de la graisse de renne.

Les neutres savent que tout ce trafic a un but nettement militaire, mais ils n'y peuvent rien. Charbon et fers ouvrés, produits chimiques et médicaments leur sont indispensables, et il faut bien les payer de la monnaie qu'on exige en échange. Ce commerce a eu de plus, pour l'Allemagne, le grand avantage de soutenir le taux de son change :

l'Europe centrale aurait depuis longtemps fait banqueroute si les pays neutres n'avaient pas été contraints de
lui faire ces achats aux prix auxquels il lui plaisait de
les lui vendre. Et, si ces pays ont subi la contrainte,
s'ils n'ont rien fait, d'un commun accord, pour se
libérer de ce joug, s'ils n'ont pas hâté, par leur résistance, la défaite de l'Allemagne et de ses alliés, c'est pour
des raisons d'affinité ethnique, plus fortes que toute l'antipathie que pouvaient leur inspirer certains caractères
de la politique germanique.

CHAPITRE XVI

LA GUERRE ET L'ÉTAT DES ESPRITS

Épuisé par la privation ou l'extrême pénurie de tout ce qui est indispensable à la vie, tourmenté par la longue durée de la guerre, et par les immenses sacrifices de vies humaines qu'elle lui imposait, stupéfait de constater qu'il n'avait pas un seul ami au monde, hors ses alliés et quelques neutres débiles, le peuple allemand s'avisa petit à petit de faire le bilan de son actif, et de la manière dont il était géré. Plus d'un eut l'impression que tout n'allait pas aussi bien qu'il l'aurait fallu. J'observai fréquemment cet état d'esprit dès 1916.

Au cours de l'offensive de la Somme, au mois d'août de cette année-là, je causais avec un général allemand — le nom ne fait rien à l'affaire. Il ne parvenait pas à comprendre comment le monde presque tout entier était hostile à l'Allemagne. Je rentrais précisément d'une tournée à travers la Hollande, le Danemark et une partie de la Norvège ; j'avais lu les journaux anglais, français et américains, et ceux de l'Europe latine et de l'Amérique latine, et je ne pouvais guère faire honnêtement au général le tableau qu'il eût souhaité. Je lui dis que les perspectives étaient mauvaises, aussi mauvaises que possible.

Il me demanda quelles en étaient les raisons. Je lui dis ma manière de voir. Non loin de nous, le feu roulant de l'artillerie atteignait une intensité inouïe. Le général regardait d'un œil songeur le sol éventré par les obus, voilé de fumées bleues.

— Dites-moi, monsieur Schreiner, sommes-nous vraiment aussi mauvais qu'ils le disent? fit-il après un silence.

— Non, répondis-je franchement, vous n'y êtes pas. Les imputations excessives sont la règle, en temps de guerre. La vérité, c'est que votre gouvernement a commis par trop de fautes. La guerre a pour but de prouver que la force est le droit. Votre gouvernement est entré trop brutalement dans cette vue, et a réglé sur elle sa conduite. La Belgique a été une faute ; le *Lusitania* a été une faute. Vous récoltez aujourd'hui ce que vous avez semé.

Mon interlocuteur me demanda si, sans la Belgique, sans le *Lusitania*, la position de l'Allemagne eût été meilleure. Je répondis qu'il était vain de se poser une pareille question, vu que la grande affaire, c'étaient les causes réelles de la guerre et tout l'ensemble de son allure, dont la Belgique et la guerre sous-marine n'étaient que des cas particuliers.

— En toute impartialité, lui dis-je, j'estime que l'invasion de la Belgique et l'emploi des sous-marins contre les navires de commerce ont eu pour conséquence de rendre plus aiguë l'antipathie qu'inspirent au monde bon nombre de traits de la manière allemande ; mais je doute fort qu'il en eût été différemment, sans la Belgique et sans le *Lusitania*. Cette guerre a été déchaînée comme un match entre voraces, les uns prétendant garder ce qu'ils avaient, les autres voulant prendre plus qu'ils n'avaient pris précédemment.

A peu de temps de là, le général Falkenhayn, qui commandait alors la neuvième armée au front roumain, me posait la même question au cours d'un dîner, à Kronstadt en Transylvanie. Lui non plus ne parvenait pas à comprendre pourquoi le monde était dressé contre les Allemands. Ma réponse fut à peu près identique.

Il semblait que cette obsession anxieuse hantât tous les esprits. Quelques jours plus tard, à l'issue du col de

Törzburg sur le versant roumain, je déjeunais avec le général Elster von Elstermann. Lui aussi désirait savoir pourquoi les Allemands étaient si cordialement détestés. Le général Krafft von Delmansingen, dont je fus l'hôte à Heltau, à l'entrée de la gorge de Vörös Torony, me témoigna la même curiosité.

— Il semble bien, me dit-il, que nous n'ayons d'autre solution que d'imposer le respect. Je suis du nombre de ces Allemands qui auraient le plus vif désir d'être aimés. Mais il n'y a pas apparence que ce soit possible. Eh bien, tant pis! Nous verrons bien! Nous verrons ce que peut l'épée. Lorsqu'une race en est venue au point de se sentir si universellement haïe, il ne lui reste plus qu'à se faire respecter. Je crains bien que ce ne soit fatalement, pour l'avenir, notre règle de conduite.

Je lui fis observer que la haine ne s'adressait peut-être pas à la race. Le général est Bavarois, — du moins, il commandait des troupes bavaroises.

— Du moment que ces bravaches n'éprouvent aucun scrupule à faire cause commune avec l'autocratisme russe, je ne vois donc pas pourquoi ils rejetteraient toutes les fautes sur les Prussiens. Je ne suis pas de ceux qui pensent que tout soit parfait en Allemagne. Bien loin de là. Nous avons plus de défauts qu'un chien n'a de puces. Mais tant pis. Se jeter à genoux et implorer merci n'est pas du nombre de nos défauts.

Je crois bien que ce général exprimait, sans le savoir, le sentiment de l'armée. C'était exactement l'attitude de l'immense majorité des officiers et des hommes de troupe.

J'avais eu peu de temps auparavant un entretien avec le baron Burian, le ministre austro-hongrois des Affaires étrangères, sur ce sujet, et sur des sujets voisins. C'est le personnage officiel le plus doctoral que j'aie jamais rencontré. Il n'élève jamais la voix au-dessus du ton de la conversation, et, tout Magyar qu'il est, il est le type de la modération uniformément égale.

— Je crains bien, dit-il doucement, que nous n'y puis-
sions rien. Le monde croit ce qu'il lui plaît. Nous ne
pouvons rien y changer. Qu'il ait raison ou tort, cela n'a rien
à voir avec les causes de cette guerre, ni avec son issue.
Que voulez-vous que cela fasse au bout du compte, qu'on
nous traite ou non de barbares ? Je sais bien que beaucoup de gens, chez nous, supportent mal ce que disent
de nous les journaux de l'Entente, tout comme, je suppose, le public de l'Entente supporte mal ce que disent
de lui nos journaux; mais tout cela importe assez peu.
Il n'y a rien à faire, et nous n'avons pas de temps à
perdre à un effort inutile. Nous pourrions parfaitement
nous défendre; mais ce serait tout bonnement provoquer
de nouvelles paroles inutiles. Les journaux américains
qui ne nous aiment pas ont dépensé tant de papier à
reproduire tout ce qui a été déblatéré contre nous, que
nous aurions honte de recourir à eux pour notre justifi-
cation.

Le Dr Arthur Zimmermann, qui était alors sous-secré-
taire d'État aux Affaires étrangères, accueillit avec moins
de calme l'offre que je lui fis de faire de ce sujet la matière
d'un entretien. Il s'appuya sur quelques documents
trouvés aux Archives d'État belges, ...

. . . .

. . . . pour
soutenir que l'Allemagne était entièrement dans son droit
lorsqu'elle demandait à passer sur le territoire belge
pour attaquer la France. Au reste, il n'était pas bien certain qu'en agissant ainsi on eût fait acte de bonne politique. Les nécessités militaires qui avaient décidé cette
mesure n'étaient pas, disait-il, de sa compétence. Il ajouta
que le torpillage du *Lusitania* avait été une faute grave.
Il ignorait d'ailleurs à qui en revenait la responsabilité.
L'affaire n'était pas de son domaine. Il croyait savoir
qu'on n'avait pas eu l'intention, en torpillant le navire,
de le couler immédiatement : un bâtiment qui reçoit une
torpille dans les compartiments d'arrière ou d'avant peut

fort bien continuer de flotter des heures durant, et gagner
la terre par ses propres moyens.

— Il y a, ajouta-t-il, une bonne part de manie dans cette
poussée de germanophobie qui se répand sur le monde.
Nous sommes, à l'heure qu'il est, la bête noire de tous
les peuples. Il faut au monde un bouc émissaire sur
qui frapper : c'est notre tour aujourd'hui. Il y a quelques années, lors de la guerre boer, c'était l'Angleterre. Durant la guerre russo-japonaise, le monde entier, l'Allemagne exceptée, faisait cause commune avec
les Japonais, sans vouloir comprendre que c'était un duel
entre jaunes et blancs. C'est nous aujourd'hui. Ce sera
demain quelque autre. Il est toujours de bon ton de haïr
quelqu'un.

L'opinion publique inclinait moins vers la manière
de voir calme et détachée du diplomate que vers le sentiment de l'officier que j'avais rencontré sur le front de
la Somme. Elle était peinée, désappointée, blessée, stu-
péfaite.

On se demandait si vraiment l'invasion de la Belgique
avait été justifiée par une réelle nécessité. Beaucoup pensaient que l'état-major général allemand eût fort bien pu
se borner à concentrer des forces importantes sur la frontière belge, en leur interdisant d'y mettre le pied avant
que les Français l'eussent fait les premiers. Il est hors de
doute que c'eût été d'une meilleure politique. Le gouver-
ment allemand a beau soutenir que l'intention des Français était de traverser la Belgique, et qu'ils étaient assurés
du consentement de la Belgique et de l'acquiescement de
l'Angleterre ; mon sentiment ne s'en trouve pas le moins
du monde infirmé. A supposer même qu'un accord de ce
genre eût valu à l'armée française certains avantages tac-
tiques, il n'en était pas moins d'une politique plus sage
et plus calme d'attendre que ce plan commençât d'être
mis à exécution. Il n'y aurait pas aujourd'hui de question
belge, si les Allemands l'avaient compris. Si les Français
étaient parvenus à atteindre les frontières de l'Allemagne

en passant par la Belgique, la situation militaire en serait restée identiquement la même, car le problème véritable était d'abord d'empêcher l'armée française de pénétrer en Allemagne, et en second lieu de la battre, où que ce fût.

Je veux bien que les Allemands, en agissant comme ils l'ont fait, aient gagné quelques jours, et se soient même assuré, comme ils l'affirment, quelques légers avantages militaires; mais tout cela valait-il ce qu'en fin de compte la Belgique leur a coûté? C'est d'autant moins probable qu'ils n'auraient certainement pas été contraints de réduire Liége et les autres forts belges, car jamais les documents trouvés à Bruxelles ne sont parvenus à me convaincre que le gouvernement belge ait été déloyal.

Supprimé par la Censure.

il était encore temps pour l'Allemagne de faire ce qu'elle a fait, et, si elle l'eût fait alors, le Français était l'envahisseur illégal, et le Belge se trouvait avoir violé lui-même sa propre neutralité. Si la Belgique autorisait les troupes françaises à pénétrer sur son territoire, elle devait nécessairement, soit ouvrir également ses frontières à l'armée allemande, soit déclarer la guerre à l'Allemagne. L'affaire est bien simple, si simple que peu de gens la comprennent.

Les Allemands capables, de réflexion commençaient à comprendre que la guerre eût fort bien pu commencer de cette manière; qu'il y avait en Alsace-Lorraine un front suffisamment étendu, — si étendu, que les Français parvinrent à en saisir une partie, et à la garder; et qu'il y avait en outre le Luxembourg. L'état-major allemand pouvait fort bien diriger vers le sud les troupes auxquelles le plan de mobilisation assignait la garde de la frontière belge. C'était, si l'on veut, un jour perdu; et encore n'est-ce pas bien certain. En fin de compte, de quelque manière qu'on envisage les choses, tout se ramène à une unique question : importait-il vraiment aux Allemands de se porter à la rencontre des troupes françaises sur territoire belge, plutôt que d'aller les chercher sur leur propre territoire? L'objectif des Allemands était de battre l'armée française. Que ce fût, comme il arriva, sur la ligne des défenses françaises qui bordaient la frontière franco-belge, ou que ce fût au contraire sur la ligne de défense germano-belge, un gouvernement et un état-major général capables de réfléchir n'eussent point fait grande différence entre ces deux hypothèses.

En temps de guerre, il est fatal que les États s'en remettent du soin et du droit d'avoir une opinion aux quelques hommes qui sont à la tête des affaires. D'où suit que cet aspect de la question belge fut rarement porté devant le public d'Allemagne. Un petit nombre d'écrivains militaires osèrent l'aborder, mais ils se trouvèrent mal de leur audace. Aujourd'hui, l'Allemand moyen n'est nullement convaincu que la violation ait été vraiment une nécessité. Il n'a pas d'intérêts directs en Belgique, ce qui n'est point le cas des potentats de l'industrie et du commerce. La plupart des hommes et des femmes que j'ai entretenus de ce sujet m'ont dit nettement qu'à leur avis « il suffisait largement d'une Alsace-Lorraine ».

Rien ne heurta plus violemment l'opinion publique allemande que la nouvelle du torpillage du *Lusitania*. Durant un jour ou deux, une faible minorité soutint que l'acte était parfaitement correct; mais cette minorité elle-même s'effrita très vite. Le public fut quelques semaines à n'y rien comprendre. Le petit nombre qui réfléchissait tâtonnait dans les ténèbres. Quelle intention avait fait couler un navire qui portait un si grand nombre de passagers? Puis on apprit qu'on avait averti les passagers de ne pas s'embarquer à bord de ce bâtiment. Il était donc avéré qu'il avait été attaqué de propos délibéré. Le gouvernement se taisait : il n'avait rien à dire. La presse, redoutant la censure et la suspension, restait muette. Petit à petit, on sut qu'il y avait eu accident. Le commandant du sous-marin chargé de torpiller le navire avait reçu l'ordre de le frapper à l'avant, en sorte que les passagers eussent le temps d'être recueillis avant qu'il ne sombrât. L'opération avait mal tourné, soit par l'éclatement d'une chaudière, soit par l'explosion d'un chargement de munitions, et le bâtiment était allé au fond.

Le gouvernement allemand appuya sa défense sur les principes du droit international qui régissent l'action des croiseurs. Or un sous-marin n'est pas un croiseur, et a une capacité trop faible pour sauver un grand nombre de naufragés. Les gens hochaient la tête, et se taisaient : mieux valait ne rien dire, car parler eût été trahir.

Plus qu'aucun autre acte, l'affaire du *Lusitania* détacha l'opinion allemande des vieilles méthodes de gouvernement. L'acte était jugé inutile, léger, inconsidéré. Il s'en fallut de peu que la doctrine du gouvernement infaillible ne s'effondrât tout entière. Les Allemands commencèrent à perdre la confiance qu'ils avaient en la sagesse des hommes auxquels, dans le passé, ils avaient été bien près de reconnaître toute connaissance et toute science, humaine et divine. L'amiral Tirpitz dut s'en aller. Les alliés de l'Allemagne, de leur côté, étaient loin d'être satisfaits. En Autriche et en Hongrie l'acte fut l'objet de critiques très vives, et, en Turquie, j'en entendis parler avec beaucoup de désapprobation.

Sans doute, dans sa majorité, l'opinion publique de l'Europe centrale convenait qu'il pouvait y avoir eu de bonnes raisons pour couler le navire — puisqu'on lui donnait comme certain qu'il portait du matériel militaire; — néanmoins, beaucoup estimaient qu'en des cas aussi graves la politique doit avoir le pas sur la nécessité

militaire pour gouverner la conduite. Les gens qui
pensaient ainsi voyaient plus clair en politique que les
hommes au pouvoir. Mais ceux qui pensaient autrement
étaient militaristes de meilleur teint, et le pouvoir
militaire ne faisait que grandir, à mesure que s'accroissait
le nombre des ennemis, déclarés ou possibles. Il arrivait
en Allemagne ce qui arrive dans une famille divisée par
des dissentiments intérieurs, mais qui se retrouve
soudain unie, si quelque étranger s'avise d'intervenir.

Ce fut là, durant toute la guerre, le trait fondamental
du sentiment public, en Allemagne. A mesure que le
cercle des ennemis resserrait son étreinte, le public
devenait plus dur et plus obstiné à la résistance, et se
serrait plus étroitement autour de son centre, autour du
gouvernement. Ce n'était plus le dévouement absolu et
sans conditions qu'il lui accordait jadis. C'était la
résolution inébranlable de vaincre en dépit du gouvernement, et en dépit de ce que les autres pouvaient
penser de ce gouvernement. Il y a chez l'Allemand un
besoin trop profond d'être gouverné, un sentiment trop
net de la nécessité d'un commandement, pour qu'il
puisse lui arriver jamais d'en user envers son *Obrigkeit*
avec la véhémence impétueuse qu'y ont apportée les
Russes au cours des événements récents. Aucun
sacrifice n'est trop lourd à qui pense ainsi, et le plus
humble des hommes de troupe acceptait volontiers de
courir tous les risques contre un monde d'ennemis.

L'attendrissement sur soi, chez l'individu, entraîne
d'ordinaire un affaissement de l'énergie, — et ce trait
n'est pas étranger au caractère allemand. Dans une
société d'hommes, c'est tout autre chose : c'est le
ressort qui des hommes fait des martyrs, aussi longtemps
qu'il y a des témoins. C'est un état sentimental libéré
de toute complaisance morbide pour soi-même, c'est la
force d'âme, en vertu de laquelle les hommes restent
fidèles à une idée ou à un principe, jusque sur le bûcher.
Le peuple allemand dut à ce trait essentiel de sa nature

de supporter patiemment le lourd fardeau de privations
et de souffrances que lui infligea la guerre.

En Autriche, il en allait tout autrement. L'Allemand
d'Autriche a sans doute dans les veines plus de sang
celte que de sang germain. Il est plus mobile. Les
affaires graves ne retiennent pas très longtemps son
attention. Il devient très vite l'esclave de ses habitudes.

Pour l'Allemand d'Autriche, la guerre ne fut jamais
autre chose qu'un fléau. Elle gênait ses affaires, et
surtout ses plaisirs; elle le privait de son passe-temps
favori, le café, et de ses amours clandestines. Elle
bouleversait toute sa vie. Quel sens pouvait avoir la
défense de l'empire d'Autriche pour un homme qui en
partageait la possession avec des Tchèques, des
Polonais, des Ruthènes, des Slovènes, des Croates, des
Italiens, des Bosniaques musulmans, et, jusqu'à un
certain point, avec des Magyars et des Roumains?
L'intérêt de race est, pour cet homme, un mot vide de
sens. Des dix races de la double monarchie, seules les
races du groupe slave parviennent à se comprendre
entre elles sans étude approfondie. Tchèques, Polonais,
Ruthènes, Slovènes, Croates et Bosniaques arrivent sans
trop de peine à entendre la langue les uns des autres.
Pour la plupart, abstraction faite des termes de la
langue militaire, ils ignorent l'allemand. La langue
magyare est entièrement étrangère aux Slaves et aux
Allemands, et les Italiens et les Roumains ignorent tout
sauf la leur.

Je philosophais un jour là-dessus auprès du mur de la
forteresse hongroise de Peterwardein qui sert aux
exécutions. J'avais à ma gauche le petit gibet —
descendant direct, si je ne me trompe, du garrot
espagnol — qui sert là-bas aux strangulations. Le vieux
mur de briques portait la trace de balles d'acier. Plus
d'un insurgé serbe avait vu pour la dernière fois la
lumière u jour dans cet antique fossé Il y en avait un

grand nombre dans les cavernes grillagées des casemates.
Le matin même, deux ou trois étaient tombés morts à
l'endroit même où je me tenais.

A ma droite, était collé un grand placard, encadré aux
couleurs nationales hongroises, rouge, blanc et vert.
L'affiche énonçait un paragraphe de la loi qui punit la
trahison. Elle définissait la trahison avec une précision
poignante. Je lus le paragraphe en allemand, j'admis
volontiers que le texte hongrois le traduisait exactement,
je constatai que les diverses langues slaves du pays ne
diffèrent pas essentiellement l'une de l'autre, je m'a-
perçus que je lisais le roumain sans trop de peine, et
je vérifiai enfin que la traduction italienne rendait fidè-
lement le texte allemand. Il n'y avait pas de traduction
française, sans doute parce que les gens des Cours
autrichienne et hongroise, qui, au lieu du latin dont ils
usaient entre eux au temps de Marie-Thérèse, se servent
aujourd'hui du français, n'ont pas besoin qu'on attire
spécialement leur attention sur les risques d'une
sédition.

Le gibet et le mur d'exécution allaient de pair avec
l'affiche. Il n'était guère possible de voir l'un sans
chercher aussitôt l'autre des yeux, et il y avait entre les
deux comme une sorte d'harmonie. Des gens qui ne
s'entendent pas entre eux, que ce soit pour des raisons
de langue ou pour des raisons de tempérament, n'ont
aucune bonne raison de vivre ensemble. Pourtant, la
chose est fréquente en ménage, et des gouvernements
qui ont à leur disposition la paix et beaucoup de loisir
sont d'avis que tout s'arrange le plus aisément du
monde, au nom des intérêts supérieurs de l'État.

Je compris que l'empire — *das Reich* — était un mot
vide de sens pour tous les membres, sans exception, de
la communauté austro-hongroise, et que ce conglomérat
tenait ensemble par un unique lien : par l'empereur-
roi. Et je compris que rien n'était changé depuis le
temps où Marie-Thérèse, son enfant dans ses bras, les

yeux et les joues baignés de larmes, implorait contre
Frédéric le Grand l'aide de la noblesse magyare, et où
les nobles, jetant en l'air leurs *kalpacks* de fourrure et
brandissant leurs épées, s'écriaient : « *Moriamur pro rege
nostro, Maria-Theresa!* » Les choses en étaient au même
point. Le vieil empereur-roi avait appelé son peuple aux
armes, et cela avait suffi. Le jeune empereur-roi avait,
depuis, renouvelé son appel, et cela suffisait encore. Et
les sacrifices que les soldats consentaient dans la tranchée,
la nation les consentait dans la vie civile — avec, parfois,
beaucoup de découragement, avec, parfois, bien du
laisser-aller, mais sans faiblir.

Au mois de février 1915, le premier ministre de
Bulgarie, le docteur Radoslavof, me disait :

— Il faut que nous venions à l'aide de nos frères de
Macédoine. Les Bulgares ne peuvent rester plus longtemps sourds aux prières qui les appellent à l'aide contre
l'oppression serbe.

Et, au mois d'octobre de la même année, il me disait :

— Il n'y a pas place dans les Balkans pour deux États
forts. Et pourtant, si l'on veut en finir avec la question
balkanique, il faut un État fort. Ce sera, soit la Bulgarie,
soit la Serbie. Notre désir à nous, c'est que ce soit la
Bulgarie. Ce sera elle, si la Macédoine peut venir s'unir
à elle. L'heure est venue, et c'est pourquoi nous nous
sommes rangés aux côtés des puissances centrales.

Ces deux phrases traduisent exactement l'état d'esprit
de la masse bulgare. Les Bulgares désiraient que la
Macédoine fît partie de leur nation comme elle fait
partie de leur race, et que la vieille capitale bulgare,
Monastir, leur fût rendue. C'est dans ce but qu'ils ont
chassé le Turc de la péninsule; c'est dans ce but qu'ils
ont voulu affaiblir le Serbe. J'ai retrouvé cette résolution
vivante au cœur de tous les Bulgares, chez le paysan au
village, chez le berger de la *planina*, chez le moine de
Rila Monastir, chez le pêcheur de Varna, chez l'homme
des bourgs et des villes, — et c'est une résolution

inflexible. Le Bulgare m'est toujours apparu comme le Prussien des Balkans : même rudesse intraitable, même dureté obtuse, même cynisme.

J'ai eu l'occasion de m'entretenir de la participation de la Turquie à la guerre avec sa majesté le Sultan Mahmed Rechad Khan V, Ghazi, Calife de tous les croyants, etc., etc., etc. Il m'avait demandé de lui raconter le désastre du *Bouvet* et de *l'Irrésistible*, dont j'avais été le témoin le 18 mars, et j'étais à lui en faire le récit.

— Oui, interrompit le vieillard, ils nous refusent le droit à l'existence. Mais nous avons le droit de vivre, et nous combattons volontiers pour le défendre. J'ai toujours été très pacifique. J'ai horreur du sang, et c'est de tout mon cœur que je vous dis que j'ai infiniment de pitié pour tous ces hommes qui ont péri avec leurs vaisseaux. Il est bien cruel de mourir lorsque l'on est si jeune! Mais que voulez-vous que nous fassions? Les Russes veulent le Bosphore, notre ville, les Dardanelles, qui n'ont rien de commun avec la Russie. Si quelqu'un pouvait y avoir droit plus que nous-mêmes, ce seraient les Grecs, car c'est à eux que nous l'avons pris. Mais nous ne céderons rien qu'après avoir lutté aussi énergiquement que jamais les Osmanlis ont lutté.

Sur quoi, comme Scheherazade, je poursuivis mon récit.

Said Halim Pacha, qui était alors grand-vizir, me tint un langage analogue, mais en des termes plus diplomatiquement précis.

— L'heure de la Turquie était venue, me dit il. Il n'était pas possible que la conflagration n'eût pas pour conséquence d'amener la flotte alliée aux Dardanelles, et la flotte russe au Bosphore. C'eût été l'écrasement de l'empire ottoman. Les gouvernements de l'Entente nous offraient de nous garantir pour trente ans l'intégrité de notre territoire. Des garanties! des garanties! Nous savons ce qu'en vaut l'aune. Lorsque la Turquie reçoit une nouvelle garantie, c'est signe infaillible qu'on va violer quelque engagement. Nous sommes saturés de garanties. Nous nous sommes rangés du côté des Allemands parce qu'ils ne nous en offraient aucune.

Il me disait ces choses dans le plus pur anglais d'Oxford dont jamais homme ait usé. Said Halim est Égyptien de naissance, et remonte au Prophète par la lignée d'Ayesha.

Enver Pacha, le Prussien de l'empire ottoman, ministre de la guerre, généralissime, chef du parti jeune-turc, apôtre, pangermaniste, et que sais-je encore! me parla de même en diverses circonstances.

— C'est absurde, parfaitement absurde, me disait-il dans son allemand coupant et sifflant. Nous ne combattons pas du tout pour les Allemands. Nous combattons pour nous-mêmes. Notez-le bien. On nous disait que nous pouvions rester neutres, nous n'en avons rien cru. C'était absurde. Les Russes voulaient Constantinople, nous les connaissons bien. Ils l'auraient eu. Il s'agissait pour nous de perdre tout, ou de gagner tout. Je suis pour gagner tout. J'ai jeté dans l'affaire 5 000 officiers de la vieille école. Il faut gagner la partie. Le pays est saigné à blanc, c'est vrai. Trop de guerres; d'abord la guerre balkanique, puis la guerre italienne, puis celle-ci. Mieux vaut aller au diable avec les Allemands que d'accepter les bonnes grâces de l'Entente. Ceux qui ne nous aiment pas n'ont qu'à se passer de nous. Nous n'avons pas besoin qu'on nous aime. Qu'on nous laisse tranquilles. Il se peut que nous y laissions notre peau. En ce cas, nous montrerons au monde comment le Turc sait périr, drapeaux déployés. C'est la dernière chance de salut, pour la Turquie.

Je demandai à Talaat bey, qui était alors ministre de l'Intérieur, et qui est aujourd'hui grand-vizir, de résumer pour moi la Turquie. Il sort de la classe la plus modeste. Lorsque survint la révolution turque de 1908, il était employé des télégraphes, à Salonique, à 150 francs par mois. Il vit sa chance, et depuis il a fait bon ménage avec dame Occasion. Ce n'est pas un paquet de nerfs

comme Enver Pacha, son frère jumeau en jeune-
turquisme. Il est pesant, bon caractère, nuque épaisse,
obstiné, subtil.

— Très bien, cher frère, me dit-il dans le plus pur
français levantin. Je ne puis pas précisément vous dire
que la guerre soit très populaire chez tout le monde. Ils
ont trop vu de guerres, et de révolutions, et de désordres, et
d'impôts, et d'exploitations par les concessionnaires, et
de choses de ce genre. Je crois volontiers que je penserais
comme eux, si j'étais Grec ou Arménien. Mais je suis
Turc. Nous autres Turcs, nous avons compris que la
guerre européenne serait pour nous le dernier coup.
Les Russes veulent Constantinople et les détroits. Les
Italiens veulent la Cilicie, sans songer le moins du
monde que la prétention des Grecs a le pas sur la leur.
Je pense que la Thrace, dans le partage de nos dépouilles,
serait allée aux Bulgares, et que l'Angleterre aurait pris
tout le reste, c'est-à-dire un assez gros morceau. Quand
on en est là, on fait de son mieux. C'est ce que nous
faisons. L'effort est énorme, cher frère, mais il n'y a pas
moyen de faire autrement. Nous ne sommes pas disposés
à renoncer : nous jouerons la partie jusqu'au bout,
comme il faut. Nous avons confiance dans les Allemands.
Il y a des gens qui ne les aiment pas. On dit que ce sont
des alliés terribles. Jusqu'à présent nous ne nous en
sommes pas mal tirés avec eux. Nous avons aboli les
capitulations, ce qui est quelque chose. Nous espérons
bien qu'après la guerre nous serons les maîtres du
Bosphore et des Dardanelles comme nous ne l'avons
plus été depuis les temps du grand-vizir Köprulu. Ce sera
encore dur, d'ici là ; mais nous tiendrons bon. Après
cela, nous tâcherons, avec les Allemands, de tirer parti
de nos ressources naturelles. Nous comptons construire
des chemins de fer et des usines, irriguer partout où
c'est possible, et créer les meilleures écoles d'agriculture
du monde. Mais nous veillerons à ce que les progrès
de la Turquie profitent aux Turcs. Nous ne voulons

plus que l'étranger soit maître de la gestion de notre dette publique, nous ne voulons plus de monopole du tabac.

Ainsi parle le Turc. Lorsqu'il s'agit de l'empire ottoman, on ne peut guère parler d'un état d'esprit collectif, car il y a là plus de races encore qu'en Autriche-Hongrie, sans un haut personnage central pour les dominer et les tenir assemblées. Le vieux Sultan est un mythe pour les bons deux tiers de la population ottomane. Aux yeux des Grecs et des Arméniens il n'est guère qu'un haut fonctionnaire comme les autres.

CHAPITRE XVII

LA GUERRE ET LES RAPPORTS ENTRE LES SEXES

On a beaucoup écrit sur le relâchement de la moralité sexuelle en Europe centrale sous l'effet de la guerre. Ceux qui en ont écrit ou parlé ont en général fait montre de préjugés ou d'ignorance, deux choses qui n'en font qu'une.

On a commenté abondamment les mesures prises par les divers gouvernements d'Allemagne et d'Autriche-Hongrie pour légitimer les enfants nés hors mariage en autorisant la mère à faire précéder son nom de fille du titre de « Madame ». J'ai vu également soutenir la thèse absurde qu'en accordant aux filles-mères les allocations de guerre et les pensions de veuves et d'orphelins, ces gouvernements travaillaient délibérément à encourager les rapports illégitimes, en vue du repeuplement. Il est clair que tout enfant qui naît est le bienvenu, et que c'était le devoir de tout gouvernement de prendre soin de femmes et d'enfants qui étaient destinés à devenir les femmes et les enfants légitimes de soldats morts depuis aux tranchées. Cette guerre, comme toute guerre, pose un certain nombre de graves problèmes de cet ordre, et toutes les nations belligérantes ne les ont pas résolus avec la même intelligence et le même sérieux.

La monogamie et la polygamie sont d'ordinaire les effets de conditions économiques plus encore qu'elles ne sont des institutions purement sociales. J'ai constaté, au cours de neuf mois de séjour en Turquie, que la polygamie y avait à peu de chose près disparu, pour la simple raison que le Turc n'est plus en mesure de nourrir plus d'une femme. Dans tout le district du Bosphore, qui a Constantinople pour centre, il n'y avait plus en 1915 que dix-sept ménages musulmans qui comptassent les quatre femmes légitimes. Sur le total de la population turque de ce district, sept pour cent à peine avaient plus d'une femme, si bien qu'au total le pays de la polygamie légale, où la prostitution est inconnue, témoignait d'une moralité sexuelle supérieure à celle de nos contrées d'Occident.

Il était inévitable que la guerre eût pour effet, en Europe centrale, de multiplier les rapports illicites entre les sexes; mais cet accroissement fut moindre qu'on ne l'a dit, et moindre qu'on n'eût pu s'y attendre.

Le premier effet de la guerre est évidemment d'affaiblir la discipline qui normalement règle et refrène les relations sexuelles. Elle cède la place à une pratique qui rappelle le système spartiate du mariage. Les femmes dont les maris sont au front pratiquent un libre choix, et les hommes font de même; et l'augmentation du taux des divorces est la preuve que cette liberté d'allures n'est pas toujours acceptée, ni d'une part ni de l'autre, avec une parfaite indifférence. Mais, sur ce point, aucune généralisation n'est fondée, et il serait même superflu de s'y arrêter, si le sujet n'était pas étroitement lié à la question des subsistances.

La guerre enlève l'homme à son ménage et à sa famille. L'allocation payée par l'État était naturellement trop faible pour compenser la perte qui résultait de l'absence du chef de famille. Tant que le coût de la vie ne s'accrut pas dans des proportions trop fortes, la femme et les aînés des enfants suffirent, tant bien que mal, à faire face au déficit, mais ce ne fut plus possible lorsque le prix de tout ce qui est indispensable à la vie eut au moins doublé. A ce moment, le tentateur eut beau jeu. D'ailleurs, le frein s'était relâché. L'homme était parti; la jeune femme avait connu des jours meilleurs; elle ren-

contrait sur sa route d'autres hommes, et la nature a
peu d'égards pour les vœux du mariage. Il arriva souvent
que la mère, n'ayant plus l'aide de l'autorité paternelle,
fut impuissante à retenir dans le droit chemin ses filles
ou ses fils.

La guerre a une action déplorable sur les âmes jeunes.
La vie de soldat, avec ce qu'elle a de romanesque,
déchaîne dans l'adolescent bien des instincts qu'à l'état
normal la discipline sociale tient en mains, et, dans le
cœur de la jeune femme, les uniformes aux boutons de
cuivre éveillent aisément une sentimentalité morbide, qui
déconcerte la sage raison. Le tissu social se désagrège,
en dépit de tous les efforts de l'État.

C'est ce qu'atteste l'accroissement notable du nombre
des crimes et des délits juvéniles, au cours de cette
guerre. On vit par milliers des enfants de bonnes familles
devenir des voleurs et même des bandits. Presque
tous les meurtres commis en Europe centrale au cours
de ces trois années eurent pour victimes des femmes
seules de condition aisée, et pour auteurs de jeunes
dégénérés de l'un et de l'autre sexe. Dans tous les cas
qui vinrent à ma connaissance, le père ou le mari était
au front.

A côté de ces crimes impulsifs et spontanés, il y en
eut d'autres, causés directement par les circonstances
extérieures. Beaucoup furent amenés par le désespoir du
besoin à commettre des vols et des escroqueries; et le
même motif conduisit mainte femme à se départir du
respect de sa propre personne.

L'organisation sociale est d'un cynisme complet dans
les lois qui la régissent. Ce cynisme éclata dans la liberté
avec laquelle ceux qui ne possèdent pas autre chose que
l'argent donnèrent libre cours à leurs appétits. Tandis
que le père ou le mari étaient au front, occupés à
combattre et à amonceler la fortune de tous dans
les coffres-forts d'une classe rapace d'industriels et de
commerçants, la fille et la femme se laissaient fréquem-

ment aller à la corruption qu'engendre l'excessive richesse. Celles-là n'avaient pas l'excuse du besoin et de la
détresse.

On citait un fournisseur de guerre qui, disait-on,
mettait à mal une fille par semaine. Il choisissait ses
victimes dans la classe la plus basse; c'étaient en général
des filles d'usine, et nul n'y prêtait aucune attention : la
misère était si dure, que le diable avait le champ libre.
Les filles de cette catégorie étaient pour quelques jours
les favorites de leurs maîtres; puis, une fois détrônées
par plus jolie qu'elles, elles couraient quelque temps les
cafés où fréquentaient les officiers permissionnaires et
le menu fretin des civils, pour finir sur le trottoir,
munies d'une carte qui attestait qu'elles passaient régulièrement la visite sanitaire. Ainsi finissaient d'ordinaire
ces victimes de la guerre.

Les milliers d'hommes enrichis par les fournitures de
guerre et par la spéculation sur les denrées alimentaires
ne se contentèrent pas longtemps de ces distractions
faciles. Ils se portèrent vers les classes plus raffinées où
l'attrait d'une chasse plus malaisée rehaussait le plaisir
de l'aventure. Non contents de la débauche physique, il
leur fallait en outre la dépravation morale. Les circonstances étaient leurs complices. Les annonces insérées à
un certain moment par un des journaux viennois les
plus populaires, le *Tagblatt*, donnèrent une idée du point
où en était venue la décomposition des liens sociaux.
Chaque jour de la semaine, ce journal publiait d'un à
deux mètres d'annonces de ce genre, dont chacune invitait telle ou telle femme, aperçue en tel ou tel lieu, à
entrer en correspondance avec le rédacteur de l'annonce,
dont les intentions étaient invariablement qualifiées de
« parfaitement honorables ». Le dimanche, il y en avait
deux pleines pages. Et bientôt un bon quart de ces
colonnes fut rempli par des femmes qui faisaient en
termes non équivoques un appel désespéré à tel ou tel
vaurien.

L'empereur Charles eut le grand mérite de mettre fin à
ces pratiques. Il s'en montra violemment irrité, et, un
beau jour, il fit savoir à la direction du journal que, si
elle continuait, elle sentirait rudement la main du censeur. L'effet fut immédiat, et, à dater de ce jour, le *Tagblatt* ne publia plus que des annonces matrimoniales. Ces
annonces elles-mêmes, d'ailleurs, étaient loin d'être tout
à fait innocentes. La fille d'un colonel leur dut de perdre
l'honneur. J'ai plaisir à ajouter que le vieux soldat se
chargea lui-même de faire prompte justice : il fila le
séducteur, et le tua à coups de revolver. Le gouvernement eut la sagesse de classer l'affaire.

J'ai eu connaissance d'un cas, à Budapest, où une fillette
de quatorze ans fut vendue par sa mère à un riche industriel. La femme l'avait offerte par une annonce de journal. La fille était parfaitement ignorante de tout. Il y eut
procès, et la mère déclara qu'elle avait eu recours à ce
moyen, par nécessité, pour trouver de quoi faire vivre sa
fille et ses autres enfants. Josèphe, dans les *Guerres des
Juifs*, raconte qu'à Jérusalem une femme tua, fit cuire et
mangea son propre enfant, parce que des voleurs lui
avaient tout pris, et qu'elle avait mieux aimé tuer l'enfant
que de le voir mourir de faim; et il ajoute que les voleurs
quittèrent la maison pleins d'horreur. Le fournisseur de
guerre et le requin de l'alimentation n'avaient pas toujours le cœur aussi sensible.

Pauvre petite Margot! Lorsqu'on me la signala, elle
était fille de salle dans un café de Budapest, et ses clients
lui donnaient d'ordinaire quelques sous de pourboire en
plus, afin qu'elle ne fût pas obligée de faire pour son
propre compte ce que son affreuse mère l'avait contrainte
d'endurer. On me raconta que l'industriel s'en était tiré
avec une amende, et la mère de Margot, dans la prison
où elle triait des chiffons, se mourait de la phtisie.

Il y avait des cas où le relâchement des mœurs était
moins sordide, et s'expliquait du moins par des causes
naturelles. Bon nombre de jeunes femmes, dont les maris

étaient au front, rendues en quelque sorte irresponsables
par les exigences de la nature et par la monotonie d'une
existence strictement parcimonieuse, se laissèrent aller à
contracter des liaisons avec les hommes qu'elles avaient
à leur portée. Beaucoup de maris avaient assez d'ouverture d'esprit pour ne pas s'en montrer trop cruellement
affectés. J'ai eu connaissance d'un cas où un homme au
front chargea un ami de s'occuper de sa femme, et j'en
tirai cette leçon que le progrès de la civilisation était
une chose bien bizarre. Lorsque les Spartiates étaient à
la guerre, ils procédaient de même, et les chefs d'armées
prenaient soin d'envoyer au pays de jeunes hommes en
parfaite condition physique, avec la mission de donner
aux femmes des enfants de bonne souche. Les produits
de ces unions portaient le nom de *partheniae*, c'est-à-dire,
fils de vierges. Seulement, les lois de Sparte s'appli-
quaient à ce que ce système fût pratiqué d'une manière
intelligente, au lieu que l'Europe centrale ne s'est pas
avisée d'en régler le fonctionnement.

Les gouvernements se bornèrent à faire tout le possible
pour serrer les freins. La police, pour la première fois
depuis des années, fit des descentes dans les hôtels. De
temps à autre, il y eut des condamnations, et de fortes
amendes. Mais les autorités, qui, dans l'intérêt de la
santé publique, avaient mis en carte bon nombre de
femmes, fermaient les yeux. On se rendait compte qu'il
fallait être large, et qu'après tout, peu importait
comment naissaient les enfants, pourvu qu'ils naquissent.
On se mit à poursuivre avec plus de rigueur les pratiques abortives : un médecin convaincu de ce crime se vit
condamner à deux ans de servitude pénale.

Au reste, la femme qui tenait à rester honnête et loyale
était largement protégée. L'État avait grand intérêt à ce
qu'il naquît des enfants, mais tolérait mal les relations
sexuelles qui n'avaient pas cette fin pour résultat. L'enfant né d'un père qui se soucie faiblement de la mère n'a
pas le même prix que celui qui naît de l'amour ; le gou-

vernement observait ce principe avec tout le soin possible. Le viveur roué était surveillé de près, mais il faut
bien dire que les circonstances étaient en sa faveur. Et
l'œil de la justice ne voyait guère que ce qu'il voulait
bien voir.

Les queues alimentaires étaient régulièrement sur-
veillées par des agents, chargés de guetter les hyènes
humaines qui venaient rôder alentour et y choisir leurs
victimes. L'intention était excellente; mais les agents ne
pouvaient savoir ce que faisaient les femmes une fois
rentrées chez elles, et il était assez malaisé d'empêcher
l'homme d'examiner la foule, d'y faire son choix et de
pousser ensuite l'aventure. La détresse pressante était
une si bonne excuse que le peuple inclinait à l'indulgence.

J'avais lié connaissance avec un certain nombre de poli-
ciers du quartier que j'habitais. J'en avais rencontré plusieurs au cours de mes enquêtes sur les difficultés alimentaires. C'étaient tous de braves gens, et les souffrances
dont ils étaient les témoins les rendaient plus humains
qu'on ne l'est d'ordinaire dans ce métier.

— Encore une qui a mal tourné, me dit un jour un
de ces agents, en désignant d'un geste discret une assez
jolie femme venue aux pommes de terre. Voilà plus de
quinze jours qu'un gaillard, qui a l'air riche, l'amène jusqu'à la boutique et la reconduit. Je ne l'ai pas quitté de
l'œil, et je ne l'aurais pas raté s'il avait fait mine de lui
parler pendant qu'elle est à la queue. Et puis, il y a trois
jours, je les ai vus ensemble au café Schwarzenberg. La
chose est faite, j'en ai peur. Remarquez qu'elle a une
paire de souliers neufs. Elle doit les avoir payés au moins
110 francs.

J'objectai que les souliers ne prouvaient pas nécessairement que la femme eût sauté le pas.

— Il n'y a pas de doute, répondit le policier. Hier je me
suis arrangé pour causer avec elle. Elle est la femme
d'un réserviste qui est en ce moment au front d'Italie.

L'État lui donne une allocation mensuelle de 120 francs. Elle n'a pas d'autres ressources. Avec deux petits enfants à nourrir, son allocation ne lui paierait pas des chaussures pareilles. C'est triste. Elle est la seconde de cette queue en un mois de temps.

J'appris quelque temps après qu'une femme s'était vendue pour se procurer de quoi nourrir et chauffer ses deux enfants. Elle était la veuve d'un officier de réserve tué en Galicie. Sa pension s'élevait à 110 francs par mois, plus une centaine de francs pour l'entretien de ses enfants. En tenant compte du cours de la couronne autrichienne, ces 210 francs en représentaient à peu près 140, beaucoup trop peu pour faire vivre trois personnes. Du vivant de son mari, elle avait de quoi vivre sur un pied très convenable : elle avait une bonne et habitait un bon appartement dans le troisième arrondissement. Ce qui me surprit dans son cas, c'était qu'elle n'eût pas sauté le pas beaucoup plus tôt : il y a bien du mérite à rester vertueuse dans des conditions pareilles, quand on a connu le confort.

Je ne ferais que me répéter si je voulais énumérer tous les cas analogues qui vinrent à ma connaissance. J'en veux pourtant retenir un, qui fournit un bon exemple de ce qu'on peut appeler la psychologie des masses en temps de guerre, et où la misère ne joua aucun rôle.

Comme le temps me paraissait long lorsque je n'étais ni retenu au front, ni occupé à quelque enquête politique particulière, je m'étais décidé, à Vienne, pour me distraire, à prendre des leçons de piano. Je m'arrangeai avec un professeur qui demeurait non loin du Kärntner Ring. J'y allais trois fois la semaine, une demi-heure chaque fois. Pour deux de ces leçons hebdomadaires, je succédais immédiatement à une jolie jeune fille, très bien douée musicalement. Elle était de famille aisée.

Au bout de quelque temps, la jeune fille cessa de venir. Le professeur chercha à en savoir la raison. Elle lui donna des explications si embrouillées et si contradictoires, qu'il se douta qu'il s'était passé quelque chose. Le pauvre vieil homme, toute sa vie durant, ne s'était intéressé qu'à sa musique, et il était délicieusement candide en tout ce qui concerne la vie du monde. Il me demanda mon avis. Devait-il informer les parents de son élève?

Après avoir acquis la certitude qu'il n'était tenu envers la famille de la jeune fille par aucune obligation d'amitié ni même de simples relations, je lui conseillai de rester sur son propre terrain et de faire savoir à son élève que, si dans l'avenir elle ne revenait pas aux jours dits, il se verrait obligé de signaler à ses parents ses absences, actuelles et passées. Il y eut, entre le maître et l'élève, une explication très émouvante. Entre temps, elle s'était rendu compte de ce que sa conduite avait de déraisonnable, et elle paraissait en avoir un grand regret. Et comme elle avait pour son vieux maître une sincère affection, elle lui ouvrit son cœur et lui dit tout.

— Voyez-vous, mon cher maître, lui dit-elle en terminant sa confession, c'est la faute de la guerre. Il me semblait que cela n'avait pas une grande importance. Et cela serait arrivé de toutes façons, si les Russes venaient jusqu'à Vienne.

On emploie à l'armée allemande un terme qui embrasse toutes les règles de conduite auxquelles le soldat est ou devrait être astreint en matière sexuelle : c'est le mot *Manneszucht*, qui signifie la discipline morale de l'homme. Toute infraction à ce code est rigoureusement punie, bien que le simple soldat ait la faculté de cohabiter avec n'importe quelle femme, pourvu qu'elle soit consentante. L'officier ne jouit pas de ce privilège, parce qu'en sa qualité de chef chargé d'appliquer la discipline militaire il doit vaincre la nature et se maîtriser lui-même à tout moment. L'officier allemand qui violerait une femme en territoire occupé serait rudement châtié, et le code interdit toute liaison avec une femme de nationalité ennemie. Je ne prétends pas que les officiers de l'armée allemande

ne commettent jamais d'infraction à ces règles ; mais ils
s'en abstiennent généralement. Cette continence se réfléchit dans le dévouement absolu au devoir, qui est un titre
incontestable de l'officier allemand. Elle contribue à faire
de lui, au bénéfice des fins militaires, une sorte de surhomme. Il en vient à considérer que la discipline qu'il
s'impose lui donne le droit de mépriser les caractères
faibles qui sont les esclaves de leurs désirs. Et peu
à peu son mépris s'étendit à ses frères d'armes d'Autriche-
Hongrie, qui étaient en ces matières, en dépit des règlements, déplorablement relâchés.

C'est le moment de raconter ici ce que je vis un soir à
Trieste.

Dans le hall de l'hôtel Excelsior étaient assis, autour de
petites tables, une soixantaine d'officiers austro-hongrois
venus du front de l'Isonzo. Aux mêmes tables se trouvaient un nombre à peu près égal de femmes, maîtresses
momentanées de ces officiers. C'était la pleine fête. Les
fenêtres du hall, comme toutes les autres fenêtres de
l'hôtel qui regardaient la mer, étaient soigneusement
voilées, en sorte qu'aucun faisceau lumineux n'allât
percer l'obscurité épaisse du dehors, noyée à ce moment
dans un véritable déluge que chassait un violent coup de
bora. La pièce était parfaitement chauffée et éclairée.
J'avais, le jour même, parcouru un secteur du Carso, et
je jouissais fort du contraste entre la boue glaciale des
tranchées et la douceur du hall. Il y faisait extrêmement
bon, et nous avions naturellement l'inévitable orchestre
tsigane.

De Monfalcone, par-dessus la baie, nous venait le bruit
sourd d'un bombardement intense exécuté par les Italiens, tandis que dans la pièce où nous nous trouvions
sautaient les bouchons de champagne de Palaguay — car
on avait peine à se procurer des vins français authentiques.

Il y avait là avec moi trois correspondants de guerre.
Un officier de l'état-major autrichien avait la responsabi-

lité de la discipline : c'était un homme strict et collet
monté, qui désapprouvait fort la conduite de ses
collègues; mais il était ce soir-là au quartier général
d'Adelsberg. Les autres étaient de pauvres diables qui
venaient de passer de longs mois dans les tranchées du
Carso; ils étaient descendus à Trieste pour y prendre un
peu de bon temps, au risque de constater le lendemain
matin que plusieurs mois de solde avaient en quelques
heures passé de leurs poches dans la poche du patron de
l'hôtel et dans les mains de quelque femme Italo-Croate
d'aspect plaisant.

Nous eûmes bientôt à notre table quelques-unes de ces
« dames » : l'un des correspondants de guerre s'était
chargé de nous procurer leur compagnie. J'appris d'elles
quel était l'état d'esprit de ces officiers. Après tout c'était
assez naturel. Chaque journée pouvait être leur dernière
journée; pourquoi ne pas profiter d'aujourd'hui quand
demain peut signifier un enterrement sommaire sans
cercueil, et sans autre accompagnement que les regrets
des camarades? Au diable l'étiquette, dans de pareilles
conditions! Le champagne aidait à oublier, et les femmes,
toute désespérante que fût la banalité de leur conversation, étaient tout de même des femmes. Il s'en trouvait
une parmi elles qui se rendait un compte assez exact de
ces choses. Elle avait pour ces hommes une sympathie
véritable. Elle m'apprit qu'elle avait perdu son mari à la
guerre. Puis, ç'avait été l'éternelle histoire : elle n'avait
pu se tirer d'affaire, elle et son enfant, avec la maigre
pension qui lui était allouée, elle n'avait aucun goût
pour les travaux pénibles chichement payés, et elle en
avait tiré la conclusion qu'il est bien facile d'être honnête
quand on est riche. Et la pauvre avait fait de son mieux,
par ces temps de vie chère.

Au dehors, le bombardement se poursuivait. Au dedans,
les bouteilles de champagne continuaient à sauter.
Hommes et femmes buvaient à leurs santés mutuelles, et
les premiers se laissaient aller à oublier un moment que

cette soirée serait peut-être la dernière. Je ne puis trouver qu'on ait le droit de jeter la pierre à ces hommes, tant qu'il sera d'usage de laisser aux condamnés de droit commun la faculté de choisir eux-mêmes, avant d'être exécutés, le menu de leur dernier déjeuner. Il n'y a guère grande différence entre être détaché aux premières lignes et être condamné à mort.

Pour comprendre clairement l'état d'esprit de ces hommes, il faut avoir connu la menace toujours présente des risques de la guerre. Rien n'a plus la moindre importance, d'où suit que les plaisirs momentanés de la chair sont tout. Il en était exactement ainsi de la jeune musicienne dont je parlais tout à l'heure. J'étais hors d'état de la juger ou de juger ces jeunes hommes avec trop de sévérité, bien que j'eusse présente à l'esprit la dure image de la *Manneszucht* prussiénne. Et d'autre part, je me rends bien compte qu'une société qui vit dans la sérénité de la paix et de l'abondance aura toujours peine à se représenter avec indulgence la désagrégation morale que la guerre avait fatalement causée dans ces âmes.

Je trouvai des conditions analogues à Berlin et dans d'autres grandes villes de l'Europe centrale. Je ne puis dire que j'en aie été choqué outre mesure. Lorsque quatorze millions d'hommes sont arrachés à leurs familles, qui, dans l'immense majorité des cas, n'ont pas d'autre soutien, comment s'attendre à autre chose? Il est à l'honneur de l'humanité que les effets n'aient pas été pires encore. Et la responsabilité incombe aux hommes qui ont déchaîné la guerre, bien plus lourdement qu'aux hommes et aux femmes qui ont failli.

Les gouvernements de l'Europe centrale ne songèrent pas un instant à esquiver cette responsabilité. Dès avant la guerre, leur attitude à l'égard des naissances illégitimes témoignait d'un grand libéralisme. Il n'est donc pas surprenant qu'au cours de l'hiver de 1916, lorsque le chiffre des enfants naturels dépassa dix pour cent du

total des naissances, ils aient décidé d'accorder à ces
enfants et à leurs mères les allocations que la loi
attribuait aux femmes et aux veuves des soldats, et à
leurs enfants. En même temps, tous les États allemands,
sauf la Prusse, supprimaient de l'acte de naissance la
mention de l'illégitimité et accordaient à la femme ou
à la veuve irrégulières d'un soldat le droit d'être qualifiées
du titre de « Madame ». C'était un bel acte d'humanité :
c'était épargner à des milliers de femmes et d'enfants le
stigmate qui autrement les eût marqués au front pour
la durée de leur existence. Et c'est un trait caractéristique
du gouvernement conservateur de Prusse que, tout en
acceptant d'assister matériellement les enfants illégitimes
et leurs mères, il se soit obstiné à laisser peser sur eux
la flétrissure, alors qu'ils étaient déjà au nombre de plus
de deux cent mille.

Restait à décider si les enfants naturels dont les pères
n'étaient pas soldats bénéficieraient des mêmes mesures.
Le clergé et les partis conservateurs firent une
opposition énergique; mais les législateurs et les gouvernements virent plus juste et plus loin. Les actes de
légitimation furent rédigés de manière à s'appliquer à
tous les enfants, quels que fussent leurs pères. On jugea
qu'il était absurde de supposer que les millions de
femmes auxquelles la guerre aurait ôté soit leur mari,
soit toute chance d'en trouver un, se résigneraient à
vivre dans le célibat; la nature reprendrait ses droits, et
il fallait en envisager sans délai les conséquences
inévitables.

L'histoire fournissait des exemples instructifs, dont il
convenait de faire son profit. Au terme de la guerre de
Trente ans, les États du Sud de l'Allemagne, plus
cruellement appauvris en hommes que les autres,
adoptèrent des lois en vertu desquelles tout homme
qui en avait les moyens pourrait recevoir dans sa maison.
à titre légitime, autant de femmes qu'il voudrait en
entretenir. L'intention était excellente, mais la loi avait

les défauts et les inconvénients qu'ont souvent les lois de circonstances. Les hommes qui étaient en état d'entretenir plus d'une femme étaient pour la plupart avancés en âge, si bien qu'on alla à un chaos inouï. On avait voulu remédier du mieux qu'on pouvait à une crise générale, et on se trouvait avoir tout bonnement donné aux gens riches l'agrément d'un sérail.

En 1916, les données étaient les suivantes. Le total des hommes — des hommes dans la fleur de l'âge — tués, ou estropiés pour la vie, ou définitivement impotents par suite de maladies, s'élevait à cette date à près de cinq millions. C'était une perte très grave pour une société qui, en y comprenant l'Autriche-Hongrie, comptait alors environ vingt millions de femmes en âge de puberté. En termes statistiques, cela revenait à dire que, pour cinq femmes en âge de se marier, il n'y avait que quatre hommes, et l'on estimait qu'avant que la guerre fût terminée, il n'y en aurait plus que trois, ce qui a été vérifié dès à présent par les données numériques plus récentes.

Je note ici en passant que, pour une femme normale et de bonne santé, la cohabitation avec un homme mutilé est un suplice. J'ai eu connaissance de bon nombre d'exemples; je n'en veux citer qu'un, sur lequel j'insisterai parce qu'il est typique.

Je fus présenté, dans un salon berlinois, à une charmante jeune femme de la meilleure société; je me contenterai de dire qu'elle est un écrivain du plus rare mérite. Quelques mois avant la guerre, elle avait épousé un homme de l'aristocratie berlinoise. Vint la mobilisation, et il partit comme officier de réserve. Ils furent quelques mois sans se revoir. Lorsque l'homme revint, il était amputé d'une jambe au genou, et de l'autre au-dessus de la cheville. La femme fit ce qu'eussent fait la plupart des femmes : elle le reçut à bras ouverts, et le soigna jusqu'à son complet rétablissement. Mais bientôt il fut évident que tout n'allait pas pour le mieux dans le ménage. La femme faisait l'impossible pour oublier que son mari était mutilé pour le reste de ses jours. Mais, plus elle s'y efforçait, plus grandissait la répugnance qu'il lui inspirait. Elle finit par se résoudre à vivre seule.

Il est facile de condamner cette femme en la taxant d'insensibilité ; mais c'est aussi injuste que facile. Ceux qui veulent à tout prix que les raisons du sexe soient muettes ou du moins secondaires en amour méconnaissent la force souveraine de cet élément, chez des êtres vigoureux. Je n'ai pas à juger si cette femme fit bien en abandonnant son mari. Après tout, c'est son affaire — et c'est d'autant plus son affaire, que le mari, se refusant à accepter son infortune, ne cessa de la poursuivre de toute la violence méchante d'une jalousie d'ailleurs sans fondement. L'homme est à plaindre, et, s'il ne parvient pas à dominer son ressentiment et à apaiser son cœur, il eût mieux valu pour lui qu'il restât parmi les morts. Il se peut qu'il rencontre sur son chemin une autre compagne ; mais, du point de vue de la nature, il est fort douteux que la pitié qui lui donnera la tendresse de celle-ci ait une valeur comparable à l'instinct sexuel qui détermina le départ de l'autre. L'idéalisme et la pratique sont deux choses ; l'idéalisme est l'étoile qui guide l'équipage, mais la pratique est l'océan bouleversé par la tempête.

Je n'ai envisagé jusqu'ici les conséquences sexuelles de la guerre que du point de vue de l'homme. Mais qu'en penseront les femmes ?— Cela dépendra jusqu'à un certain point des conditions et des circonstances.

— A quarante ans, on se contente d'être une « Madame »,
— me disait un jour, à ce propos, une dame hongroise ; et elle voulait dire qu'une femme de quarante ans se tient pour satisfaite d'être la maîtresse d'un ménage. C'est une manière de voir qui est tout à fait étrangère à la nature anglo-saxonne. Je l'ai constaté fréquemment en Europe centrale, et surtout en Autriche, où l'on me désigna un jour deux couples qui, peu auparavant, avaient d'un

consentement général interverti leurs rôles par un chassé-croisé. L'un des maris est banquier, et l'autre, son meilleur ami, n'est pas moins riche. Les deux couples allaient au même café, s'asseyaient à la même table, sans que personne trouvât rien à redire : ils sont du reste régulièrement divorcés et remariés.

Dans d'autres parties de l'Europe centrale on ne trouve pas toujours la même largeur d'esprit; pourtant, on ne se heurte plus guère nulle part à une excessive rigidité puritaine. Je sais un diplomate à la carrière heureuse, qui ferma les yeux sur l'engouement de sa femme pour un jeune officier de marine. La femme était jeune, et le mari était sur l'autre versant. Plutôt que de perdre sa femme, et d'avoir un scandale par-dessus le marché, le diplomate s'imposa à lui-même ce qu'il avait tant de fois imposé à d'autres, — la déception qu'il y a à se contraindre soi-même. A eux trois, ils faisaient excellent ménage. Il m'arriva fréquemment d'être quatrième à leur table. Le diplomate et moi nous fumions notre cigare et nous prenions notre café, tandis que les deux autres, assis l'un près de l'autre sur un divan, causaient intimement.

Il y aura de la souffrance, sans aucun doute. Plus d'une femme irréprochable se verra éliminer par une plus jeune qu'elle. Mais il y aura des compensations. Le mari capable d'abandonner sa compagne pour des charmes plus jeunes ne valait sans doute pas d'être gardé, et peut-être aura-t-il agi généreusement en portant ailleurs une tendresse de prix médiocre. Qui sait si la femme abandonnée n'eût pas quelque jour trouvé lourd le poids de la vie conjugale?

L'adaptation se fera plus aisément dans l'Allemagne protestante que dans la catholique Autriche et qu'en Hongrie. Ici, il y aura beaucoup de vies en partie double, ce qui implique que bien des femmes feront bon marché de leur dignité. C'est le pire aspect de l'affaire. Mais en revanche, il faut compter avec l'âme légère de ces peuples. Aussi longtemps que l'homme aura assez de tact pour tenir à l'arrière-plan sa « femme de guerre », nul ne s'en montrera choqué, et la femme de par la loi s'en souciera assez peu. La maîtresse n'aura pas d'existence officielle. Sitôt qu'il lui viendra des enfants, elle sera une « dame » pour son propre compte, et j'imagine que plus d'une n'attendra pas longtemps pour s'intituler « Madame ».

Évidemment, l'une et l'autre femmes pâtiront de l'injustice du sort; mais on ne voit guère d'issue. Les ministres de l'Évangile ont eu vite fait de condamner en bloc les mesures par lesquelles les gouvernements paraissaient sanctionner les rapports illicites. Mais ces bonnes gens sont des théoriciens, au lieu que le gouvernement est pratique, et l'est pour la simple raison qu'il y a là un grave problème social qu'il faut aborder de front. Mieux vaut donner à l'inévitable un air de décence, que de laisser le mal grandir jusqu'à compromettre à jamais la santé de la race. On est d'accord pour penser qu'en Europe tout au moins le vice social a surtout des causes économiques. Les sociétés où l'homme gagne trop peu pour se marier de bonne heure sont celles où l'on voit, non seulement le plus grand nombre de femmes de mœurs faciles, mais aussi le plus grand nombre de célibataires à la vie relâchée.

Quant au problème qui nous occupe, il a, lui aussi, son aspect économique. Désormais, en Europe centrale, un nombre de femmes plus grand que jamais devront gagner elles-mêmes leur vie. Elles se montreront toutes prêtes à le faire, à la condition que la société leur reconnaisse jusqu'à un certain point le droit d'associer librement à leur vie l'homme de leur choix, et se garde de les marquer d'une flétrissure. Faute de se voir concéder ce privilège, il arrivera fatalement que bon nombre de ces femmes — et, par une fantaisie bizarre de la nature, les mieux constituées de toute la race — iront au vice, et que la société fera une perte irréparable, du fait de son intransigeance et de son inhumanité.

Mais, en pareilles matières, il ne suffit pas d'avoir raison pour que toutes les blessures soient du coup guéries; la femme jeune saura disputer son mari à sa rivale; la femme moins jeune, j'en ai peur, ne soutiendra pas la lutte; et pour elle, la guerre restera la grande affaire, la chose de chaque jour, quand depuis longtemps l'herbe aura recouvert les tranchées, quand depuis long-temps l'œuvre de reconstruction aura réparé les ruines du corps social. Bien des femmes pourront dire en toute vérité : « J'ai perdu mon mari à la guerre. »; et, le plus triste, c'est qu'elles ne pourront pas le dire avec la tendresse qui emplissait leur cœur le jour où il partait pour aller à la bataille.

CHAPITRE XVIII

EMPRUNTS DE GUERRE ET VIE ÉCONOMIQUE

Au cours des trois premières années de guerre, la gestion financière de l'Allemagne et de ses alliés a été un tourbillon prodigieux. Le même argent a fait des voltes sur lui-même et des pirouettes que jamais encore on n'avait connues.

La guerre a été conduite à l'aide de fonds puisés en majeure partie aux emprunts de guerre. L'Allemagne, en trois ans et demi, a levé par ce moyen près de cent milliards, et l'Autriche-Hongrie près de quarante-cinq. Dans le même temps, les dépenses de guerre ont absorbé en outre, pour les deux empires alliés, une douzaine de milliards pris à d'autres sources, impôts, amendes imposées aux régions occupées, propriétés confisquées. Mais je ne veux m'occuper ici que des emprunts.

Les intérêts des emprunts émis par l'Allemagne jusqu'à cette date imposaient à son budget une charge annuelle de plus de 5 milliards huit cent millions de francs. La dette publique se trouvait alourdie de 1465 francs par tête, soit 5.400 francs pour chaque chef de famille, sur une population que la guerre avait réduite à 67 millions et demi d'individus. Ainsi chaque salarié d'Allemagne allait porter dans l'avenir, en sus de toutes les autres impositions inévitables, le poids annuel moyen de 216 francs pour les intérêts des emprunts de guerre contractés à cette date.

L'Autriche-Hongrie, de son côté, se trouvait obligée de faire face à une charge annuelle supplémentaire de 1 milliard 720 milions, soit 1000 francs par tête, ou 4100 francs pour chaque producteur, sur une population réduite à 42 millions 200 000 habitants, et la part d'impôts qui incombait à chaque salarié se trouvait ainsi alourdie de plus de 165 francs.

Ainsi, lorsque le vacarme des canons se sera tu, le pain quotidien sera encore dur à gagner durant de longues années. Souvenons-nous que le revenu annuel d'un salarié était, en moyenne, de 2 300 francs en Allemagne, et de 1 950 francs en Autriche-Hongrie : la charge des impôts de guerre le frappera respectivement de 9,5 et de 8,2 pour cent, ce qui n'est pas peu de chose si l'on songe que toutes les charges de l'État se trouveront également accrues et viendront écraser lourdement les salaires.

Nous sommes encore loin d'être au bout du passif. Les Allemands avaient perdu à cette date, tant tués que morts de leurs blessures, 1 500 000 hommes en pleine vigueur, et avaient à leur charge 900 000 hommes, devenus soit totalement soit partiellement incapables. Les Austro-Hongrois comptaient 650 000 morts, et 580 000 hommes totalement ou partiellement infirmes. En d'autres termes, l'Allemagne avait perdu 2 400 000 hommes valides, et l'Autriche-Hongrie 1 030 000. Sans doute, les morts ne coûtent plus rien, puisqu'ils ne mangent plus. Mais, en revanche, chacun d'eux avait devant lui vingt ans de vie utile, qu'il n'a plus, et il faudra vingt ans à l'Europe centrale pour retrouver le nombre total de mains productives dont elle disposait en 1914. Elle a perdu du même coup leur descendance probable, déficit qui sera réparé en une dizaine d'années, puisque le nombre des femmes n'a pas varié.

Passons aux emprunts. Comment a-t-il été possible, dans ces conditions, d'émettre avec succès des emprunts de guerre?

On sera porté à répondre : en prenant l'argent du pays, en amenant le pays à souscrire. Mais cette réponse n'en est pas une; car il reste à savoir précisément comment on s'est procuré l'argent nécessaire. Les fonds versés aux emprunts de guerre furent pris sur le capital national, et non sur la richesse nationale, richesse signifiant

l'ensemble des ressources naturelles du pays. Le capital
est l'excédent laissé par la production, et la production
résulte de l'application du travail aux ressources naturelles, par exemple de la culture du sol, de l'exploitation des
mines, de la transformation des matières premières en
objets manufacturés. La production ne laisse un excédent
qu'autant qu'elle reste supérieure à la consommation :
cette différence est précisément le surplus qui est le
capital.

Les chiffres incomplets que j'ai pu réunir en 1916 m'ont
donné l'impression qu'avant la guerre la production
moyenne du travailleur, en Europe centrale, était à sa
consommation comme 55 est à 48. Cette différence de
7 points représentait ce qu'il pouvait épargner d'argent,
s'il le jugeait bon. Et ces 7 points représentaient l'accrois-
ssement positif moyen du capital de la nation.

Voici ce qu'étaient devenus ces chiffres, à l'hiver de
1916-1917. Les salaires étaient montés de 55 à 70, tandis
que le coût de la vie s'était élevé de 48 à 115. En
d'autres termes, tandis que l'ouvrier gagnait 15 points
de plus, il dépensait 67 de plus. C'est-à-dire encore que
les 7 points d'accroissement de capital avaient fait place à
45 points négatifs, et que le capital national était tombé
de 38 points au-dessous du point mort où il n'augmente
ni ne diminue. Ainsi le capital national avait perdu
38 pour cent de sa valeur, qui avaient été dépensés à
poursuivre la guerre.

Les États estiment qu'il est d'une politique sage
d'émettre, aux heures de besoin, trois fois autant de
papier qu'ils ont en caisse d'argent liquide. L'Allemagne
et l'Autriche-Hongrie n'en étaient encore venues à la fin
de 1916 qu'à doubler le total de l'encaisse : pour chaque
million en or, ils avaient en circulation un million de
billets dont la valeur reposait sur leur crédit. Mais sur ce
même million était gagée une masse de papier qui
portait l'engagement d'un remboursement en or à une
date fixée. Cette méthode financière porte le nom

d'inflation, et c'est cette inflation qui avait pour résultat d'introduire dans le modeste budget du salarié un déficit de 58 points.

Les raisons de cette inflation sautent aux yeux. L'État avait intérêt à stimuler la production du travailleur, pour faire face aux besoins de l'armée. Plus le consommateur payerait cher ce qui était indispensable à son existence, plus il fournirait de travail. Le déficit de 58 pour cent était le joug sous lequel il travaillait pour les troupes du front, qui consommaient sans produire. Ces 58 points faisaient 17 points de moins que son salaire d'avant la guerre, — c'est-à-dire qu'en chiffres ronds deux salariés produisaient de quoi fournir en vivres, en habillement, en munitions et en matériel un soldat du front. Il ne pouvait en être autrement, du moment que deux empires qui comptaient approximativement, les femmes comprises, vingt-cinq millions de salariés, maintenaient sous les armes environ dix millions de soldats, et fournissaient en outre aux profits énormes réalisés par les fournisseurs militaires.

Les 58 pour 100 étaient bel et bien un déficit, mais il ne fallait pas que le producteur-consommateur les envigeât ainsi. Il avait pour tâche de couvrir ce déficit. C'est ce qu'il faisait en payant plus cher le coût de la vie, grâce au trafic savant des intermédiaires. Les intermédiaires versaient à l'État une part de leurs profits sous la forme d'impôts, mais ils en conservaient assez pour stimuler leur ingénieuse industrie, et ils reconnaissaient cette complaisance amicale en souscrivant généreusement aux emprunts.

Les trois premiers emprunts de guerre furent souscrits avec un enthousiasme qui, bien qu'il s'émoussât à la longue, n'en resta pas moins très grand. Le patriotisme eut une part importante à ce succès. Le gouvernement voulait de l'argent réel. On lui apporta des dépôts en banque, des titres d'État, du papier de commerce de bonne qualité, les dépôts des caisses d'épargne. Il n'en fut plus de même des emprunts suivants. Bon nombre de souscripteurs se contentèrent de convertir les titres des emprunts antérieurs. La guerre et tout ce qui s'y rapportait devenait une affaire de spéculation pour ceux qui étaient en mesure de souscrire. Les pauvres gens en avaient assez de la guerre et de tout ce qui la rappelait. L'État ne pouvait évidemment les empêcher d'en être las, mais il fallait bien qu'il s'arrangeât pour qu'ils subvinssent aux frais, quel que fût leur sentiment intime. C'était chose aisée. La cherté des vivres extorquait au producteur-consommateur de quoi suffire aux besoins du gouvernement : on ne se dérobe pas à ce genre de discipline.

Les banquiers repus me répétaient que la situation du pays était extrêmement prospère. Ils avaient raison, à leur point de vue. La marge entre les salaires et les prix suffisait à satisfaire tous les intéressés, État et intermédiaires. A peine un emprunt était-il clos qu'il était déjà en circulation pour une forte part. La danse des milliards menait un tourbillon joyeux, et il n'y avait pas le moindre risque que les choses se gâtassent tant que le producteur-consommateur serait tenu solidement en main.

Il faut observer de près le circuit que décrivaient les emprunts. Rien ne donne une idée plus approchée du mouvement perpétuel.

Comme l'Europe centrale payait en nature, grâce à des conventions spéciales, ce qu'elle achetait à l'étranger, tout l'argent versé aux emprunts demeurait à l'intérieur des frontières. De cet argent une bonne part allait aux fabricants d'armes et de munitions, soit environ 60 pour 100 pour le manufacturier, et 40 pour 100 pour le travail. La part du manufacturier payait les matières premières, l'outillage, les frais de direction, plus une marge de profits si grande que l'État, en la frappant d'un impôt de 75 pour 100, lui laissait néanmoins de quoi souscrire au prochain emprunt. Le travail, d'autre part, recevait

tout juste assez pour subvenir aux besoins stricts de
l'existence, et les quelques francs que pouvaient
épargner les mieux payés avaient un pouvoir d'achat à
peu près nul. L'homme qui touchait maintenant
70 francs par semaine au lieu de 55 francs payait
aujourd'hui 115 francs les denrées qui jadis lui coûtaient
48, ce qui, à première vue, a l'air d'une absurdité
économique, mais se trouvait être pratiquement possible,
du moment que l'ouvrier se résignait à ne manger que
85 pour cent de ce qui lui paraissait jadis indispensable,
et faisait le sacrifice de tout confort. Ainsi, en définitive,
l'argent des emprunts avait beau passer par ses mains
aussi souvent qu'on voulait, il ne lui restait jamais un
sou aux doigts.

On s'aperçut bientôt qu'à ce compte les puissances
centrales pourraient soutenir la guerre indéfiniment.
Elles n'avaient pas à se préoccuper de leur situation
financière sur les marchés étrangers, puisqu'elles ne
pouvaient rien y acheter. Sans doute, la dette publique
grandissait rapidement, mais les gens à qui l'État
empruntait étaient ceux-là même qui en répondaient :
si l'État venait à faire banqueroute, ce seraient eux les
perdants, et leur part de responsabilité croissait à
mesure qu'ils s'enrichissaient. Il se faisait une sorte
de coopération entre le capital et l'État, et ils
s'accordaient à exploiter le producteur-consommateur,
en lui payant son travail au plus juste prix, et en lui
faisant payer l'indispensable aussi cher que possible, —
ce qui n'était pas peu dire. S'il venait à se rebiffer de
temps à autre, on lui expliquait que le gouvernement
était contraint par l'intérêt suprême de la patrie d'agir
comme il le faisait. Encore était-ce rarement nécessaire.
D'ordinaire, l'homme du peuple rayonnait de joie
lorsque le gouvernement pouvait annoncer que l'emprunt
de guerre avait réussi par-delà toute espérance. C'est
tout ce qu'il désirait savoir, du moment qu'on ne
l'expédiait pas au front. Le succès de l'emprunt signifiait

pour lui qu'il aurait de l'ouvrage, — et qu'il vivrait assez pour voir la fin d'une guerre que l'État s'était vu imposer contre son gré.

Il est de toute évidence que les puissances centrales eussent depuis longtemps fait faillite si elles avaient eu la faculté de faire librement leurs achats sur le marché étranger, bien qu'en ce cas les États du dehors leur eussent sans doute consenti des avances. Si l'Allemagne avait pu acheter au dehors, elle n'aurait pas fait l'effort qu'elle fit pour organiser en temps utile sa résistance économique. En ce sens, la menace trop prompte du blocus anglais est l'une des plus graves erreurs qu'il faille inscrire au passif de l'Entente. Le profit militaire en fut nul. Des hommes d'État plus avisés eussent, bien au contraire, laissé l'Allemagne importer tout ce qui lui plaisait, et se fussent contentés de limiter au minimum ses exportations, déjà compromises automatiquement par la pénurie fatale de la main d'œuvre industrielle.

Quoi qu'il en soit, les États de l'Europe centrale firent flèche de tout bois, cherchèrent et trouvèrent, de gauche et de droite, substituts et succédanés, imaginèrent des emplois nouveaux pour leurs ressources naturelles, et s'organisèrent en vue d'un long siège alors qu'ils le pouvaient sans trop de peine. Si le blocus britannique s'était produit au cours de l'hiver 1915-1916, il eût eu de tout autres effets que durant l'hiver 1914-1915, où pas un être raisonnable ne crut à la possibilité d'affamer l'Europe centrale. Elle aurait continué son train de vie comme avant, et vers la fin de 1915 elle eût été contrainte de suspendre d'elle-même l'importation de produits alimentaires, sous peine d'épuiser promptement sa réserve d'or, puisque la balance du commerce lui était fatalement défavorable. En ce cas, on eût sans doute vu se produire l'écroulement sur lequel l'Entente n'a cessé de compter vainement, et qui restera jusqu'au bout le grand espoir fallacieux. Le coup fut tiré prématurément par la Grande-Bretagne.

Les gouvernements des puissances centrales s'en rendirent un compte très exact, et quelques hauts fonctionnaires me l'avouèrent; mais ils ne se soucièrent nullement d'en faire part à leurs peuples, ni au monde. Ils aimaient mieux continuer de tirer parti de la politique anglaise de réduction par la famine pour stimuler les courages lassés et rendre aux âmes leur ardeur belliqueuse. Le blocus a fait en Allemagne et en Autriche-Hongrie ce que les raids allemands sur Londres ont fait en Grande-Bretagne. C'est folie, dans une guerre aussi immense, de jeter ainsi les gouvernés dans les bras des gouvernants.

La situation financière des puissances centrales vaut aujourd'hui celle des Etats de l'Entente. Il n'en serait pas de même si une forte partie de leurs emprunts avait été placée à l'étranger. Mais on a vu que ce n'est pas le cas. Il est de fait que la dette de guerre est énorme. Mais les créanciers de l'État sont tous à l'intérieur des frontières, et, au besoin, l'État pourrait lancer contre eux la multitude écrasée sous le poids des impôts. Il n'aura du reste pas à recouvrir à cette extrémité. En réalité, la dépréciation de la monnaie a réduit automatiquement d'un quart en moyenne toute la dette de l'État, dans la mesure où le capital est un titre sur les ressources naturelles et sur le travail. Mais c'est un point sur lequel j'aurai à revenir.

Dès l'été de 1917, l'Allemagne et l'Autriche-Hongrie étudièrent les moyens d'alléger le fardeau des impôts qui pèsent sur le contribuable. On n'arriva à rien, si ce n'est à conclure que l'heure de la réorganisation financière n'était pas encore venue. Les méthodes qui furent proposées sont pourtant d'un grand intérêt. Il fut question de convertir les emprunts de guerre, ou d'amortir directement ces emprunts. On suggéra, soit d'abaisser de moitié le taux de l'intérêt, soit de réduire le principal de moitié. On pourrait croire que les hommes de finance eussent dû se montrer résolument

hostiles à ces mesures. Ils n'en firent rien. Dans l'intérêt
des emprunts antérieurs à la guerre, ils devaient nécessairement être favorables à tout assainissement du
change, et rien ne pouvait y aider plus efficacement
qu'une réduction de la dette de guerre. Le mark et la
couronne ont aujourd'hui un pouvoir d'achat inférieur
de moitié ou des deux tiers à ce qu'il était en 1914; si la
dette de guerre était diminuée de moitié, leur valeur
se relèverait du coup à 60 et 75 pour 100 de ce qu'elle
était à la veille de la guerre. Une mesure de ce genre
aurait pour elle tous ceux qui ont fait des placements
d'argent avant 1914, et qui ne touchent plus aujourd'hui
que de 33 à 50 pour 100 de ce qu'ils touchaient alors. —
Ainsi la guerre ne se contente pas d'hypothéquer l'avenir,
elle donne encore le coup de grâce au passé.

Comme j'étais las de la vie d'hôtel, je m'étais décidé à
chercher, à Vienne, une chambre particulière. Je finis
par trouver ce que je désirais. Il y avait de quoi me
satisfaire pleinement : c'était dans la très confortable
maison de la veuve d'un ancien professeur de l'université
de Vienne.

Je me sentis mal à l'aise lorsqu'il fallut discuter avec
elle les conditions de la location. Elle avait d'excellentes
manières, du tact et infiniment d'amour-propre.
Combien offrirais-je? Elle ne savait que demander. Elle
n'avait jamais loué de chambres jusque-là.

Nous nous mîmes d'accord. J'emménageai dans
l'appartement très convenablement meublé, et la vieille
dame s'installa dans sa cuisine, où elle passait ses
journées, faisait la cuisine et dormait seule avec son
perroquet; je ne tardai pas à lui rendre sa chambre à
coucher, et j'occupai le canapé de son petit salon.

Avant la guerre, elle était à l'aise. Elle avait sa petite
pension et un petit capital. Ses revenus lui permettaient
d'avoir une bonne. Lorsque je vins chez elle, il y avait
longtemps que la bonne était partie, et je soupçonne
fort qu'il y eut des jours où la bonne dame n'eut pas de

quoi manger à sa faim. Pourtant, elle touchait toujours la même pension, et son petit capital lui rapportait le même intérêt. Seulement, ses revenus ne lui permettaient plus d'acheter que le tiers de ce qu'ils lui assuraient jadis.

Il y en avait des milliers dans le même cas, retraités, veuves, orphelins. Pour ceux-là, le monde ne s'était pas contenté de s'arrêter, il avait positivement fait machine arrière. L'inflation des cours les laissait à sec, et, qui pis est, les impôts croissaient de jour en jour. L'État levait son tribut sur la base du taux fictif de la monnaie, et l'argent dont il les payait valait toujours pour eux 100 pour 100 de sa valeur de jadis.

Les propriétaires d'immeubles étaient logés à la même enseigne. Le moratorium leur interdisait d'augmenter leurs loyers, les impôts ne cessaient de monter, et, pour qui n'avait d'autres ressources que les revenus de sa maison, il n'y avait plus qu'à renoncer. Au cours où était l'argent, il n'y avait pas à songer à vendre. Il n'était pas rare de voir un petit propriétaire occuper lui-même la loge de son concierge.

Tandis que les emprunts et les marchés passés avec l'État enrichissaient immensément une poignée d'hommes, des milliers de gens de la classe moyenne étaient réduits à la mendicité. Mais il n'y a pas à s'en montrer surpris. L'édifice économique et social peut être comparé à un récipient qui contient la richesse de la nation. Dans l'intérêt de ses propres fins, l'État avait délayé à l'infini le contenu du réservoir, et voici que tous se trouvaient contraints de puiser de ce mince brouet. Que pouvait importer aux gouvernements que des milliers d'hommes et de femmes avancés en âge souffrissent cruellement de tant de misère, alors que journellement ils sacrifiaient sans compter, sur les champs de bataille, les vies et les santés d'hommes vigoureux en âge de produire — dont chacun à lui seul valait aux yeux de l'État une bonne douzaine de ces pauvres gens, uniquement désireux de vivre sur leurs maigres ressources, sans travailler?

CHAPITRE XIX

LE BILAN

Au temps de César, la livre de bœuf coûtait à Rome un sou et quart. A la fin du treizième siècle, grâce surtout aux Croisades, elle valait deux sous et demi. J'ai vu dans une bibliothèque de Vienne un vieux livre où est publié un décret du Saint Empire germanique qui fixe le prix de la livre de bœuf, en 1645, à dix pfennige, soit deux sous et quart. A la fin de la guerre de Sept ans, elle se vendait à Berlin quatre sous. Au cours des guerres napoléoniennes elle monta à six sous et demi, et, après la guerre entre la France et la Prusse, elle valait en Allemagne neuf sous. Aux mêmes époques, le prix du pain a toujours varié du dixième au quart du prix du bœuf. — Aujourd'hui, en Europe centrale, le bœuf coûte de 3 francs à 3 fr. 75, tandis que le pain coûte environ cinq sous et quart la livre. Les prix des autres denrées alimentaires sont à un niveau analogue, lorsqu'on les achète au cours légal. J'ai montré plus haut qu'au marché clandestin ils ne connaissaient pas de limites. Je connais des cas où on a payé deux francs la livre de farine, 15 fr. 50 la livre de beurre, 11 francs la livre de lard et 2 fr. 50 la livre de sucre. J'ai acheté moi-même du sucre à ce prix.

Ces chiffres montrent que les subsistances ont eu constamment une tendance ascensionnelle depuis les temps de la Rome impériale, et nous n'avons pas de bonnes raisons de penser qu'il n'en ait pas été de même au temps de Numa Pompilius. Logiquement, en continuant de remonter le cours de l'histoire, nous devrions arriver finalement à une période où elles ne coûtaient rien. Et en effet, aux âges où chaque homme produisait tout ce qu'il lui fallait, à lui-même et aux siens, l'argent n'avait pas lieu d'intervenir dans le coût de la vie. Il échangeait ce qu'il avait en trop contre ce qui venait à lui faire défaut, et tout était dit. L'argent apparut lorsque l'on commença à acheter et à vendre les denrées au marché.

Mais pourquoi les aliments n'ont-ils cessé de renchérir?

A vrai dire, ils ne sont pas vraiment plus chers qu'à Rome au temps de César. C'est l'argent qui est meilleur marché, et il l'est parce qu'il est plus abondant. Voici un exemple un peu théorique, mais qui est ici de circonstance.

Pourquoi le paysan vendrait-il son blé, si l'argent qu'on lui en offre, ayant perdu son pouvoir d'achat, ne peut plus lui procurer grand chose? Il ne le cédera que si le prix qu'il en reçoit doit lui permettre d'acheter ce qu'il achetait jadis avec l'argent qu'on lui en donnait alors. Il faut donc qu'il obtienne plus d'argent de la même marchandise. Mais ce surplus d'argent ne l'avance guère. Qu'il reçoive de son blé dix francs au lieu de cinq francs, peu lui importe, si le prix de l'objet qu'il doit acheter est monté lui-même de cinq à dix francs. Le résultat, dans les deux cas, égale zéro. Sans doute, en apparence, il peut économiser davantage sur dix francs que sur cinq. Oui, mais, en apparence seulement, car les vingt sous qu'il épargnera sur ses vingt francs ne valent pas plus aujourd'hui que les dix sous qu'il épargnait sur ses dix francs.

Le paysan ne tire donc aucun profit de la hausse de ses denrées. Il en est ainsi des autres. L'ouvrier qui reçoit un salaire double paie ses vivres deux fois plus cher. Pour lui aussi, le résultat égale zéro.

Le corps politique est un organisme vivant pour la raison qu'il est composé d'organismes vivants, d'hommes et de femmes. En cette qualité, il jouit de la propriété de réparer ou de guérir les blessures qu'il a subies. Des, naissances nouvelles remplacent les hommes morts à la guerre : comme, de nos jours, on ne tue plus les femmes, et qu'il reste des hommes pour les féconder, il suffira d'une décade ou deux pour réparer les pertes. On sait de reste que l'homme moyen peut produire plusieurs fois le nombre d'enfants auquel il est limité par la monogamie. Après la guerre de Trente ans, lorsque la polygamie eut été légalement autorisée en Allemagne du Sud, Nuremberg s'enorgueillissait de posséder un citoyen à qui ses six femmes avaient donné trente-sept enfants.

Les blessures économiques du corps politique guérissent, elles aussi, et avec une égale rapidité. Bien mieux, elles commencent à guérir au cours de la guerre, dès le jour où il en est atteint, grâce à la dépréciation de l'argent et à la hausse des prix.

Le mark allemand a aujourd'hui un pouvoir d'achat égal au tiers de ce qu'il était en juillet 1914. Les gouvernements d'Allemagne continuent néanmoins à payer à l'ancien taux les intérêts de leurs dettes, et, pour la rémunération des emprunts nouveaux, le mark déprécié prend la place du mark authentique. L'État y trouve ce bénéfice, que sa dette ancienne se trouve automatiquement réduite de 66 pour 100, intérêt et capital. — Il en est de même des premiers emprunts de guerre. Jusqu'au milieu de 1915, ils ont porté sur un mark qui valait encore 90 pour 100 de sa valeur antérieure. Les intérêts seront payés et le capital remboursé au moyen d'un mark qui aujourd'hui n'en vaut plus que les 33 pour 100. Si l'on ne fait rien pour assainir les cours, l'État paiera donc d'une monnaie dont la valeur est inférieure de 62,97 pour 100 à celle qu'elle avait au jour où l'emprunt fut émis. Le cinquième emprunt de guerre a été émis à un moment où le mark était descendu environ à 50 points, si bien que, rapporté à son pouvoir d'achat actuel, il ne laisse qu'une économie de 33,34 pour 100. Sur le septième emprunt, conclu à un moment où le mark était tombé au tiers de sa valeur, le profit d'un remboursement effectué aujourd'hui serait nul.

Prenons un exemple concret. Un Allemand possède, en titres de rentes et en valeurs industrielles, une somme de 250.000 francs. A 4 pour 100, cela lui fait un revenu annuel de 10.000 francs, qui en 1914, en Allemagne, lui assurait une existence fort convenable, à la condition qu'il eût des goûts modestes. Aujourd'hui son revenu est descendu au tiers de cette somme, c'est-à-dire que ses 10.000 francs valent tout juste ce que valaient, il y a quatre ans, 3.333 francs; en d'autres termes, son titre sur la richesse nationale est réduit de 10.000 à 3.333 francs. Ceux qui travaillent pour lui procurer son dû n'ont donc plus à produire aujourd'hui que le tiers de ce qu'ils produisaient pour lui en 1914. Ils auraient à produire pour lui autant qu'en 1914 si l'État rendait au mark sa valeur d'alors, mais, avec les pertes et les charges nouvelles causées par la guerre, l'État ne saurait y songer, d'autant qu'en ce cas il en serait amené à payer les intérêts des emprunts de guerre d'une monnaie plus chère que celle que ces emprunts ont versée dans les caisses.

En adoptant résolument la politique financière de la monnaie dépréciée, les gouvernements des puissances centrales ont agi exactement comme Rome agissait il y a plus de deux mille ans, et comme ont agi depuis tous les États au lendemain de guerres désastreuses pour la richesse du pays. C'est le capital qui est le perdant, mais c'est fatal. Et il est juste qu'il soit le perdant, puisque l'accroissement énorme qu'il a reçu, au cours d'une période où il ne pouvait y avoir création véritable de capital, n'a été qu'inflation.

J'ai dit déjà que la finance de l'Europe centrale envisageait d'un bon œil l'idée d'annuler une partie de la dette publique, non pour des motifs patriotiques, mais en vue de rendre à l'argent son pouvoir d'achat. L'annulation partielle des impôts de guerre aurait pour effet immédiat de faire tomber les prix des vivres et des subsistances, et de relever la valeur du mark et de la couronne jusqu'au niveau où elle était, mettohs, en 1915. Cet effet ne serait pas sans importance pour le commerce extérieur. Il saute en effet aux yeux qu'une Allemagne vivant sur le pied du dollar américain serait tout à fait impuissante à lutter avec la concurrence des États-Unis. Le commerce et l'industrie de l'Allemagne s'en rendent fort bien compte, et ont à tâche de sauvegarder à tout prix la marge qui leur a valu leurs succès de jadis. Or, à l'heure qu'il est, les salaires ont atteint en Europe centrale les 70 pour 100 de ce qu'ils sont en Amérique, tandis que les denrées alimentaires y sont de 15 pour 100 plus chères que dans les villes américaines.

Notons que toute cette allure des événements a eu pour conséquence immédiate d'enlever au dollar américain l'avantage dont il a joui jusqu'ici en Europe. Nous ne reverrons plus le temps où l'institutrice américaine pouvait venir passer ses vacances en Allemagne ou en Autriche, et où la vie y était si bon marché qu'elle payait les frais de son voyage sur l'économie qu'elle réalisait sur le vivre et le logement. Nous ne connaîtrons plus le tour à bon marché en Europe centrale, — à moins que la dette publique des États-Unis ne s'accroisse à son tour dans des proportions considérables, auquel cas ils subiraient à leur tour ce qui s'est passé, se passe et va se passer en Europe.

Sauf les ruines matérielles en Prusse orientale, en Alsace-Lorraine, en Galicie et sur l'Isonzo, les puissances centrales n'ont pas souffert directement de la guerre. Ces dégâts, de faible importance, sont dès aujourd'hui réparés en majeure partie. En revanche, il faudra beaucoup de travail et beaucoup d'argent pour remettre en état les chemins de fer et les grandes routes. Un bon quart des voies devra recevoir de nouvelles traverses et des rails neufs, et une bonne moitié du matériel roulant et des locomotives devra être réformée et remplacée, avant que la circulation ait retrouvé son niveau d'autrefois. Mais la première tâche, et la plus urgente, sera de restaurer la culture du sol et le cheptel. Deux ou trois années suffiront pour la culture; dix ans ne seront pas de trop pour le cheptel. Il faudra pour un assez long temps se passer de viande. Il n'y a au monde qu'un seul pays, l'Amérique du Sud, qui ait de la viande à vendre, et les demandes y feront monter les prix à un niveau qui ne permettra pas à l'Europe d'aller en acheter de très grandes quantités.

Au total, le dommage causé à l'Europe centrale par la guerre n'a rien d'une catastrophe. Le dommage n'est grand que si on le juge du point de vue de la vie facile d'avant la guerre. Ni en Europe centrale, ni en aucun pays d'Europe, il ne faut s'attendre à revoir du jour au lendemain des trains marchant à plus de 100 kilomètres à l'heure. Les masses de la population, qui ont perdu jusqu'au souvenir des vaches grasses d'Égypte, se contenteront de cochon et de volaille, lorsqu'il n'y aura pas de viande de bœuf. Du pain en suffisance, avec un peu de beurre et de fromage, sera considéré, pour bien des années, comme une bénédiction du ciel. On s'est aperçu qu'après tout les sabots n'étaient nullement une chaussure méprisable, et un costume rapiécé n'est plus la marque certaine d'une condition inférieure. Du chauffage en abondance, c'en sera assez pour perdre bien vite jusqu'au souvenir de la guerre.

Vue de ce biais, la reconstitution de l'Europe centrale n'est nullement l'entreprise impossible que quelques-uns ont cru. Son cas rappelle celui de l'ivrogne qui a fini par s'amender, et qui se sent très bien, quoique sa santé soit irrémédiablement abîmée.

On entend dire souvent que les progrès mécaniques et les inventions faites au cours de la guerre sont de nature à compenser, et au delà, les pertes qu'elle a causées. J'ai fait de mon mieux pour découvrir sur quoi peuvent bien s'appuyer ces affirmations optimistes, et je n'ai rien trouvé, pour ma part. Les petits perfectionnements apportés aux essences et aux machines à combustion interne sont d'un très faible profit pour la collectivité. Je ne pense pas que personne songe à donner pour un progrès les innovations réalisées en matière de canons et de munitions. Tout ce qu'on a écrit sur l'utilisation future de l'aéroplane comme moyen de communication est loin d'être sans intérêt, mais est loin d'être probant. Somme toute, de ce point de vue, les bienfaits de la guerre paraissent bien être nuls.

En revanche, il y a beaucoup à attendre de la reconstruction intellectuelle qui a commencé du jour où la courbe de la guerre s'est infléchie vers le bas. Hommes et femmes, dans les pays en guerre, sont devenus plus tolérants — sauf peut-être les directeurs de journaux et les journalistes. A mesure que la guerre devenait une lutte entre peuples plus encore qu'une lutte entre armées, l'état d'âme de la ligne de feu gagnait de proche en proche l'arrière. J'ai rencontré bien peu de soldats et je n'ai pas rencontré d'officiers qui parlassent avec mépris de leurs ennemis. Ils n'avaient pas pour leurs ennemis la tendresse que prêchent certains idéalistes, mais du respect. Il n'y a pas de haine dans les tranchées. Bien entendu, les passions se déchaînent, et il faut bien qu'elles se déchaînent, si l'on veut que la tuerie du champ de bataille ne soit pas un pur et simple assassinat. Mais j'ai vu frémir des hommes très énergiques, parce qu'une heure avant ils avaient plongé leur bayonnette dans le corps d'un adversaire. Et il m'est arrivé souvent de constater qu'il n'y avait pas d'exaltation chez des troupes qui venaient de battre l'ennemi.

A la longue, cet état d'esprit a gagné les hommes et les femmes de l'intérieur. Les soldats du front travaillaient à faire en ce sens l'éducation de la masse. Il a fallu trois années pour bannir l'esprit belliqueux : lorsque je quittai l'Europe centrale, il n'y en avait plus trace. La guerre n'était plus qu'une besogne, qu'un ouvrage comme un autre.

Passons aux conséquences sociales et politiques.

Beaucoup pensent qu'au lendemain de la guerre le socialisme régnera en Europe centrale. Je ne suis pas de cet avis; mais il est hors de doute que les divers gouvernements emprunteront beaucoup au bruyant programme des social-démocrates. Ils n'ont pas attendu jusque-là pour y grappiller : les phases les plus récentes de l'organisation du ravitaillement dénotent un vif souci des masses. Ils n'y sont venus, évidemment, que parce qu'il fallait faire de nécessité vertu, et ils s'y sont résignés moins dans l'intérêt du peuple que pour le bien de l'État.

La politique n'a jamais été autre chose que la lutte éternelle entre les masses, désireuses de se rendre maîtresses du gouvernement, et le gouvernement, désireux de rester maître des masses. Pour la première fois au cours de leur histoire, les gouvernements de l'Europe centrale se sont vus contraints de reconnaître ouvertement que les masses étaient, non plus seulement un élément nécessaire, mais un élément indispensable. Jusque-là, ils les envisageaient un peu de la même manière que le fermier envisage ses bêtes de trait. Seulement, ils s'efforçaient de procéder envers elles avec toute l'humanité possible. Ils avaient créé des assurances contre la maladie et des pensions de retraites. Le peuple, satisfait de son sort, acceptait les maigres salaires, les charges militaires, le fardeau pesant des impôts. Un petit nombre doutaient pourtant que le système fût parfait, mais la grande masse, pour qui le gouvernement était toujours une institution de droit divin, restait généralement sourde à leurs appels.

J'ai rencontré des Allemands et des Austro-Hongrois à l'esprit assez libre et assez hardi pour professer que le gouvernement devait être leur instrument, et non leur maître. Ils étaient le petit nombre, et ils avaient, en général, plus de foi socialiste que de raison véritablement politique.

Il arrive assez fréquemment que des gens affligés de quelque maladie déclarent se porter le mieux du

monde. Les Allemands en usaient ainsi à l'égard du militarisme. J'ai dit déjà qu'à mes yeux le militarisme allemand n'était autre chose que l'interdiction de penser. Le
Prussien s'y était plié comme à une loi de nature. Il n'y a
pas lieu d'en être surpris. La Prusse est, par essence, un
État militaire. L'armée a fait de la Prusse ce qu'elle est.
Elle ne s'est pas contentée d'être le ressort de la puissance politique, elle a été l'école où tous ont appris à être
des sujets loyaux et dociles. L'amour de l'ordre et de la
loi, qui est le fond même de toute âme allemande, s'y est
fortifié d'une discipline animée tout entière par l'idée que
l'État passe avant toute autre chose, et que l'individu
existe pour l'État.

Les non-Prussiens de l'empire d'Allemagne savaient
fort bien que le militarisme est, par essence, l'interdiction
de penser librement. Ils avaient donc horreur du principe,
mais ils se mirent à en apprécier les bons effets. Il est
certain que beaucoup de ce qu'il y a de vraiment fort
en Allemagne a dû le jour à l'armée prussienne et que,
sans cet instrument d'organisation et d'effort constamment tendu, l'Allemagne ne serait jamais devenue ce
qu'elle est.

N'étant pas soldat de profession, il m'est très désagréable qu'un autre me refuse le droit de penser. Pourtant
je ne puis oublier que j'ai fait partie d'une organisation
qui se serait immédiatement effondrée si chacun avait
prétendu penser à sa guise, et agir en conséquence : je
veux parler de l'armée de la jeune République sud-afri-
caine. Bien que le Boer fût le citoyen le plus libre qu'il y
eût au monde et que rien ne lui fût plus odieux qu'une
contrainte, quelle qu'elle fût, il fallut bien pourtant qu'il
pliât son indépendance à la discipline militaire, et personne ne se refusera à convenir que c'était indispensable.
Il en est d'ailleurs de même dans les affaires : il n'est pas
un chef d'entreprise qui puisse permettre à ses employés
de suivre leur propre pensée, lorsqu'il s'agit de la conduite de la maison.

L'erreur des gens de Berlin fut de pousser à l'excès l'interdiction de penser. Elle envahit et pénétra vraiment toute la machine politique et sociale. C'était l'aspect déplaisant du militarisme, en Prusse et en Allemagne. En adoptant pour règle de ne confier aucun emploi officiel qu'à des hommes qui auraient servi à l'armée, on introduisait le sous-officier et sa manière de commander jusque dans le moindre hameau, et là, à l'abri de toute surveillance intelligente, il sévissait comme un perpétuel cauchemar, étouffant quelques-unes des meilleures qualités de la race, ou du moins leur interdisant de se donner carrière. La race amoureuse de liberté qui, au temps de Napoléon, avait produit les Scharnhorst et les Lüchow, les Körner et d'autres encore, et les armées qu'ils commandèrent, devenait une machine sans pensée, livrée à des hommes grisés de leur pouvoir, et exploitée en outre par les despotes de l'industrie et du commerce.

La guerre montra clairement à quelques hommes capables de réflexion que les choses ne pouvaient continuer d'aller ainsi. Bethmann-Hollweg, par exemple, comprit que l'heure était venue pour la Prusse de se donner des institutions plus libérales. Je suis porté à croire que le gouvernement aurait consenti à la réforme du régime électoral prussien, s'il n'eût redouté les social-démocrates. En réalité, il n'avait plus confiance dans son peuple, et il avait pour cela de bonnes raisons. Les hommes au pouvoir ne savaient que trop bien que la croissance surprenante du socialisme dans les campagnes prussiennes avait sa raison profonde dans le discrédit du junkerisme; mais ils n'eurent ni assez de clairvoyance ni assez de sagesse pour comprendre que leur peuple, qui n'avait jamais montré de penchant au républicanisme, abandonnerait la social-démocratie du jour où il entreverrait l'avènement d'un régime monarchique à responsabilité véritable. Ils auraient pu se douter pourtant que les hommes qui, la guerre terminée, rentreraient du front, ne toléreraient pas un jour de plus un gouvernement qui se considérerait comme le saint des saints, et qui s'arrogerait le droit d'envoyer à la mort, quand bon lui semblerait, un peuple entier.

« Nous combattons pour notre pays », m'ont répondu des milliers de soldats allemands. Pas un seul d'entre eux ne m'a jamais dit qu'il combattait pour l'empereur, bien qu'ils n'eussent aucun grief contre leur empereur et roi. Et j'insiste ici sur ce point que pour les Allemands du sud, par exemple pour le Bavarois, l'empereur d'Allemagne est relativement peu de chose. Le Bavarois a son monarque à lui. L'empereur a beau être le chef suprême des armées, en droit et en fait : pour la partie non-prussienne de l'armée allemande, il n'est guère qu'une sorte de général en chef.

Il est fatal que la guerre donne à l'Allemagne un gouvernement libéral ; mais il ne saurait être question d'un changement dans la forme même du gouvernement. Ceux qui s'imaginent que les Allemands pourraient entreprendre une révolution pour se donner une république connaissent aussi peu l'Allemagne qu'ils connaissent les habitants de Mars. L'Allemand est monarchiste, de toute son âme. Sa famille est fondée sur ce principe. Le mari et père est le seigneur de la maison — *der Herr im Hause*. Mais dans l'État comme dans le ménage, le seigneur aura, à l'avenir, le verbe moins haut et l'autorité moins souveraine. Dans la famille et dans l'État, il y aura coopération plus réelle et plus large, entre le mari et la femme, entre le gouvernement et le peuple. L'État devra apprendre qu'on gouverne d'autant mieux qu'on le fait avec un moindre effort — et que celui-là commande le mieux qui sait le mieux obéir.

Un grand nombre d'hommes, en Allemagne, se refusent encore à entendre ce décret impératif de la destinée : ou ils s'amenderont, ou ils seront écrasés. Le soldat au front entend n'être plus un instrument aux mains du gouvernement. Il n'acceptera de se mettre au service de l'autorité que si elle cesse d'être l'organe de domination d'une caste égoïste et présomptueuse.

Si l'on veut envisager clairement l'avenir, il faut ne pas perdre de vue que les Allemands, dans leur ensemble, n'imputent nullement à la Prusse la responsabilité de la guerre. Le Bavarois n'a pas de haine pour le Prussien. L'Allemand de l'ouest n'a pas d'antipathie pour l'homme des rives orientales de l'Elbe. La guerre vient d'achever ce que Bismarck commença en 1870. Tout régionalisme est mort. Trois années de contact avec l'armée allemande et d'étude des choses d'Allemagne m'ont convaincu qu'il n'y a plus aujourd'hui de Prussiens, de Bavarois, de Saxons, de Wurtembergeois, de Badois, de Hanovriens, de Hessois. Je n'ai jamais rencontré que des Allemands, — et c'est en quoi l'Allemagne diffère de l'Autriche-Hongrie, où, dans un seul corps d'armée, je distinguais sans peine quatre au moins des races qui peuplent la double monarchie.

J'insiste en terminant sur ce fait que les socialistes d'Allemagne eux-mêmes n'ont pas pour la forme républicaine de gouvernement une admiration sans mélange. J'ai connu beaucoup de leurs chefs : aucun n'était partisan de la république. Ils soutenaient d'ordinaire que la France était loin de s'en être bien trouvée. Lorsqu'on alléguait le bel essor du régime républicain en Suisse, ils répondaient que ce qui était de mise dans un petit pays pouvait fort bien être déplacé dans une grande nation. Ils parlaient avec dédain de la République américaine et de son gouvernement, affirmant qu'en aucun lieu du monde l'individu n'était aussi indignement exploité. C'est cette exploitation, disaient-ils, qu'il faut combattre à tout prix. Il faut un gouvernement, puisque le régime anarchiste est irréalisable, et, quant à l'internationalisme, la guerre venait de montrer qu'on en était plus loin que jamais. Ce que l'Allemagne réclame, concluaient-ils, c'est un gouvernement sincèrement représentatif, qui vienne promptement à bout du militarisme, et qui travaille de tout cœur au désarmement universel. Pourvu que les ministres soient responsables devant le peuple, un monarque s'emploiera mieux à cette tâche que ne le ferait le président d'une république.

Ainsi parle la fraction social-démocratique dont Scheidemann est le chef, ceux qu'on a surnommés « les socialistes monarchistes ». Les doctrinaires extrêmes du socialisme, Haase et Liebknecht, vont assurément plus loin, mais ils ne seront pas soutenus, même après la réforme électorale ; car cette réforme profitera surtout au groupe des partis libéraux, dont les socialistes modérés sont désormais un élément.

L'un des effets de la guerre sera que d'ici peu d'années nul ne se souviendra même plus du junker prussien. Dès à présent il est mort, et enterré.

TABLE DES MATIÈRES

81907. — Paris, Imprimerie LAHURE, 9, rue de Fleurus.

www.ingramcontent.com/pod-product-compliance
Lightning Source LLC
Chambersburg PA
CBHW070513030726
47503CB00004B/1251